Béatrice Bottet

Eulengeheimnis

Das Zauberbuch mit dem Rubin

Teil 1

Béatrice Bottet

Eulengeheimnis

Aus dem Französischen von Corinna Tramm

Urachhaus

Die französische Originalausgabe erschien 2005 unter dem Titel
Le Grimoire au rubis, Livre 1: Bertoul et le secret des hiboux
bei Éditions Casterman, Brüssel.

ISBN 978-3-8251-7599-3

Erschienen 2008 im Verlag Urachhaus
www.urachhaus.com

Umschlagillustration: Joachim Knappe, Hamburg
Gesamtherstellung: CPI – Clausen & Bosse, Leck

Personen

Edelfrau Hermelinde	Herrin von Tournissan
Bertoul	Musikant und Held dieser Geschichte
Jacquemin-Loriot	ehemaliger Troubadour, Lehrer Bertouls
Magnus Gurhaval	Magier, Schöpfer des Zauberbuches
Baron Raoul de Mauchalgrin	Erbe des Schlosses von Tournissan
Raoulet de Mauchalgrin	sein Sohn
Griffon le Réchin	dessen Diener
Guyon	Schächer Raoulets
Baron Audouin de Fougeray	Adliger und Lehensherr
Mahaut de Fougeray	seine Gemahlin
Theuderig	alter Waffenmann Audouins
Florie, Doette, Denisot	Dienstboten in Tournissan
Blanche de Vauluisant	Edelfräulein von Flamincourt
Jehan de Flamincourt und Maguelonne de Vauluisant	ihre Eltern
Gaubert, Gauderic, Gautier und Gaudefroi de Flamincourt	ihre Brüder
Josce de la Bordonne	Blanches Bräutigam
Guibourc	Köchin auf Schloss Flamincourt
Pierre Colmieu	Fahrender Händler
Guillaume Magnier	Anführer der Händlerkarawane

Arnaud und Renaud	seine Zwillingssöhne
Bruder Hugonet	Mönch, Begleiter der Karawane
Edelfrau Tiphaine von Fontegrive	Hofdame des Königs
Andriet	Dienstbote in Paris

1

Die alte Dame stützte sich, in dicke Decken vergraben, auf ihr weißes Leinenkissen.
»Komm näher, Bertoul«, sagte sie mit rauer Stimme. »Warum hast du dein Instrument nicht mitgebracht?«
»Ich habe mich nicht getraut, Herrin«, sagte Bertoul. »Ich fürchtete, Euch zu ermüden.«
»Mich zu ermüden? O nein … Ich werde zwar bald sterben, das ist sicher. Aber mich ermüden …«
»Wünscht Ihr, dass ich meine Fidel hole?«, fragte Bertoul.
»Nein, mein Junge. Wir haben keine Zeit mehr«, sagte Frau Hermelinde leise. Sie rang nach Luft. »Wir haben keine Zeit mehr, da ich an diesem Abend meinem Gatten wiederbegegnen werde. Ich werde bald im Jenseits sein, und vorher muss ich noch von vielen Leuten Abschied nehmen.«
Die Edelfrau schien wenig bekümmert darüber zu sein, dass sie diese Welt verlassen musste. Wie immer glühten ihre Augen wie Kohlen in ihrem faltigen und abgemagerten Gesicht, und auch ihre Zunge war scharf wie immer.
»Aber Bertoul, hör auf zu weinen, das ist lächerlich.«
»Herrin, Ihr sollt noch viele Jahre leben …«
»Mein Schöpfer ruft mich zu sich. Und ich habe dir eine wichtige Mission anzuvertrauen.«
»Aber ich verdanke Euch so viel, Ihr seid so gut zu mir gewesen … Ich stehe Euch in allem zu Diensten, wie es Euch beliebt.«
Die gute Frau Hermelinde de Tournissan ließ den Blick auf ihrem jungen Schützling ruhen. Wie alt mochte er jetzt sein? Vierzehn oder fünfzehn Jahre … sie erinnerte sich nicht mehr genau.
Als Bertouls Vater, der Holzfäller Barthélemy, von einem Baum

getötet worden war, hatte die Edelfrau die junge Witwe zu sich ins Schloss geholt, wo man sie als Wäscherin brauchen konnte. Aber dann starb auch Mariette, seine Mutter, nur vier Monate später, als sie am Waschplatz ins Wasser fiel und ertrank. Sie hinterließ ihr sechsjähriges Kind. Armer Bertoul, er konnte sich kaum an seine Eltern erinnern.
Aber von dort aus, wo der Holzfäller und die Wäscherin sich nun befanden, mussten sie über ihr Kind gewacht haben, denn das Glück war auf Bertouls Seite. Er wurde auf dem Schloss erzogen, unter den vielen Unglücklichen und Mittellosen, die Frau Hermelinde bei sich aufnahm. Natürlich beabsichtigte sie keineswegs, ihn zu adoptieren und aus ihm einen Ritter zu machen wie ihren Neffen Raoul oder ihren Großneffen Raoulet. Aber indem sie ihn aufnahm, sorgte sie dafür, dass er eine gute Erziehung und Bildung erhielt.
Bertoul hatte weder Hunger noch Durst zu leiden. Und darüber hinaus konnte er inzwischen auch lesen, schreiben, singen und beherrschte mehrere Instrumente. Er kannte zahlreiche Lieder auswendig, ebenso Gedichte, Epen, Rittergeschichten, Liebeslieder, Schwänke und noch vieles andere mehr.
Der alte Jacquemin-Loriot war ein Meister in dieser Kunst. Der Mann war früher Spielmann gewesen und viel herumgekommen, bis er schließlich im Schloss Tournissan landete, wo ihn sein Rheuma daran hinderte, weiterzuziehen.
»Das macht nichts«, hatte Hermelinde ihm damals gesagt, »bleibt hier bei meinen Schützlingen. Und um Eure Mahlzeiten und das Dach über Eurem Kopf abzugelten, lehrt diesen kleinen Jungen Bertoul, der erst seit sechs Monaten im Schloss lebt, alles, was Ihr wisst. Wie Ihr seht, ist er noch ein wenig zu jung, um im Pferdestall oder als Lehrling in der Küche zu arbeiten, aber singen kann man in jedem Alter, nicht wahr?«
»Wahrhaftig, gnädige Frau«, hatte Jacquemin-Loriot geantwortet. »Und man kann auch lesen, schreiben, rezitieren und komponieren lernen. Je eher man damit beginnt, desto besser.«
»Sehr gut, wir sind uns also einig«, beschloss die Herrin. »Lehrt ihn

alles, was Ihr wisst, damit Bertoul mein Spielmann wird, wenn Ihr nicht mehr unter uns sein werdet.«
»Nun, Bertoul«, sagte Hermelinde de Tournissan, »du bist wirklich nicht sehr lange mein Spielmann gewesen. Gerade hast du deine Ausbildung vollendet, da muss ich diese Welt verlassen, so wie auch dein Lehrmeister Jacquemin sie letztes Jahr verlassen hat.«
»Ich werde ganz allein sein …«, stammelte Bertoul.
»Du hast recht, und außerdem wird mein Neffe dich hinauswerfen, so wie er auch die wenigen Armen hinauswerfen wird, die noch im Schloss leben. Aber was auch immer geschieht, mit deiner Ausbildung und deinen Fähigkeiten wirst du überall offene Türen finden. Tournissan wird für dich sogar noch wertvoller sein, wenn ich nicht mehr lebe«, seufzte Frau Hermelinde.
Leider war ihr Neffe und Erbe, Baron Raoul de Mauchalgrin, ein brutaler und zynischer Herr, dessen Hauptziel darin bestand, seine Reichtümer und Güter zu vergrößern. Was ihren Großneffen Raoulet betraf, der ungefähr im selben Alter wie Bertoul war, so fehlten ihm sichtlich die besonderen Fähigkeiten, die man von einem zukünftigen Ritter erwartete.
»Wenn ich selbst hätte entscheiden können, wem das Schloss zufallen soll …«, seufzte die alte Dame, während sie ihren Schützling betrachtete.
»Wenn ich nur an Raoul denke und an diesen Raoulet! Aber wer weiß, ob nicht irgendwann das Übel auch sein Gutes hat …«
Sie hatte volles Vertrauen in Bertoul. Und die Mission, die sie ihm anvertrauen wollte, war alles andere als leicht. Aber zunächst musste sie ihm die Wahrheit gestehen. Eine Wahrheit, die sie so kurz vor dem Tod mit Scham erfüllte. Aber sie wusste, wenn sie alles gebeichtet hätte, würde sie erleichtert und in Frieden sterben können. Trotzdem fiel es ihr schwer, darüber zu reden.
»Gnädige Frau, ruht Euch aus, Ihr könnt kaum atmen.«
»Es ist wahr, Bertoul, es ist wahr. Denn meine Verfehlungen nehmen mir tatsächlich den Atem. Ich kann nicht sterben, ohne dich mit einer Mission zu betreuen, die mich erlösen wird.«

»Ihr habt Fieber, Ihr redet wirr! Verfehlungen? Ihr? Ihr seid doch die Güte selbst.«
»Eher die Falschheit, mein Junge. Ja, Falschheit, Unehrlichkeit, sogar Heuchelei.«
»Das glaube ich nicht!«
»Mein Junge, du sollst mir nicht nur glauben, sondern du musst mir versprechen …«
»Alles, was Ihr wollt …«
»Oh, ich ersticke … Hör mir nun gut zu. Ich habe etwas gestohlen.«
»Was?«, rief Bertoul aus.
»Ja, ich habe einst ein kostbares Dokument gestohlen. Ein Buch. Du musst es dem Mann zurückgeben, dem ich es entwendet habe.«
»Ich kann es nicht glauben …«, murmelte Bertoul.
Die Edelfrau überhörte seinen Einwurf und fuhr fort.
»Er heißt Magnus Gurhaval. Früher kannte ich ihn gut. Er ist ein bedeutender Magier.«
»Ein Magier!?«
Bertouls Erstaunen wuchs mit jedem Moment. Wenn sie es ihm nicht selbst gesagt hätte, er hätte niemals geglaubt, dass sie einen solchen Menschen zu ihren Bekannten zählte. Aber wie konnte sie ihn bestehlen? Er warf ihr einen ungläubigen Blick zu.
»Ja. Wer hätte das gedacht, nicht wahr? Ein Magier. Schau mich nicht so an. Ich habe ihm sein Kostbarstes entwendet: sein Zauberbuch. Und du musst es ihm zurückgeben.«
Ihre feste und gebieterische Stimme ließ ihm keine Wahl. Bertoul stand wie versteinert da, unfähig, auch nur den geringsten Kommentar von sich zu geben.
»Dieser Mann wohnt in Paris, ja, ich weiß, das ist sehr weit weg. In der Rue de la Grande Truanderie, der Straße der großen Gaunerei. Wirst du dir das merken?«
»Ja, Herrin. Magnus Gurhaval, in der Straße der großen Gaunerei in Paris.«
»Gut. Er hat sich als öffentlicher Schreiber niedergelassen und als Buchmaler, natürlich nicht als Magier …«

»Natürlich nicht«, wiederholte Bertoul verstört mit heiserer Stimme. »Das Zauberbuch ist nicht hier im Schloss, ich habe es versteckt, da ich es unglücklicherweise einmal vor diesem Spitzbuben Raoulet erwähnte. Ich will nicht, dass er es findet. Die Geheimnisse, die darin stehen, sind viel zu gefährlich, vor allem in seinen Händen. Bertoul, du kennst doch den Eulenbaum, nicht wahr?«

Bertoul fuhr erschrocken hoch, als sie so unvermittelt diesen Ort erwähnte. Es hieß, der Baum bringe Unheil.

»Du gehst bis zu dieser knorrigen Eiche«, fuhr sie fort. »Die Eulen werden dir nichts tun. Sie bringen dir kein Unglück, glaube mir. Im Gegenteil, ganz im Gegenteil. Im Baum ist ein Loch. Tief darin habe ich das Buch verborgen, eingeschlagen in ein großes Leinentuch. Hast du alles verstanden?«, fragte die Schlossherrin, nach Atem ringend.

»Gewiss, Frau Hermelinde. Ich werde nichts vergessen.«

Dennoch fragte er sich, ob sie nicht ein wenig fantasierte. Ein Zauberbuch, ein Magier, ein geheimes Versteck in der Eiche … Was würde sie ihm sonst noch Außergewöhnliches offenbaren?

»Wenn ich gestorben bin und unter der Erde liege, wird dich mein Neffe sofort hinauswerfen. Du wirst weggehen, mit nichts außer den Kleidern, die du am Leibe trägst, deinen Musikinstrumenten und, wenn du Glück hast, mit etwas Proviant für zwei oder drei Tage.«

»Und den Silberstücken, die Ihr mir zu hohen Festtagen geschenkt habt«, fügte Bertoul hinzu. »Ich habe sie sorgsam aufbewahrt.«

»Die werden nicht lange reichen. Ich hätte dir Goldstücke geben sollen. Aber jetzt ist es zu spät, das zu bedauern. Sobald er dich verjagt, musst du das Zauberbuch finden und dich auf den Weg nach Paris machen. Der Buchdeckel hat in der Mitte einen ovalen Rubin. Du weißt doch, was ein Rubin ist? Gut! Und noch etwas: Versuche auf keinen Fall, in dem Buch zu lesen. Du setzt dich sonst … Nun ja, wenn du zu neugierig bist, wirst du schon sehen. Es ist deine Entscheidung.«

»Ihr wisst sehr wohl, dass Ihr mir vertrauen könnt, meine Herrin.«

»Gewiss, aber du bist manchmal auch neugierig.«

Das stimmte. Bertoul kratzte sich ein wenig verlegen an der Nase.
»Wenn Magnus Gurhaval tot ist, und nur wenn du dessen sicher sein kannst, dass er wirklich nicht mehr lebt, öffnest du das Zauberbuch auf der letzten Seite. Du wirst dort Anweisungen finden, die für dich bestimmt sind.«
Die alte Dame keuchte immer heftiger und ihre Hände verkrampften sich auf dem Bettlaken, aber sie war noch nicht fertig. »Bitte Magnus darum, mir zu vergeben. Was ich getan habe, war niederträchtig.«
»Gnädige Frau, im Gegenteil, Ihr wart so gut zu uns allen.«
Er liebte sie sehr, diese anspruchsvolle, energische, oft schroffe Frau, die jedoch ein großes Herz voll unerschöpflicher Güte besaß. Hermelinde de Tournissan war der Inbegriff jener adligen Damen, wie man sie gern als Musterbild einer guten Gutsherrin anführte, gebildet, großzügig, freisinnig. Und dabei so gut zu den Notleidenden – und zu Bertoul ganz besonders.
»Rede keine Dummheiten. Ich war feige, ich habe das Gut eines anderen gestohlen, und vor allem habe ich …«
Sie zögerte.
»Natürlich habe ich einige Anweisungen aus dem Zauberbuch ausprobiert …«
Bertoul, einen Moment lang aus der Fassung gebracht, ergriff die Hand der alten Dame. Sie war kühl und trocken. Es war also doch kein Fieber. Konnte das wirklich wahr sein mit dem Zauberbuch und diesen geheimen Rezepten?
Großer Gott! Was hatte sie da nur angestellt? Die Erinnerung an gewisse fremdartige Züge seiner Herrin durchzuckte ihn. Er hatte einige Male beobachtet, wie sich ihr Blick in andere Menschen bohrte. Und er fragte sich, warum manche Menschen, die ihr missfielen, auf unerklärliche Weise vom Unglück heimgesucht wurden. Konnte das sein? War diese besondere Frau, der er sein ganzes Leben verdankte, war diese Frau mit der runzligen Haut und der Adlernase – eine Hexe?
»Ich bin keine Hexe«, sagte sie, als lese sie seine Gedanken.
»Aber wie ich es dir gerade gesagt habe, es kam vor, dass ich Geheimformeln ausprobiert habe. Immer zum Guten all derer …«

Sie hustete und rang nach Atem.
»Oh, natürlich, es war zu ihrem Besten, so gütig wie Ihr seid …«, warf Bertoul rasch ein.
»Ich wollte immer für alle das Beste«, fuhr die alte Frau stöhnend fort. »Auch für dich. Du bist ein guter Junge, Bertoul, und zudem ein guter Musiker.«
Bei diesen Worten spürte der Junge, wie seine Augen feucht wurden. Die alte Dame schien immer schwächer zu werden. Sie eine Hexe? Unmöglich. Sie war einer der besten Menschen, die es je gegeben hatte. Plötzlich war es, als hätte sie alle Kraft verloren. Sie hauchte: »Bertoul, du musst meine Angehörigen und meinen Schlosskaplan rufen.«
»Ja, Herrin, ich gehe sofort.«
»Wenn du Unannehmlichkeiten mit dem Zauberbuch hast, bitte sie um Hilfe«, sagte sie mit letzter Kraft.
»Sie? Wen meint Ihr?«, fragte der Junge.
Die alte Dame schien fast nicht mehr sprechen zu können. Sie ließ den Kopf nach hinten fallen und Bertoul öffnete bestürzt die schwere Holztür, um Hilfe herbeizurufen. Beinahe hätte er die Antwort seiner Wohltäterin nicht mehr vernommen, ihre letzten, fast unhörbaren Worte, die an ihn gerichtet waren:
»Suche sie … Blanche de Vauluisant.«
Und dann traten der Baron, sein Sohn, der Kaplan, der Schlossverwalter und alle Bediensteten des Schlosses ein, um Hermelinde de Tournissan der Reihe nach eine gute Reise in die andere Welt zu wünschen.
»Adieu, gute Herrin«, murmelte Bertoul, während er die alte Hand küsste. Er trat zur Seite, um den Angehörigen Platz zu machen, und verschwand eilends.

Anweisung, eine lang anhaltende Krankheit zu heilen

Wenn jemand jeden Tag krank ist,
lest siebenmal den Psalm
>>Exaltabo te, Domine quoniam<<
über einem Glas mit reinem Wasser
und wascht den Patienten damit.
Lest ihm im Anschluss daran
siebenmal den Psalm über Öl,
schreibt die heiligen Schriftzeichen
auf ein Pergamentpapier
und räuchert dieses mit Moschus ein.
Dann tunkt sie in das Öl
und salbt den Kranken damit ein.

2

Als die Totenmesse vorüber war, versammelten sich die Bewohner des Schlosses in dem großen Saal, wohin Raoul de Mauchalgrin sie zusammengerufen hatte. Sie traten unruhig von einem Bein aufs andere und sprachen leise miteinander, während sie verstört darauf warteten, was ihr neuer Herr ihnen zu sagen hatte. Bertoul lehnte sich mit dem Rücken gegen eine Steinsäule, die Arme vor der Brust verschränkt. Nach der Trauer über den Tod der guten Edelfrau machte sich Neugier breit, ja sogar Besorgnis. Was würde aus ihnen allen werden?

Endlich öffnete sich die Tür weit und der Baron erschien. Im selben Augenblick wurde es still. Raoul de Mauchalgrin, gefolgt von seinem Sohn, zog mit gemessenen, an den Wänden widerhallenden Schritten durch die Menge, die zurückwich, um ihm Platz zu machen. Er stieg die zwei Stufen zum Podest hinauf und nahm in aller Ruhe auf der Cathedra, einem aus Holz geschnitzten hohen Sessel, Platz, während er seine Untergebenen musterte. Niemand gab einen Laut von sich. Raoul de Mauchalgrin, der bereits über ein eigenes Lehen gebot, träumte schon seit langem davon, sich in dem Besitz seiner alten Tante einzurichten. Das Gut war sehr reich, und es lag an einer Handelsstraße, die es ihm erlaubte, Gebühren und Zoll zu erheben. »Mein Gott, dieser alte Drachen hat sich mit dem Sterben Zeit gelassen!«, sagte er unwirsch zu sich selbst. Zum Glück hatte sie nie Kinder gehabt. Und jetzt hatte sie endlich den Geist aufgegeben und lag in der Krypta neben ihrem Ehemann, der schon seit vielen Jahren tot war. Sie würde sich nicht so bald wieder erheben, dem Himmel sei Dank! Die Messe war gehalten worden, die Landleute und die Bediensteten des Schlosses hatten geweint, wie auch alle jene Mittellosen und Armen, die sie so gerne beherbergt hatte. Aber

damit war es jetzt vorbei, sie würden Tournissan nicht mehr lange zur Last fallen.
Raoul ließ ein trockenes, knarrendes Lachen vernehmen, das Raoulet sogleich imitierte.
»Sei still, Dummkopf«, warf der Vater seinem Sohn zu. »Du weißt nicht einmal, warum ich lache.«
Das Grinsen auf Raoulets Gesicht erstarb sofort.
»Wir werden sehen, ob du noch lachen wirst, wenn du in einigen Tagen deinen Dienst bei Audouin de Fougeray antrittst und sein Knappe wirst.«
»Was die wohl miteinander reden?«, fragte eine Frau ganz leise, die sich an eine Säule im großen Saal gedrückt hatte.
»Ich glaube, Raoulet bekommt etwas zu hören«, bemerkte Bertoul ironisch.
»Es wird nicht lange dauern, und es wird uns allen so gehen«, erwiderte die Frau.
Raoul de Mauchalgrin räusperte sich und begann, in trockenem Ton zu sprechen.
»Gut. Jetzt untersteht ihr also mir. Ich beabsichtigte, das Gut meiner Tante, der Edlen von Tournissan, neu zu organisieren. Hört gut zu, ich habe nicht vor, etwas zu wiederholen.«
Der neue Herr ordnete zusätzliche Tage mit Fronarbeiten an, damit das Schloss nach seinem Willen wieder hergerichtet würde. Er beschloss, dass seine Soldaten die doppelte Essensration bekommen und dafür die Vorräte der Bauern herhalten sollten. Für seine persönlichen Mahlzeiten wünschte er natürlich nur erlesene Speisen, und zu diesem Zweck würde er neue Abgaben einziehen. Ein dumpfes Gemurmel erhob sich.
»Ach ja«, fuhr der Herr von Mauchalgrin fort, »noch etwas: Der Galgen wird wieder hergerichtet, für die Widerspenstigen und Aufmüpfigen. Bei meiner letzten Begutachtung schien er mir in einem sehr verkommenen Zustand zu sein.«
Raoulet nickte heftig, um die Worte seines Vaters zu unterstreichen.
Das Gemurmel hielt an, doch inzwischen war es von Furcht ge-

dämpft. Frau Hermelinde hätte wohl nicht einmal gewusst, was ein Galgen war, noch wozu er diente.
»Arme Herrin, wenn Ihr wüsstet, was aus Eurem Besitz und Euren Leuten wird«, sagte Bertoul zu sich selbst. Einen Moment lang dachte er daran, daraus ein Klagelied zu schreiben, aber schon sprach Raoul de Mauchalgrin weiter, und diesmal betraf seine Ansprache ihn persönlich.
»Was all die Bettler betrifft, die Mittellosen, die Armen und Vagabunden, die in den unteren Räumen beherbergt worden sind, so steht es ganz außer Frage, dass sie noch länger mein Schloss mit ihren Lumpen und ihrem Ungeziefer verschmutzen.«
Raoul streckte den Arm aus. Er kannte jeden Einzelnen von denen, die seine Tante aus Barmherzigkeit aufgenommen hatte.
»Du da, und du auch, und du, Musiker« – er zeigte auf Bertoul –, »und du, der alte Jongleur, der alles fallen lässt, und du, du kleines einfältiges Mädchen, und auch du da, der den Fuß nachzieht. Morgen bei Sonnenaufgang habt ihr diesen Ort verlassen.«
Nun bin ich also hinausgeworfen worden, dachte sich Bertoul. Obwohl seine Herrin ihm genau dies vorausgesagt hatte, war er so benommen, dass er kaum begriff, was ihm widerfahren war.
»Aber«, empörte sich eine Frau, »der kleine Perrinet, das hinkende Waisenkind, ist doch erst vier Jahre alt!«
»Na und? Mit vier Jahren kann man in den Dörfern betteln gehen.«
»Was für ein Herz aus Stein!«, stieß die Frau zwischen den Zähnen hervor.
»Der Galgen ist auch für die Frauen da«, brüllte Raoul.
Niemand wagte zu widersprechen.
»Und nun passt auf, wie gut ich zu euch sein werde«, schloss Raoul mit einem Grinsen. »Man wird nicht sagen können, dass ich euch jämmerlich auf die Straße geworfen habe, denn in der Küche wird für jeden von euch eine Tagesration vorbereitet. Das heißt ein Viertel Brot, eine Zwiebel, zwei Maß Rosinen … nein, nur eins, das reicht. Was die anderen betrifft, stellt euch in einer Reihe vor meinem Verwalter auf, der die ersten zusätzlichen Fronarbeiten anordnen wird.«

Raoul erhob sich und verließ den Saal, gefolgt von seinem Sohn, der immer noch höhnisch grinste. Der Verwalter rollte schon seine Pergamentbogen aus.
Na, dachte Bertoul verblüfft, das ist wahrlich eine komische Art, seine Herrschaft über den neuen Besitz anzutreten. Andere hätten jeden wohlwollend über seine Stellung und Fähigkeiten befragt, welche Arbeiten er im Schloss oder in den Dörfern verrichtete. Raoul de Mauchalgrin aber war es egal, ob er sich auf seinem neuen herrschaftlichen Besitz liebenswert und freundlich präsentierte.

Bertoul verlor alles, was seit langem sein Zuhause gewesen war: das gute Miteinander der Menschen auf dem Schloss, den Schutz des Wachtpostens, das Wohlwollen des Verwalters, die Segnungen des Kaplans, die familiäre Atmosphäre mit allen Dienstboten, die sanfte Gegenwart der Mägde. Von nun an war er ein Nichts.
Mit leicht zitternden Knien wurde ihm bewusst, dass er von morgen an ein Vagabund sein würde, der über die Straßen zog, verjagt und heimatlos, umherschweifend, mittellos, mit staubigen Füßen ... Er hatte geglaubt, er könnte sich ohne Eile um die Mission kümmern, die seine Herrin ihm anvertraut hatte. Sorgfältig wollte er seine Reise vorbereiten, heimlich das Zauberbuch suchen, sich über die Reiseroute nach Paris informieren, sorgsam die notwendigen Dinge zusammentragen und allen Bewohnern des Schlosses Lebewohl sagen. Die große Handelsstraße wurde von fahrenden Händlern genutzt, die von einem Trupp Bewaffneter gut beschützt wurden. Einem solchen Zug wollte er sich anschließen.
Von diesem friedlichen Vorhaben, diesem in aller Sicherheit begonnenen Abenteuer, konnte er sich jetzt verabschieden. Außerdem kannte er nichts von der Welt, die ihn umgab. Wie sollte er sich orientieren? Wie sollte er während der Reise an etwas zu essen kommen? Wie sollte er sich gegen Räuber verteidigen, sich gegen Leprakranke, blutrünstige Tiere oder Fremde wehren?
Nach der Furcht machte sich Wut in ihm breit, die er kühl hinunterschluckte. Diese Mauchalgrins als Herren von Tournissan? Wie

jämmerlich! Raoul, kalt, berechnend, ohne Interesse, ohne Herz. Und Raoulet, ein Schwächling und Heuchler. Diese unheilvollen Menschen verwandelten nun Tournissan in eine Hölle, in der man die Widerspenstigen hängte und die Unglücklichen verjagte.
Fliehen oder gehängt werden? Bertoul hatte keine Wahl: Morgen musste er sich ins Ungewisse begeben, nur mit seinen Instrumenten ausgerüstet.

Anweisung, die Lösung eines Problems zu finden, wenn die Sinne getrübt sind

Zündet eine grüne Kerze an und
verbrennt ein Körnchen Weihrauch.
Immer nach Westen gewandt,
fädelt dreizehn Mandeln auf ein Stück
grünen Faden
und macht daraus eine Kette.
Bittet den Erzengel Gabriel um Hilfe.
Erhebt die Arme zum Himmel,
um die Kette darzubieten,
und sprecht folgendes Gebet:

»Ich flehe dich an,
großer Prinz des Lichtes,
erhöre mein Gebet,
Erzengel Gabriel,
Hüter des Turmes im Westen.
Gewähre mir diese Gunst:
Verwandle diese Mandeln in einen
magischen Talisman,
sodass sich meine Angelegenheiten
zum Guten wenden.
Mein Herz ist rein und meine Bitte recht.
Ich flehe dich an, es so zu fügen,
dass sich mein Wunsch verwirklicht.
So sei es.«

Danach könnt Ihr Euren Talisman
bei Euch tragen.
Ihr werdet sehen, dass sich bald
Antworten auf eure Fragen einstellen
und dass sich Euch wunderbare
Gelegenheiten darbieten werden.

3

Während der Verwalter der Mauchalgrins die Frondienste anordnete und die Landleute mit gesenktem Kopf der Reihe nach den Saal verließen, schlich sich Bertoul davon, um seiner guten Herrin einen letzten Besuch abzustatten. Sein Groll gegenüber den Mauchalgrins verschwand, als er in die dunkle, kleine Kapelle trat. Mit bekümmerter Seele und schwerem Herzen stand er vor der Grabplatte, auf der ihre Züge eingraviert waren. Seine Worte kamen nur zögernd, sehnsüchtig und erregt über seine Lippen.

»Meine edle Herrin, das Lachen ist aus meinem Leben verschwunden. Ihr würdet Euren unbeschwerten Fidelspieler nicht wiedererkennen. Ich ziehe morgen fort und werde nie mehr an Euer Grab zurückkehren. Ich gehe, um die besondere Mission, die Ihr mir anvertraut habt, auszuführen. Und ich schwöre Euch, dass Magnus Gurhaval Euch verzeiht, wenn er noch am Leben ist; wenn nötig, werde ich ihn dazu zwingen. Ich bin so traurig, Euch verloren zu haben. Aber ich bin tapfer und beherzt. Liebe Frau Hermelinde, ich hoffe, dass Euer Geist mir bei meiner Aufgabe helfen wird, jetzt, da Ihr in die andere Welt hinübergegangen seid. Man sagt, dass die Toten das können, dass sie denen weiterhin helfen, die sie auf Erden geliebt haben, und ich weiß wohl, dass Ihr mich geliebt habt. Mögen Eure Fehler Euch in der anderen Welt vergeben werden. Ich werde für Euch und Euer Seelenheil beten, gute Herrin. Lebt wohl. Amen.«

Die Holztür kreischte mit einem klagenden Laut in den Angeln.

»Ha, erwische ich dich beim Herumschleichen in der Kapelle unseres Schlosses?«, ertönte Raoulets durchdringende Stimme hinter ihm. »Was hast du da gemurmelt?«

»Ich habe meiner Herrin Lebewohl gesagt, bevor ich Tournissan für immer verlasse.«

»Diese verrückte Alte«, knirschte Raoulet. »Sie hat uns ganz schön hingehalten.«
»Ehret ihr Andenken«, sagte Bertoul mit geballten Fäusten. Aber er wusste, dass er ihn nicht dazu bewegen konnte, seine Worte zurückzunehmen.
»Sie hatte es nicht besonders eilig mit dem Sterben«, fuhr Raoulet fort. »Aber nun stehen wir endlich an der Spitze unseres Gutes.«
»*Euer* Gut? Das Eures Vaters, Messire Raoulet, und nur das Eures Vaters«, berichtigte Bertoul ihn, diesmal in unüberhörbar ironischem Ton.
Denn es stimmte: Raoulet hatte, im Gegensatz zu seinem Vater, keinerlei Anspruch auf Tournissan.
»Es ist auch meines, du flegelhafter Kerl! Ich dulde keine solchen Vertraulichkeiten! Los, mach, dass du wegkommst. Und hör auf, so hinterhältig zu lächeln! Man merkt, dass du von der Alten begünstigt worden bist. Aber damit ist jetzt Schluss!«
»Ich weiß«, sagte Bertoul.
In ihrer großen Weisheit hatte die edle Dame recht daran getan, ihm einen Grund zu geben, Tournissan so schnell wie möglich den Rücken zu kehren.
»Raus jetzt aus dieser Kapelle«, befahl Raoulet.
Bertoul antwortete nicht. In dem Weihrauchdunst, der nach der Totenmesse im Raum schwebte, und im vagen Licht der vier Kerzen kniete er vor dem Grabstein nieder.
»Hinaus, habe ich gesagt!«, schrie Raoulet. »Genug mit dem Getue!«
Bertoul erhob sich ohne Eile und wandte sich der Kapellentür zu, während Raoulet ihm noch weiter nachschrie. Er war sehr befriedigt darüber – immerhin ein kleiner Trost –, dass er ihn durch seine demonstrative Langsamkeit zur Weißglut brachte.

Als der Abend hereinbrach, bereiteten sich alle diejenigen, die die Edelfrau in ihrer Gutherzigkeit aufgenommen hatte, in einem Raum im Untergeschoss nahe der Küche auf ihre Abreise am nächsten

Morgen vor, umgeben von den zurückbleibenden Dienern und Mägden. Im Dorf hatte man eine Frau gefunden, die kurz zuvor ihr Kind verloren hatte, und nun den kleinen Hinkenden zu sich nahm. Die anderen Unerwünschten würden früh aufbrechen. Mit feuchten Augen tauschte man traurige Gedanken aus. Bertoul spürte noch immer eine tiefe Befriedigung, dass er dem Geschrei Raoulets widerstanden hatte.

»Man könnte fast glauben, du seist froh darüber, Tournissan zu verlassen«, bemerkte ein junger Diener bitter.

»Ich bin froh, den Mauchalgrins zu entkommen«, antwortete er. »Ansonsten fühle ich mich nicht sehr mutig, ich vermisse die gute Herrin. Aber was kann ich tun? Was kann überhaupt irgendeiner von uns tun? Sie sind die Herren und wir nur arme Leute.«

»Glaubst du, dass du allein, ohne Feuer, ohne Verpflegung auf der Straße glücklicher sein wirst? Der Frühling ist in diesem Jahr kühl ...«

»Ich weiß nicht. Aber warum soll ich mich bemitleiden, da ich doch nicht bleiben kann? Wir alle, die wir weggehen, nehmen zumindest schöne Erinnerungen an Tournissan mit.«

Ein Stimmengewirr machte sich breit, die einen sprachen, andere weinten, wieder andere klagten über die Mauchalgrins. Bertoul schwieg still, ungeduldig den nächsten Tag erwartend.

Ein schöner Tag für den Beginn eines neuen Lebens, dachte er. Jetzt nur nicht klagen – jedenfalls nicht zu viel. Ich bin nicht bemitleidenswert.

Bertoul war im Allgemeinen ein zufriedener und glücklicher Mensch. Außerdem hatte er eine gute Gesundheit, solide wie ein Fels. Und er war in der Lage, sich anständig zu prügeln. Das machte aus ihm allerdings keineswegs etwas Besonderes: Alle Jungen in seinem Alter, im Schloss oder im Dorf, sahen in jeder Prügelei einen Glücksfall. Es war wie ein Spiel.

Jetzt zählte er seine Reichtümer zusammen. Er besaß einige Schätze: zwölf kleine Silberstücke, die er sorgsam zwischen der Sohle und dem Futter seiner Schuhe versteckte, Halbstiefel mit einer spitzen Kappe und zum Schnüren. Sein alter Meister hatte ihm gezeigt, wie man Geldstücke hineingleiten ließ und die Sohle wieder annähte. Ein nützlicher Rat für Reisende. Mindestens ebenso wertvoll für sein Abenteuer war sein gutes Messer mit der robusten und scharfen Klinge. Er hatte warme und solide Kleidung, dazu einen Wollumhang und in seinem Reisesack ein Hemd und Beinkleider zum Wechseln. Der Sack barg aber noch viel wichtigere Dinge: einige unbeschriebene Pergamentbögen und andere, auf die er Lieder notiert hatte, einen Behälter aus Horn mit einem Metallkorken, mit Tinte gefüllt, und vor allem seine Musikinstrumente: eine Flöte, ein Tamburin und seine kostbare dreisaitige Fidel, sein Rebec.

Nach dieser Bestandsaufnahme machte er sich klar, dass Frau Hermelinde ihm eine gute Ausbildung hatte zukommen lassen: Er konnte lesen, schreiben und singen, und er beherrschte seine Instrumente. Damit würde er sich auf dem Weg nach Paris noch etwas Geld dazuverdienen können. Und der letzte Teil des Auftrags, einen Schreiber in der Straße der großen Gaunerei zu finden, dürfte eigentlich nicht zu schwer sein.

»Hier, dein Reiseproviant.« Gauberte, die die Vorräte des Schlosses verwaltete, hielt ihm ein Bündel hin. Bertoul wog es in der Hand.

»Da sollen nur ein Viertel Brot und eine Zwiebel drin sein?«, wunderte er sich.

»Du vergisst das Maß Rosinen«, ergänzte Gauberte, indem sie weiter die Säcke austeilte.

Er öffnete sein Bündel. Außer dem von Baron Raoul verordneten Proviant hatten die Küchenmägde noch ein großes Stück Trockenkäse, ein Viertelstück Speck, Nüsse und einige der letzten Äpfel hineingepackt. Was die Rosinen betraf, so waren es mindestens drei oder vier Maß.

»Für unsere neuen Herren dürfte schon noch genug übrig bleiben«, bemerkte Gauberte. »Aber redet nicht darüber, ihr alle, die ihr uns verlasst, wir Zurückbleibenden riskieren viel. Also, Bertoul, spiel uns zum letzten Mal ein paar Melodien auf deinem schönen Rebec.«

Schöner Rebec? *Beaurebec!* Schau mal an, sagte er zu sich, das wäre kein schlechter Name für jemanden, der bis jetzt nur einen Vornamen gehabt hat.

Bertoul tat, wie ihm gesagt wurde, indem er ein Klagelied zu Ehren der verstorbenen Herrin anstimmte. Aber die Melodie war so traurig, dass jeder, der zuhörte, in sehnsuchtsvolle Gedanken und Zukunftssorgen verfiel.

»Traurigkeit ist eine schwere Sünde«, hatte Frau Hermelinde manchmal gesagt. Als er sah, welch ein Trübsinn sich breitmachte, veränderte Bertoul nach und nach sein Repertoire und wählte eine fröhlichere Melodie, dann ein zartes Lied für Verliebte und noch ein weiteres, um mit einem witzigen Possenspiel zu enden, sodass den Zuhörern die Tränen kamen, dieses Mal allerdings vor Lachen.

»Du lässt uns beinahe vergessen, was uns erwartet«, sagte Gauberte, während sie sich die Augen trocknete.

»Das war auch meine Absicht«, murmelte Bertoul und packte Bogen und Fidel in seinen Sack.

»Wo werden wir morgen wohl sein?«, seufzte währenddessen sein Nachbar.

Bertoul hatte keine Lust, wieder neues Gejammer zu hören, und so stellte er die einzige Frage, die für ihn im Moment von Bedeutung war.

»Weiß jemand, welchen Weg man einschlagen muss, um nach Paris zu kommen?«

Alle schauten ihn mit großen Augen an, als er sein außergewöhnliches Reiseziel nannte. Paris war so weit weg. Niemand wusste eine Antwort auf seine Frage.

Anweisung, sich gegen Zauber und Gifte zu schützen

Tötet einen Wolf
und schneidet ihm den Kopf ab.
Lagert ihn an einem geheimen Ort
und lasst ihn austrocknen.
Der getrocknete Kopf,
an der Haustür aufgehängt,
beschützt Euch vor Zauber und Giften.

4

Bertoul verließ Schloss Tournissan, sobald die Sonne aufgegangen und die Zugbrücke heruntergelassen war, ohne unnötige Abschiedsbekundungen abzuwarten.

Also los, sagte er mit freudiger Entschlossenheit zu sich selbst, jetzt liegt ein neues Leben vor mir, also täte ich gut daran, es zu genießen.

Vor sich hin pfeifend, ging er einige hundert Schritte und ließ die ihm so vertraute Umgebung hinter sich, dann drehte er sich um und sog ein letztes Mal den Anblick des Schlosses in sich auf. Was er sah, war nicht mehr der Ort, in dessen Schutz er seine Kindheit verbracht hatte. Der Anblick, der sich ihm jetzt im aufsteigenden Frühnebel zeigte, war ein massives und streng wirkendes Gebäude, über dem von nun an das Banner der Herren von Mauchalgrin hing, dort, wo so lange die Flagge der Familie Tournissan geweht hatte. Diese kleine Einzelheit bewirkte, dass ihm das Schloss fremd und wie gewaltsam besetzt erschien. Umso weniger Bedauern empfand er bei jedem Schritt, mit dem er sich nun von ihm entfernte.

Die Luft wurde mild, es war ein heller und strahlender Morgen. Er trällerte eine kleine Melodie, die sich gut zum Wandern eignete, und sang bald mit voller Stimme, eigentlich ganz zufrieden mit den neuen Aussichten, die sich ihm eröffneten.

Der alte Magier, die jungen Damen in der großen Stadt, denen seine Lieder sicher gefallen würden, seine Mission, Frau Hermelinde, die Straße nach Paris, all die Abenteuer, die vor ihm lagen – eine Fülle von Gedanken begleitete seine Wanderung!

Es dauerte nicht lang, da hatte er den Saum des Waldes von Francheval erreicht, in dem die Herren von Tournissan im Laufe der Jahrhunderte immer gern gejagt hatten. Es gab allerdings auch einige

Stellen mit zweifelhaftem Ruf, die sie stets gemieden hatten: hier der Unheil bringenden Busch, dort eine verhexte Lichtung – und zuletzt der Ort, den Bertoul nun auf Bitten seiner Herrin aufsuchen sollte. Er versuchte, mit festen Schritten darauf zuzugehen, doch gelang es ihm nicht, seine Furcht ganz zu unterdrücken.

Und dann sah er ihn. Der Eulenbaum ragte nicht weit von der Mitte des Waldes empor, genau dort, wohin niemand zu gehen wagte. Es war eine große Eiche mit langen, krummen Ästen, dicht belaubten Zweigen und einem dicken und knorrigen Stamm mit dunklen und unheimlichen Höhlungen. Keinerlei Vogelgezwitscher war hier zu hören, kein einziges Kaninchen ließ sich blicken. Der Baum war von einem Geruch nach modriger Erde und einer unheilvollen und beunruhigenden Atmosphäre umgeben.

Ein wenig bang ging Bertoul vorsichtig um ihn herum und suchte mit seinen Blicken eine Stelle, die groß genug war, um ein Buch hineingleiten zu lassen, und die für eine ältere, schon etwas gebrechliche Dame ohne Schwierigkeiten zu erreichen war. Obwohl … wenn Frau Hermelinde sich wirklich die Zauberkünste dieses Buches angeeignet hatte, konnte sie sich dann nicht einfach in die Luft erheben, indem sie sich auf einen Besen setzte?

Bertoul legte seinen Umhang und seinen Sack auf den Boden. Vorsichtig näherte er sich dem ersten Hohlraum, legte seine Hände auf den Rindenwulst und reckte den Kopf in die Höhe, um hineinzuschauen. Auf den ersten Blick konnte er keine Gefahr erkennen. Mit angehaltenem Atem ließ er den Arm so tief wie möglich hineingleiten. Aber was seine Hand nach und nach ans Tageslicht beförderte, war nichts als Holz, einige vermoderte Blätter und ein paar hinterlassene Federn.

Das zweite Loch war nicht so tief wie das erste, und schnell hatte er mit einem Blick alles erfasst.

»Schauen wir woanders nach«, sagte er laut, um den Klang einer Stimme in dieser stillen Umgebung zu hören, selbst wenn es nur seine eigene war. Ein langer, schräger Ast neigte sich vom Stamm bis auf den Boden hinab. Bertoul balancierte vorsichtig auf ihm empor, indem er seine Arme ein wenig ausbreitete, um das Gleichgewicht nicht zu verlieren, und erreichte nach einigen Mühen den knorrigen Stamm. Nicht weit oberhalb der Stelle gab es ein Loch, das wie ein schwarzer, tiefer Brunnen im Innern des Stammes bis auf den Grund zu reichen schien.

Da könnte der Teufel wohnen, dachte er, als er einen Blick hineinwarf. Auf einem Vorsprung sah er etwas liegen. Er streckte seinen Arm so weit wie er konnte hinein und berührte schließlich einen Gegenstand aus dickem, gepolstertem Stoff. Es war ohne Zweifel das, wonach er suchte.

Um tiefer hineingreifen zu können, stützte sich auf einen großen Ast, lehnte sich vornüber und streckte den Arm aus, um nach dem Gegenstand zu greifen, als plötzlich etwas auf ihn niederstürzte und flüchtig seine Wange berührte.

Fast wäre ihm seine Beute in die Tiefe des hohlen Baumes gefallen. Es war eine Eule, die er nicht hatte kommen hören. Der Vogel hatte ihn mit der Flügelspitze gestreift und schwebte nun in engen Kreisen dicht über ihm. Bertoul hob den Blick. Zwei weitere Eulen saßen auf Ästen in seiner Nähe und beäugten ihn unverwandt.

»Gemeine Tiere, nie machen sie auch nur das geringste Geräusch! Geschöpfe, die zum Teufel gehören! Sie sind wirklich …«

Bertoul spürte, dass sein Herz so heftig schlug, als müsse es zerbersten. Eulen, das wusste jeder, drehen nachts ihre Runden und rufen, dass es einem kalt den Rücken hinunterläuft. Warum waren diese hier eigentlich zu einer so ungewöhnlichen Tageszeit wach? Waren sie die Hüter des Zauberbuchs? Bertoul fluchte, griff hastig nach dem Buch und drückte es an sich. Er musste sich unbedingt auf dem Ast halten. Die Eule kreiste noch immer über ihm – aber sie wirkte gar nicht bedrohlich.

Plötzlich schoss ihm die Erinnerung durch den Kopf: Frau Hermelinde hatte ihm auf ihrem Sterbebett zugemurmelt: »Die Eulen tun dir nichts, im Gegenteil«, und sie hatte noch einmal bekräftigt: »Ganz im Gegenteil.« Warum hatte sie das gesagt? Sie musste doch auch um ihre Macht gewusst haben … Bertoul fühlte, wie eine Flut von

Fragen in ihm aufstieg, deren wichtigste einmal mehr lautete: Kannte er sie wirklich so gut, wie er geglaubt hatte?

Die anderen beiden Eulen schienen Wache zu halten und beobachteten die Umgebung auf ihre seltsame Art und Weise, indem sie ihren Kopf nach hinten drehten.

Das Paket fest an sich gedrückt und den Kopf voller Fragen, rutschte Bertoul den Ast hinunter und sprang zuletzt auf das tote Laub am Fuß der dunklen Eiche. Als er, etwas ängstlich, seinen Blick nach oben in das Blattwerk richtete, waren die Eulen verschwunden. Ohne das geringste Geräusch.

Bertoul setzte sich zwischen zwei Wurzeln auf die Erde und legte das schwarze Paket in seinen Schoß. Auch wenn er sich sicher war, musste er sich doch davon überzeugen, dass es sich auch wirklich um das Zauberbuch mit dem Rubin handelte.

Mit zitternden Händen versuchte er den graubraunen Stoff auseinanderzufalten, doch er musste feststellen, dass er zugenäht war. Mit der Spitze seines Messers löste er die Naht, dann faltete er den Stoff auseinander. Unter dieser Schutzhülle kam eine weitere aus schwarzer Wolle zum Vorschein, auch sie war zugenäht. Und danach noch eine weitere aus weißem Leinen. Dann eine vierte, die ihn sehr beeindruckte: Sie bestand aus einem Stoff, wie er ihn noch niemals gesehen hatte. Er war weich und glatt, rot glänzend wie die Blüte des Klatschmohns, mit eingewebten Goldfäden, die sowohl ein geometrisches als auch ein pflanzliches Motiv bildeten, in dem sich Blätter, Blüten und Stängel wiederholten.

Mit angehaltenem Atem hielt er eine Zeit lang inne und bewunderte den dicken Brokatstoff. Er streichelte ihn mit den Fingerspitzen, dann entfaltete er ihn langsam. Endlich lag das Buch vor ihm. Anderthalb Spannen hoch, verhältnismäßig breit und ungefähr vier Finger dick – das Buch war ein Wunder.

Noch nie hatte Bertouls Herz so heftig geschlagen. Noch nie hatte er einen so schönen und kostbaren Gegenstand in seinen Händen gehalten. Der Deckel war aus Holz, mit einem festen und verzierten Ledereinband bezogen. Seltsame Zeichen aus Gold waren in das

Leder eingraviert. Unbekannte Buchstaben und Zeichnungen, die Himmelskörper abzubilden schienen: Sterne, Mond, Sonne. Auch Tiere, wie er sie ebenfalls noch nie zuvor gesehen hatte. Und in der Mitte des Buchdeckels prangte ein roter Stein, fest in einen goldenen Ring eingefasst. Er war oval und glatt, fast so groß wie ein Ei, glutrot und ganz und gar durchscheinend.

Wie lange mochte er wohl so dagesessen haben? Zwischen den Wurzeln der Eiche, den Blick starr auf das Zauberbuch des Meisters Magnus gerichtet? Nur einige Augenblicke? Oder doch viel länger? Er wusste es nicht.

Mit den Fingerspitzen berührte er das Buch, ohne es zu öffnen. Aneinander genähte, sorgsam zurechtgeschnittene Pergamentblätter bildeten die Seiten. Sie enthielten ganz gewiss Geheimnisse, mysteriöse, unheimliche Zauberanweisungen, die nicht für ihn bestimmt waren.

Frau Hermelinde hatte bei einigen Leuten aus ihrem Umkreis ein paar dieser Formeln ausprobiert – *nur zu deren Besten*, hatte sie gesagt. Ob er wohl auch einer von diesen Menschen war? Sicher nicht, er war ja nicht anders als andere Jungen seines Alters. Jedenfalls konnte er sich nicht in den Lüften fortbewegen, er kannte auch nicht die Heilkräfte der Pflanzen, er wusste nichts von den Geheimnissen seiner oder der Zukunft anderer Menschen – er wusste ja nicht einmal, was er morgen essen würde.

Er war von diesem Einband mit dem roten Stein so in den Bann geschlagen, dass er gerade noch bemerkte, wie sein Finger zwischen zwei Seiten glitt … es war, als sei es der Wille des Buches, von ihm geöffnet zu werden, und er konnte sich dem nicht widersetzen.

Plötzlich knackte hinter ihm ein Ast. Bertoul schrak hoch. Mit einer schnellen Geste zog er seinen Zeigefinger zurück, der sich schon zwischen die Seiten vorgewagt hatte. Während er einen Grund suchte, sagte er sich, dass eine Seite ausdrücklich für ihn bestimmt war: die letzte. Seine Herrin hatte es ihm gesagt. Er durfte es tun. Er hatte das Recht dazu.

Mit entschlossener Geste drehte er das Buch um, sodass der Rubin nun gegen seine Knie drückte, und schlug die letzte Seite auf. Wörter in einer eckigen Schrift drängten sich auf dem gelblichen Pergament:

Anweisungen, die zu befolgen sind,
wenn der Schreiber Magnus Gurhaval
nicht mehr auf dieser Welt ist.

Die Anweisungen, die Frau Hermelinde de Tournissan hinterlassen hatte, bedeckten in enger Handschrift die zwei Seiten, die er gerade aufgeschlagen hatte. Der Ast der Eiche knackte wieder. Leicht beunruhigt schloss Bertoul überstürzt den schweren Buchdeckel. Der Baum war wieder in Stille gehüllt, nicht das geringste Rascheln war zu vernehmen.

»Der Baum ist verhext, oder ist es das Buch? Wie auch immer, das Lesen dieser Seiten könnte mir, falls der Magier noch nicht tot ist, Unglück bringen«, sagte er zu sich selbst.

Bertoul legte seine Hände flach auf den Einband des Buches, das immer noch auf seinen Knien lag, und versuchte das Zittern, das ihn von Kopf bis Fuß durchlief, zu bezwingen. Nach einiger Zeit ließ es nach und sein Atem wurde ruhiger. Aber er dachte trotzdem nicht weniger daran.

»Ich hoffe von ganzem Herzen«, sagte er wieder laut vor sich hin, um die Stille zu bannen, »dass dieser Mann noch lebt und dass ich ihm so schnell wie möglich sein Zauberbuch zurückgeben kann. Und dass ich von ihm Vergebung für meine Herrin erhalte. Wenn ich meinen Auftrag einmal erfüllt habe, werde ich weiter durch die Lande ziehen.«

Seine Stimme war leichter geworden. Er sah seine Zukunft vor sich.

»Ich werde ein großer Musiker sein. Ich werde von Schloss zu Schloss ziehen. Man sagt, dass es dort Herrinnen und junge Damen gäbe, die sich manchmal in die fahrenden Sänger verlieben. Vielleicht widerfährt mir ja dieses Glück, wer weiß …«

Während er an den Zauber der jungen Frauen und Mädchen dachte, lächelte er in sich hinein. Es war sehr viel angenehmer, sich diesen Gedanken zu widmen, als sich auszumalen, welches Unglück ihn durch das Zauberbuch noch heimsuchen könnte. Oder sich gar darum zu sorgen, welchen Weg er einschlagen musste, oder wovon er sich auf seiner Reise ernähren sollte.
Irgendwann war seine Verwirrung verschwunden und sein Herz schlug wieder normal. Das Zauberbuch war nur ein Buch wie alle anderen, eine gewöhnliche Ansammlung von Holz, Bindfaden, Pergamentbögen und Tinte. Er musste nun eilends nach Paris gelangen und sich des Manuskripts entledigen.

Er schlug das Buch wieder in seine vier Hüllen ein und ließ es in seinen Sack gleiten, zwischen sein Tamburin und seine Fidel. Dann schnitzte er sich mit seinem Messer einen Stock aus einem Ast und entfernte sich von dem knorrigen Baum.
Mit flinkem Schritt, fast hüpfend, begann er, seiner Nase nach zu wandern und hoffte, bald jemandem zu begegnen, der ihm Auskunft über den Weg nach Paris gab, damit er so rasch wie möglich seinen Auftrag erfüllen konnte.
Die Eulen, die auf ihre Äste zurückgekehrt waren, blickten ihm nach. Bertoul musste es gespürt haben, denn er drehte sich noch einmal um: Ungefähr fünfzehn der seltsamen Vögel fixierten ihn mit ihren großen goldenen Augen.
Noch unter dem Eindruck dieses Anblicks entfernte er sich mit großen Schritten. Durchdringende, seltsame Schreie, mitten am Tag, begleiteten ihn noch eine ganze Weile.

Anweisung, so schnell wie möglich laufen zu können

Tötet einen jungen Wolf,
zieht ihm das Fell ab.
Macht daraus zwei Schenkelbinden,
auf die Ihr mit Eurem Blut
folgende Zauberworte schreibt:
»Abumaleth cados.«
Legt die Binden an –
und Ihr werdet die besten Pferde
der ersten Gestüte
zum Wettlauf herausfordern können.

5

»Ich werde euch aufhängen lassen! Wenn ihr nicht findet, was ich suche, baumelt ihr alle morgen am Galgen!«
In dem Raum, der einst das Zimmer der Edelfrau gewesen war, hatte man alle Truhen geöffnet, und eine Flut von Kleidungsstücken und Stoffen aller Art ergoss sich über den Steinboden. Die Tapeten waren von den Wänden gerissen, die Matratzen und Bettdecken durchwühlt, sodass das Holzgestell des Bettes zum Vorschein kam. Überall lagen Töpfe und Schalen zerbrochen auf dem Boden.
Das hübsche, hölzerne, mit Schnitzereien verzierte Stehpult, an dem Frau Hermelinde so gern schrieb, war zerbrochen. Schwarze Tintenflecke beschmutzten die Pergamentbögen, auf denen sie vor ihrem Tod geschrieben hatte. Das umgekippte Tintenfass aus Horn hatte den Teppich aus Wolfshaut unwiederbringlich verdorben, und Raoulet de Mauchalgrin stampfte mit den Füßen darauf herum, ohne sich darum zu scheren, dass er den Schaden damit nur noch größer machte. In einer Ecke zitterten zwei Mägde und ein Diener vor dem neuen jungen Herrn, der angefangen hatte, auf dem Schloss den Gebieter zu spielen, während sein Vater die neuen Güter besuchte.
»Ich will wissen, wo es ist!«, brüllte Raoulet.
»Gnädiger Herr«, brachte eine der Mägde, Florie, mühsam hervor, »wir haben das, was Ihr sucht, nie gesehen.«
»Wir haben auch nie jemanden davon sprechen hören«, bekräftigte die Zweite, Doette, mit zitternder Stimme.
»Verzeiht uns, gnädiger Herr«, fuhr der Diener fort, »aber wir haben bei unserer Herrin nie etwas anderes als das Stundenbuch für ihre Gebete gesehen.«
Dieses Stundenbuch, reich mit Buchmalereien versehen, lag in Stücke gerissen auf dem Boden.

»Possen!«, brüllte Raoulet, »ihr wisst nur zu gut, dass ihr lügt!«
»Gnädiger Herr, bei allem schuldigen Respekt, wir lügen Euch nicht an. Uns ist all das, wovon Ihr redet, unbekannt.«
»Dennoch, ich habe es gesehen. Und zwar genau hier! Sie hat es mir gezeigt! Es kann nicht weit sein!«
Und in seiner Wut stürzte Raoulet alle Möbel um, die noch aufrecht standen. Eine Trinkschale rollte mit metallischem Geräusch über die Fliesen, während andere, gewöhnlichere Becher zerbrachen.
Raoulet hob die Trinkschale auf und betrachtete sie einen Moment lang.
»Pah! Nur verziertes Silber. Nicht einmal mit Edelsteinen besetzt ist sie!«
Er warf die Schale gegen eine Wand, vor der sie völlig zerbeult liegen blieb. Dann hob er sie auf und schleuderte sie durch das Fenster in den Hof hinaus.
»Wollt ihr es mir jetzt endlich sagen? Oder wollt ihr auch da unten landen? Griffon, komm her!«
Die Tür öffnete sich und ein riesiger, behaarter, in Leder gekleideter Mann erschien. Er schloss die Tür, lehnte sich mit dem Rücken dagegen und verschränkte die Arme.
»Komm hierher«, wiederholte Raoulet.
Der Koloss näherte sich mit schwerem und festem Schritt.
»Ihr werdet mit Griffon le Réchin Bekanntschaft machen«, sagte Raoulet in süßlichem Ton. »Mit dem Mann, den mir mein Vater an die Seite gestellt hat, damit er mich beschützt und meine Befehle ausführt.«
Raoulets Miene wurde nachdenklich, als hätte er eine wichtige Entscheidung zu treffen.
»Soll ich ihn bitten, dich aus dem Fenster zu werfen?«, sagte er zu Florie, der schmächtigeren der beiden Mägde.
»Nein, gnädiger Herr, habt Mitleid«, flehte sie, indem sie sich ihm zu Füßen warf, doch das kümmerte ihn nicht.
»Oder soll ich ihn bitten, dich in den Vorratskeller hinunterzubringen?«, sagte er, wobei er sich diesmal an Denisot wandte. »Es gibt

dort einen kleinen Raum, in dem er sich um dich kümmern könnte, ohne dass irgendjemand etwas hören würde ...«

»Aber ... aber, ich will nicht gefoltert werden«, stammelte Denisot.

»Das verstehe ich ... Wie sieht es mit dir aus?«, fragte Raoulet, indem er auf Doette zeigte.

Nun war Doette an der Reihe und warf sich dem jungen Herrn zu Füßen. Diese einfachen Leute, die immer nur einer gütigen Herrin gedient hatten, begriffen nichts von dieser Gewalt, die neu für sie war. Sie rollten furchtsam die Augen und rangen die Hände vor Angst.

»Ihr seid die drei Diener, die sie am häufigsten rief, um ihr aufzuwarten«, sagte Raoulet bedächtig und jede Silbe betonend, als wolle er plötzlich größte Geduld zeigen.

»Also, ein Buch dieser Größe ... es ist unmöglich, dass ihr es nicht gesehen habt...«

»Verzeiht, gnädiger Herr, wir haben nie etwas Derartiges gesehen«, sagte Denisot mutig.

»Aber ich habe es mit meinen eigenen Augen gesehen, sage ich euch! In diesem Zimmer hier. Ich brauche es. Ich muss es haben.«

Eines Tages – das lag jetzt drei oder vier Jahre zurück – war Raoulet mit seinem Vater zu Besuch in Tournissan gewesen und zu Frau Hermelinde gerufen worden, die ihm eine merkwürdige Frage gestellt hatte:

»Kannst du lesen, mein lieber Neffe?«

»Lesen?«, hatte sich Raoulet gewundert. Wozu sollte es gut sein, lesen zu können? Er wusste sich erbittert im Zweikampf zu schlagen, er konnte reiten und seine Befehle gegenüber den jungen Adligen niederen Ranges und den Bürgerlichen und Dienern durchsetzen, die er herablassend und verachtend behandelte. Er wusste auch, wie man die Arbeit anderer zunichte machte, indem er über frisch bestellte Felder ritt und sie mit seinem Pferd verwüstete, oder die Auslagen der Handwerker zerstörte, indem er die Bänke mit ihren Waren umstürzte und nachher darauf herumtrampelte. Das war das Leben eines echten Ritters!

Aber Lesen? Wozu sollte das gut sein können? Doch er wusste, dass er diesen Unwillen seiner Großtante gegenüber nicht zu deutlich zeigen durfte.
»Ich kann einige Buchstaben entziffern«, hatte er verstimmt geantwortet.
»Oh, das wird nicht ausreichen«, hatte Frau Hermelinde betrübt bemerkt.
»Wofür nicht ausreichen?«, hatte Raoulet gefragt.
»Dafür, dass das hier einer Vertrauensperson übergeben werden muss.«
Zu jener Zeit hatte sie offenbar noch einige Illusionen, was Raoulets Charakter anging.
Sie hatte bei ihren Worten auf das Buch gedeutet, das aufgeschlagen auf dem verzierten Lesepult lag. Raoulet hatte darin schwarze Zeichen und kleine Bilder erblickt.
»Das sind Buchstaben«, hatte er stolz verkündet.
»Ja«, hatte die alte Dame bestätigt. »Es handelt sich um Formeln und Anweisungen … sehr geheime … Aber gut, du kannst nicht lesen …«
Geheime Formeln? Raoulets Augen hatten einen begierigen Glanz angenommen und die Neugierde des gierigen Kerls war geweckt. Sicher waren es Zauberformeln. Das überraschte ihn nicht bei der Alten. Wäre er im Besitz dieser magischen Formeln und Anweisungen, hätte er so viel Gold, wie er nur wollte. Er würde sich seiner Feinde entledigen, er würde anderen gegenüber seinen Willen durchsetzen können, leichter als mit der natürlichen Autorität des Adligen. Was für ein Glücksfall!
»Lesen …«, säuselte er jetzt. »Ich möchte es schon so lang lernen, liebe Tante!«
»Das werden wir sehen«, hatte die Herrin von Tournissan gesagt, indem sie den Band zuschlug.
So konnte Raoulet den schönen Buchdeckel betrachten, seine goldenen Zeichen, seine wertvollen Ornamente und vor allem den übergroßen Rubin.

»Zwei Fliegen mit einer Klappe«, hatte er gedacht, »magische Formeln und ein Edelstein von unschätzbarem Wert!«
»Sprich mit niemandem über das, was ich dir gerade gezeigt habe«, hatte Frau Hermelinde ihm empfohlen.
Natürlich würde er mit niemandem darüber sprechen! Nicht einmal sein Vater würde jemals davon erfahren. Er kannte ihn. Baron Raoul war habgierig und würde es sofort selbst besitzen wollen. Aber wenn er, Raoulet, es besäße, würde er schon die rechte Formel finden, mit der er seinem Vater alle Macht nehmen konnte.
»Lerne lesen und komm dann wieder zu mir«, hatte die alte Dame befohlen. Aber Raoulet hatte es nie gelernt – er würde schon irgendeinen Dummen finden, der es ihm vorlas, es genügte, irgendeinen Geistlichen unter Druck zu setzen. Leider hatte die Edelfrau ihm das Buch nie wieder gezeigt, obwohl er den Gedanken kaum ertragen konnte, es nicht zu sehen, zu berühren, und sich Stück für Stück mit seinem Inhalt vertraut zu machen.
»Für solche, die nicht lesen können, ist es wertlos«, schärfte die alte Dame ihm unnachgiebig ein.
Raoulet knirschte mit den Zähnen. Eines Tages, früher oder später, würde er dieses Zauberbuch besitzen.

Deshalb also musste er unbedingt heute, kurz bevor er seinen Dienst bei Baron de Fougeray antrat, dieses wunderbare Buch finden.
»Wer wurde außer euch noch in diesem Zimmer empfangen?«, fragte er in barschem Ton, während er den Arm der guten Doette ergriff.
»Viele Leute, gnädiger Herr … Wir drei natürlich, aber auch andere Mägde und Diener, je nach ihrer Aufgabe. Jungfern aus den benachbarten Schlössern, denen Hermelinde de Tournissan ihre berühmte Art zu sticken zeigte. Ritter, die sie mit einem Besuch ehrten … Und andere Leute, die sie kannten, ihr alter Musikant Jacquemin-Loriot, der für sie sang und spielte.«
»Wo ist dieser Jacquemin-Loriot?«
»Aber, gnädiger Herr, er ist letzten Winter gestorben, der arme Mann.«

»Der Glückliche, würde ich sagen! Wenn ich ihn in die Hände bekommen hätte, würde er jetzt wohl alles ausspucken, was er wüsste.«
Ein Gedanke nahm langsam und undeutlich im Kopf des jungen Raoulet Gestalt an. Da war etwas, woran er sich dunkel erinnerte – oder vielmehr jemand. Außer sich darüber, dass die Erinnerung sich ihm verweigerte, ließ er Doette los und stieß sie von sich, sodass sie heftig zu Boden stürzte.
»Der Musiker …«, sprach Raoulet, während sie sich mühsam erhob.
»Sie haben ihn neben der Kirche begraben lassen …«
»Genau, das ist es. Es hat irgendetwas mit Musik zu tun!«
Die drei Bedienten schauten sich an. Es lag so etwas wie eine Warnung in den besorgten Blicken, die sie miteinander wechselten. Unglücklicherweise nahm Raoulet ihren Blick wahr.
»Was verschweigt ihr mir?«, fragte er.
»Nichts, gnädiger Herr, gar nichts!«, stammelten die drei zusammen.
»Griffon, komm her!«
Raoulet zeigte mit seinem Finger auf den Diener. Mit seiner riesigen Hand griff Griffon le Réchin Denisots Arm und begann ihn langsam nach hinten zu drehen.
»Ahh!«, schrie der arme Mann.
»Na? Zweifelst du immer noch an Griffons Künsten?«
Der Diener starb tausend Tode und stöhnte, indem er le Réchin anflehte, seinen Druck zu lockern. Florie warf Doette einen kurzen Blick zu, und Denisot einen weiteren voller Mitleid.
»Er ist schon weit weg, er ist nicht mehr in Gefahr«, hauchte sie ihrer Kameradin mit leiser Stimme zu.
»Was sagst du da, Mädchen?«
»Gnädiger Herr, habt Mitleid mit dem armen Denisot! Ich werde Euch sagen …«
Mit schneller Geste bedeutete er seinem Knecht, den Diener loszulassen. Denisot richtete sich auf, während er einen Seufzer der Erleichterung unterdrückte und sich die schmerzende Stelle rieb.
»Nun, ich höre.«

»Es gibt da einen Schüler von Jacquemin-Loriot, aber der gnädige Herr, Ihr Vater, hat ihn aus dem Schloss gewiesen.«
»Dieses junge Großmaul …«, durchfuhr es Raoulet freudig. Das war es! Sollte die Alte ihm vielleicht das Buch gegeben haben? Ja, natürlich, er lag ihr doch immer zu Füßen.
»Warum bin ich nicht früher darauf gekommen? Ihr drei, ihr habt mich absichtlich in die Irre geführt, ich werde mich noch daran erinnern, darauf könnt ihr euch verlassen … Aber jetzt ist der Musiker wichtiger! Ich werde ihn einholen. Wo ist er? Wie heißt er? Sagt es mir, sonst …«
»Er heißt Bertoul«, warf Denisot ein. Sollte er sagen, wo er war …?
»Seit wann ist er fort?«
»Auf Befehl des gnädigen Herrn, Eures Vaters, seit zwei Tagen«, antwortete Florie mit schwacher Stimme.
»Was sagst du da? Sprich lauter!«
»Zwei Tage«, wiederholte Florie, nicht viel lauter.
»Ich bin sicher, ihr wisst, wohin er gezogen ist. Griffon!«
Denisot schrie überrascht auf, als der Rohling blitzschnell seinen Arm packte und von Neuem an der Stelle verdrehte, wo er ohnehin schon schmerzte.
»Nicht, gnädiger Herr, nein …«, kapitulierte Doette. »Wartet!«
»Sieh an, du entschließt dich zu reden. Nun, was ist es denn, was dir so plötzlich einfällt?«
»Bertoul … Er hat gefragt, ob jemand ihm den Weg nach Paris zeigen könnte.«
»Nach Paris also! Du kannst loslassen, Griffon.«
Denisot, am Ende seiner Kräfte, sank zu Boden, wo die beiden Frauen ihm sogleich zu Hilfe eilten. Doch Raoulet unterband diese Mitleidsbekundungen sofort.
»Los, ihr räumt jetzt diese ganze Unordnung auf, damit hier alles wieder tadellos ist, oder ihr werdet bestraft. Ich dulde nicht länger ein Zimmer, das in einem solchen Zustand ist. Und was diesen Bertoul betrifft, diesen verfluchten Musiker … Natürlich hat er das Buch gestohlen! Ich erinnere mich zu gut an sein unverschämtes Beneh-

men. Sobald ich ihn erwischt habe, nehme ich ihm das Buch ab, und dann werde ich ihm die Augen ausstechen, damit er sich dessen nicht mehr bedienen kann, was er darin gesehen hat.«

Äußerst zufrieden mit seiner Idee fing der junge Gutsherr aus vollem Halse zu lachen an, begleitet von der tiefen Stimme seines rohen Dieners.

»Oh ja, die Augen werde ich ihm ausstechen …«

Anweisung gegen Trunkenheit

Bereitet Euch ein Omelette
aus Euleneiern.
Die Trunkenheit wird Euch verlassen,
sobald Ihr es verzehrt habt.

6

Schon wieder rutschte Bertoul der Reisesack von seiner Schulter. Mit einem Ruck brachte er ihn wieder an seinen Platz. Es musste an dem Buch liegen, die Flöte wog nichts, das Tamburin kaum etwas und die Fidel war auch nicht schwer. Seit vier Tagen befand er sich jetzt auf Wanderschaft, das heißt, eigentlich bewegte er sich planlos vorwärts, vom Zufall gesteuert, indem er ungefähr der Sonne folgte und hoffte, eine Abtei oder ein Schloss zu finden, in dem ihm ein Geistlicher oder Gelehrter Auskunft über den Weg nach Paris geben könnte. Es wurde ihm klar, dass er es nicht gewohnt war, lange Strecken zu gehen. Beine und Rücken taten ihm weh, seine Füße waren mit Blasen übersät und der Rucksack schien ihm ein schreckliches Gewicht zu haben, obwohl er bereits allen Proviant aufgebraucht hatte. Er war an Wäldern, Feldern und Dörfern vorbei gekommen, und manchmal fürchtete er, die Bauern hätten sich einen Spaß daraus gemacht, ihm den falschen Weg zu weisen. Wahrscheinlich lag es aber daran, dass sie, wie er selbst, niemals die Grenzen ihrer Güter überschritten hatten. Um ihre Unkenntnis nicht eingestehen zu müssen und aus gutem Willen hatten sie ihm jeweils die Richtung angezeigt, in der sie Paris vermuteten.

Man hatte ihm Geschichten erzählt, die von verzauberten Wäldern sprachen, in denen man sich unweigerlich verirren musste – und er entdeckte, dass es einem auf französischem Boden tatsächlich so ergehen konnte, und nun war er drauf und dran, in Panik zu geraten.

Wälder, Felder und Wiesen folgten aufeinander, einige armselige Dörfer, Flüsse, die er nicht überqueren konnte und an deren Ufern er entlang gewandert war, auf der Suche nach einer Furt … Weitere Felder, neue Wälder … Wie sollte man sich da orientieren? Er wusste

es nicht mehr – und seit heute Morgen gesellte sich noch der Hunger dazu, der ihm den Weg auch nicht kürzer erscheinen ließ.
Die Bauern, denen er begegnete, weigerten sich, ihre Rübensuppe und ihren Speck mit ihm zu teilen. Es war April, in den Wäldern und am Wegrand war es für Haselnüsse zu spät und für Himbeeren zu früh. Zwar hatte man ihm hier und da eine Brotkruste als Almosen gegeben, einmal sogar eine helle Suppe, aber nichts, was das Loch in seinem Bauch hätte füllen können, nichts, was ihm die Energie gegeben hatte, forschen Schrittes zu wandern und neuen Mut zu fassen.
In Tournissan gab es das Schloss, umgeben von seinen wenigen Dörfern, dann, etwas weiter weg, so glaubte er, Felder, Wälder, den Horizont, andere Schlösser, die Hauptstadt der Grafschaft, und noch ein wenig weiter entfernt Paris, wo der König lebte. Wie hätte er darauf kommen sollen, dass man mehr als ein oder zwei Wandertage brauchte, um das Königreich zu durchreisen? Nie hatte er das Gut seiner Herrin zuvor verlassen. Paris, dessen wurde er sich nun bewusst, war sehr viel weiter weg, als er es sich vorgestellt hatte. Die Welt war zu weitläufig, und er fühlte sich verloren in der Eintönigkeit dieser unendlichen Weite.
Tournissan und die Mauchalgrins, Vater und Sohn, lagen bereits sehr weit hinter ihm. Aber es gab kein Mittel, zu erfahren, ob Paris deshalb sehr viel näher war. Er hoffte, auf seiner ziellosen Wanderschaft irgendein Schloss zu finden. Ein gastliches Schloss, wo er seine Musik vortragen konnte, um sich sein Brot zu verdienen. Und wo er endlich einen Geistlichen finden würde, der ihm den Weg weisen könnte. Die Geistlichen waren gelehrt. Sehr viel gelehrter als die Gutsherren, die außer ihren Pferden, Degen und abstoßenden Kriegsgewohnheiten von nichts eine Ahnung hatten. Von Hunger geplagt, fand er sich damit ab, sein letztes Stück Käse, das ihm die Küchenmeisterin Gauberte gegeben hatte, anzubeißen. Was seinen Schatz an Silbermünzen anging, so war er nicht einmal auf den Gedanken gekommen, ihn anzubrechen, um sich einen Laib Brot oder zerkleinertes Gemüse zu leisten. Er erkannte, wie einfach sein Leben

doch bisher verlaufen war. Aber seit Frau Hermelindes Krankheit … Seine gute Herrin! Bertoul musste wieder an sie denken. Er hatte noch lange nicht für alles, was sie betraf, eine Erklärung gefunden. War sie wirklich eine Diebin? Eine Hexe? Kannte sie sich nicht mit Kräutern aus? Aber andererseits, welche Adlige war nicht mit Kräutern und Salben vertraut, um ihren Bedienten und Bauern mit ihnen zu helfen?

Bertoul erinnerte sich auch an ihre zahlreichen Truhen, die immer so sorgsam verschlossen waren. Enthielten sie weitere Zauberbücher? Fläschchen mit merkwürdigen Präparaten? Geheimnisvolle Pulver? Und dann waren da noch ihre Besuche bei Edelfrau Isabeau auf Schloss Jarzelle. Fanden sie nicht immer bei Vollmond statt? War es so eingerichtet, um an geheimnisvollen Zeremonien teilzunehmen?

Bertoul war dieser Gedanke nicht angenehm. War er einer Hexe ergeben gewesen? Unmöglich. Hermelinde de Tournissan war vom Alter gezeichnet, autoritär, geheimnisvoll und gelehrt – aber daraus zu schließen, dass sie eine Hexe war … Dennoch, sie hatte zugegeben, das Buch einem Magier gestohlen zu haben. Und sogar Formeln hatte sie ausprobiert, wahrscheinlich ganz abscheuliche.

»Nun«, sagte er zu sich, während ihn diese Fragen, die er nicht beantworten konnte, quälten, »das Beste, was ich tun kann, ist mir dieses Zauberbuch vom Hals zu schaffen, um nie wieder darüber nachdenken zu müssen.«

Er ging an einem Feld entlang, während sich zu seiner Rechten ein ziemlich dichter Wald ausbreitete. Es wurde Zeit, daran zu denken, Schutz unter den Bäumen zu suchen und sich eine Schlafstatt aus verwelktem Laub zu bereiten oder in einen Baum zu steigen, da in dieser Jahreszeit die Gräben viel zu feucht waren. Gestern Abend hatte er Gliederschmerzen bekommen, da er auf feuchtem Moos eingeschlafen war. Er war dabei, in den Wald einzuschwenken, als er hinter sich einen Reitertrupp hörte. Ob er sie nach dem Weg fragen konnte? Besser nicht, dachte er, sicher ist sicher. Vorsichtig drang er in das Dickicht ein, und verbarg sich hinter einem Busch.

Der kleine Trupp hielt genau an der Stelle an, an der er einige Augenblicke zuvor gestanden hatte. Es waren vier Reiter, gut bewaffnet, ein Erkundungstrupp.
»Es ist genau hier. Ich bin nicht blind, hier war der Vagabund, der vor uns wanderte …«
»Ich hab's dir gesagt: Es war nur ein Tier, ein Hirsch oder Wildschwein, das in den Wald geflüchtet ist, als wir näher kamen.«
»Ich hätte schwören können, dass es ein Junge mit einem Rucksack war.«
»Unsinn, Guyon, die Nacht bricht herein, Nebel ist aufgezogen, du hast gar nichts gesehen. Es war ganz sicher ein Tier.«
»Ich werde weiter vorn nachsehen«, sagte Guyon hartnäckig. »Stellt euch vor, er wäre es! Unser junger Herr Raoulet würde uns gut belohnen.«
Als er diese Worte hörte, spitzte Bertoul seine Ohren und das Blut gefror ihm in den Adern. Raoulet! Wenige Gutsbesitzer in dieser Umgebung trugen diesen Namen, selbst vier Tagesreisen von Tournissan entfernt. Bertoul verhielt sich so still er konnte und machte sich so klein wie möglich im Gestrüpp, wo er sich versteckt hatte. Glücklicherweise hatten seine Kleider dieselbe Farbe wie der Wald.
»Nur keine Gefühle, hat Griffon uns gesagt. Der Junge ist gefährlich, auch wenn dieser Bertoul so aussieht, als wäre er nur ein gewöhnlicher fahrender Musiker.«
Man sprach von ihm! Bertoul war verblüfft.
»Wir müssen ihn fangen, und zwar lebendig. Herr Raoulet hat wirklich die Absicht, ihn am Galgen zur Schau zu stellen und ihm dann die Augen auszustechen, weil er ein kostbares Buch geraubt hat.«
Fast wäre Bertoul aus dem Dickicht gestürzt, um auszurufen: »Ich habe nichts gestohlen. Die Herrin selbst hat es mir anvertraut.« Aber er konnte gerade noch die Lippen zusammenpressen und unbeweglich verharren. Währenddessen lachten die vier Männer bei dem Gedanken an die willkommene Abwechslung, die die Hinrichtung eines Unschuldigen für sie bedeuten würde, laut auf und freuten sich über die Aussicht auf ihre verdiente Belohnung.

»Los, Kameraden, lasst uns den Wald durchkämmen.«
»Bei Einbruch der Nacht? Du machst wohl Witze! Ich gehe doch nicht nachts in einen Wald, in dem böse Geister und wilde Tiere herumschleichen.«
»Er hat recht, außerdem sieht man schon gar nichts mehr.«
»Lasst uns lieber zum Dorf dort hinten reiten. Wir werden ein Mahl und Lager für die Nacht einfordern und die Suche morgen fortsetzen.«
»Wir sind die ganze Region abgeritten, er kann nicht mehr weit sein.«
Durch das Geäst sah Bertoul, wie sie sich langsam entfernten, und trotz seines klopfenden Herzens wagte er, ein wenig aufzuatmen. Puh! Er war noch einmal heil davongekommen. Wenn er nicht die Idee gehabt hätte, sich am Waldrand zu verbergen, wäre es um ihn geschehen gewesen. Er dankte seinem guten Stern.
Bei Dunkelheit konnte er nicht reisen, da die Nacht den Reisenden Unheil brachte. Sie liefen Gefahr, von den bösen Geistern, Dämonen und Gespenstern gepackt zu werden. Er hatte also keine andere Wahl, als sich weiter im Wald zu verstecken und am frühen Morgen weiterzuziehen.
Er drang tiefer in den Wald ein, bis ins tiefste Dickicht, wo er sich geschützt fühlte. Dann kletterte er auf einen Baum und setzte sich auf eine breite Astgabel. Ein fernes Heulen war zu vernehmen.
»Eulen …«, sagte er verwirrt zu sich. Er war sich sicher, dass der Ruf der Eulen eine Warnung war. Also war Raoulet auf der Suche nach dem Zauberbuch. Aber wie um alles in der Welt konnte er überhaupt von seiner Existenz wissen? Dieser Schurke musste seiner Tante nachspioniert haben, denn Bertoul bezweifelte, dass Frau Hermelinde selbst es ihm gezeigt hatte. Jedenfalls hatte Raoulet nicht lange gezögert, es zu suchen, und da er es nicht fand, seine Nachforschungen angestellt, um schließlich herauszufinden, dass Bertoul es war, der es in seinem Gewahrsam hatte.
Mit seinen fünfzehn Jahren war Raoulet schon ein Gutsherr voller Hochmut und so gierig, dass er Bertoul die Männer seines Vaters auf

den Hals hetzte. Ob wohl Raoul de Mauchalgrin darüber Bescheid wusste? Das war alles andere als sicher.
Wie auch immer, Bertoul musste sich beeilen, Paris zu erreichen, bevor Raoulet ihn erwischte, um ihm das Buch zu stehlen und ihm die Augen auszustechen. Hatte man je etwas Schrecklicheres gehört? Man musste wirklich einer von diesen derben Junkern sein, um auf so barbarische Ideen zu kommen. Bei Einbruch der Nacht wurden Geräusche hörbar, ein Schleichen, Laufen, Zischeln, das Brummen von Insekten. Die Fledermäuse waren schon auf der Jagd. Noch nie hatte Bertoul so stark empfunden, wie geheimnisvoll, rätselhaft und mysteriös die Nacht sein konnte.
Er hängte seinen Sack mit den Instrumenten und dem Buch an einen Ast des Baumes, auf dem er saß, rollte sich in seinen Umhang ein und suchte sich die bequemste Haltung. Kleine zarte Tropfen perlten auf der Wolle seines Umhangs. Nebel. Die Nacht würde lang, feucht und unruhig werden.
»Gute Nacht, Bertoul Beaurebec, du Musiker«, wünschte er sich. »Morgen machst du dich wieder auf den Weg, dieses Mal auf heimlichen Pfaden. Sonst sind deine Augen, ja sogar dein Leben nicht mehr viel wert.«

Bertoul fand kaum Schlaf. Immer wieder unterbrachen finstere Gedanken und Albträume seine Nachtruhe. Sobald der Tag angebrochen war, nahm er seinen Sack und begab sich vorsichtig an den Rand des Waldes. Einige Schritte, bevor er dort anlangte, legte er sich auf das dürre Laub und kroch in seinem Schutz so weit vor, dass er mit einem Blick die Umgebung übersehen konnte. Auf dem Weg war nichts zu sehen oder zu hören. Kein Reiter war auf der Suche nach ihm. Weit entfernt erblickte er das Dorf, das noch im Nebel lag, wo Raoulets Männer übernachtet haben mussten. Rauchfäden stiegen aus den Häusern auf.
Von da aus, wo er sich befand, sah er sogar, wie die Bewohner begannen, ihrem Tagwerk nachzugehen, die Frauen am Brunnen oder vor den Häusern spinnend, die Kinderscharen, die sich lachend jag-

ten. Kein Mann zu Pferd. Sie waren wohl schon bei Sonnenaufgang aufgebrochen. Ein letzter Blick in alle Richtungen und er erhob sich, um Schritt für Schritt den Schutz der Bäume hinter sich zu lassen. Und dann sah er sie!

Sie waren da, alle vier lagen sie in den Furchen eines Feldes, und es war ihnen offenbar ziemlich gleichgültig, dass sie dabei die jungen Halme zerdrückten. Hatten sie ihn auch gesehen? Überstürzt drehte er sich um und wäre dabei beinahe über eine Wurzel gestolpert. Da vernahm er einen triumphierenden Schrei:

»Da ist der Kerl! Was habe ich euch gesagt!«

Die vier Männer sprangen auf, sobald sie ihn erblickt hatten.

Wie unvorsichtig, sich sehen zu lassen! Aber wie hätte er darauf kommen sollen? Er hatte erwartet, Reiter zu Pferd zu sehen. Wo waren eigentlich die Pferde geblieben?

So schnell er konnte, lief er in den Wald. Hinter sich hörte er die schweren Schritte seiner Verfolger und das Klirren eiserner Waffen. Immer tiefer, so tief wie möglich … jetzt nicht umdrehen, rennen, springen, sich durchschlängeln, Hindernisse zwischen sich und ihnen aufbauen. Glücklicherweise war er flink und behände, trotz des Gewichts seines Sackes. Diesen Tölpeln von Soldaten würde es nicht leicht fallen, die auf der Erde liegenden Baumstämme zu übersteigen, sich von den Brombeerranken zu befreien, über die Schlammlöcher zu springen, den Wurzeln auszuweichen. Es kam darauf an, langsam die Entfernung zu ihnen zu vergrößern, doch rasch wurde ihm klar, dass er noch nicht sehr viel Vorsprung gewonnen hatte, er hörte deutlich ihre schweren Schritte hinter sich.

»Seht, da ist er!«

»Gleich haben wir ihn!«

Schnell, schnell, er musste eine Lösung finden. Langsam wurde ihm sein Reisesack doch beschwerlich. Wenn er ihn doch irgendwo verstecken könnte! Wenn er doch nur für einen Moment einfach aus ihrem Blickfeld verschwinden könnte! Er konnte noch so große Sprünge machen und geschickt ausweichen, sie kamen immer näher,

scheinbar mühelos – und waren entschieden besser trainiert und gewandter, als er gedacht hatte.
Bertoul warf einen kurzen Blick hinter sich. Es schien ihm, als wären sie nur noch zu dritt. War es ihm gelungen, einen von ihnen abzuhängen? Die übrig Gebliebenen rannten mühelos weiter. Bertoul begann nun ernstlich, um seine Haut und seine Augen zu fürchten. Da, hundert Schritt rechts von ihm, stand ein Baum, so dick, dass er sich vielleicht hinter ihm verstecken konnte. Möglicherweise konnte er hinaufklettern und auf diese Weise seinen Verfolgern entgehen. Er stürzte auf die Eiche zu, umrundete sie und drückte sich gegen den Stamm.
»Wo ist er hin? Ich sehe ihn nicht mehr!«
»Weit kann er nicht sein, wir müssen nur den Wald durchkämmen.«
»Und vergesst nicht, nach oben zu schauen, in die Äste.«
Die drei Männer schienen kaum besorgt darüber, dass sie ihn aus den Augen verloren hatten, sie würden dieses Waldstück rasch durchkämmt haben, ohne ihm auch nur die geringste Chance zu lassen.
»Da kommt Huart mit den Pferden. Das wird alles leichter machen…«
Da war also der Vierte geblieben, er hatte sich aufgemacht, die Reitpferde zu holen. Sollte er jemals von hier fortkommen, würden vier Reiter hinter ihm her sein.
An den Stamm der Eiche gedrückt, hob er den Kopf. Die niedrigsten Äste waren zu hoch, als dass er sie hätte erreichen können. Er warf einen panischen Blick um sich. Es gab nur etwas Farnkraut um den Stamm herum, das würde ihn nicht lange verbergen. Wenn sich die Eiche doch nur öffnen und ihn aufnehmen würde! Wenn es im Zauberbuch doch nur ein Rezept gäbe, blutrünstigen Verfolgern zu entkommen! Eines, um sich unsichtbar zu machen, oder einfach nur eines, um neuen Mut zu gewinnen …
Die vier Reiter stießen mit ihren Lanzenspitzen systematisch in das Dickicht; in wenigen Augenblicken würden sie bei ihm angelangt sein. Bertoul schob sich vorsichtig zwischen den Wurzeln des Bau-

mes vorwärts. Plötzlich spürte er, wie der Boden unter ihm nachgab. Brauchte man einen Wunsch nur auszusprechen, damit er erhört wurde? Die Wurzeln der Eiche hatten sich geteilt, und ein Loch hatte sich zwischen ihnen aufgetan. Mit dem Rücken voran stürzte Bertoul in die Tiefe …

Anweisung, jemanden verliebt zu machen

Greift zu dem Kraut,
das man Alant nennt.
Nüchtern muss man es pflücken,
am Vorabend von Johanni, im Monat Juni,
noch vor Sonnenaufgang.
Lasst es trocknen,
zerreibt es mit grauem Amber
zu einem Pulver,
tragt es neun Tage am Herzen
und gebt es dann der Person
zum Einnehmen,
deren Liebe Ihr gewinnen möchtet.
Die Wirkung wird nicht ausbleiben.
Das Herz der Schwalbe, der Taube,
des Sperlings,
vermischt mit dem Blut der geliebten Person
hat dieselbe Wirkung.

7

»Schau mich gut an, du ausgemachter Schwachkopf! Du bist nicht der Herr im Schloss und auch nicht des Gutes! Wenn hier jemand Soldaten mit einem Auftrag losschickt, so bin ich es! Wenn hier jemand unsere Leute tyrannisiert, bin ich es! Und wenn hier jemand Drohungen ausspricht, dann ich! Hast du das verstanden?«

Baron Raoul de Mauchalgrin hatte seinen Sohn am Wanst gepackt und schüttelte ihn wütend.

Schüttle mich nur – eines Tages werde ich dafür sorgen, dass dir deine Worte im Halse stecken bleiben, mein lieber Vater, und zwar viel eher, als du glaubst!, dachte Raoulet bei sich.

»Ich glaubte, recht zu handeln«, stieß er hervor.

Raoul de Mauchalgrin ließ ihn los und stieß ihn weg, sodass er, alle Viere von sich gestreckt, auf eine mit Kissen bedeckte Bank fiel.

»Warte, bis du Ritter bist«, sagte Raoul in etwas milderem Ton. »Ein Herr sein, das will gelernt sein, und man muss seine Drohungen und Zwangsmittel mit Bedacht gebrauchen. So wie ich es tue.«

»Ja, Vater«, bestätigte Raoulet.

»Man muss streng sein, ohne Mitleid«, erklärte Raoul, »aber niemals ohne triftigen Grund.«

Raoulet kniff die Augen zusammen. Er hatte seine Gründe – aber er hatte nicht vor, sie seinem Vater mitzuteilen. Bertoul war immer noch unauffindbar und, was noch schlimmer war, das Buch ebenfalls. Die ausgesandten Spähtrupps waren unverrichteter Dinge zurückgekehrt, es fehlte nur noch der von Guyon angeführte.

»Ja, Vater«, wiederholte Raoulet fügsam. »Ich möchte Euch demütig bitten, mich all dies zu lehren, was Ihr so gut beherrscht: Wann man drohen und wann man streng einschreiten muss. Leute in den Kerker werfen, den Henker rufen, all das …«

»Deine Zeit wird noch kommen«, knurrte der Baron. »Was hast du denn schon gelernt? Du hast noch nie den Degen geführt, kannst dich nur mit Mühe im Zweikampf behaupten, denkst niemals nach und überblickst die Folgen deiner Entscheidungen und Handlungen nicht. Du siehst also, es gibt noch viel für dich zu lernen.«
Warte nur! Die Zeit der Rache wird süß sein!
»Ich lerne gern, Vater. Wenn es sein muss, lerne ich sogar lesen.«
»Nur nicht übertreiben«, sagte Raoul und lachte kurz verwundert auf.
»Lesen? Was willst du denn damit anfangen? Das ist etwas für Mönche, diese Taugenichtse, nichts weiter. Lerne erst einmal mit dem Degen umgehen, deinem Herrn und Waffenpaten mit der Lanze zu dienen und dich einer Frau gegenüber ritterlich zu verhalten. Übe das drei oder vier Jahre lang, und dann werden wir ein großes Fest anlässlich deiner Erhebung zum Ritter veranstalten.«
Raoulet kniete vor seinem Vater nieder. »Danke, Vater. Ich kann es kaum erwarten.« Doch sein Ton und seine Gesten zeugten nicht von ungetrübter Aufrichtigkeit.
Raoul de Mauchalgrin legte eine Augenbraue in Falten, die andere zog er in die Höhe, sodass er einen besorgniserregenden, fast diabolischen Ausdruck annahm, von dem er oft Gebrauch machte, wenn er seine Gesprächspartner beeindrucken oder irgendwelche Bauernlümmel erschrecken wollte.
»Tu deine Pflicht!«, brüllte er. »Schon morgen wirst du nach Fougeray ziehen, Griffon wird dein Beschützer und Diener für die Dauer deines Dienstes sein.«
»Er ist mir schon ganz ergeben«, bemerkte Raoulet.
»Du kannst dich erheben.«
Raoulet richtete sich auf und rieb sich das Knie. Er liebte derartige erzwungene Demutsbezeugungen ganz und gar nicht.
»Hör mir zu, mein Sohn«, sagte der Baron. »Ich weiß, was ich von dir zu halten habe und das ist, es tut mir leid, nicht sehr viel.«
»Warum sagt Ihr mir das, Vater?«, stieß Raoulet hervor, indem er eine empörte Miene aufsetzte.

»Aber du bist schließlich mein Sohn. Einst werden dir all meine Ländereien gehören, wenn ich mich nicht wieder verheirate und weitere Kinder bekomme.«
Das fehlte noch, dachte Raoulet, Halbbrüder, die mir mein Erbe stehlen, Halbschwestern, die mit einer reichen Aussteuer ausgestattet werden müssen. Nein, es kommt überhaupt nicht in Frage, dass mein Vater wieder heiratet.
Aber der Baron fuhr fort: »Ich werde aus dir einen so vollendeten Ritter machen, wie es mir möglich ist, wenn man deine ... sagen wir einmal Mittelmäßigkeit kennt. Ich denke, es wird dir nicht unbekannt sein, dass du einen Wesenszug hast, der zum Betrügerischen neigt. Ja, du bist mein Sohn, und es kostet mich Einiges, dir das zu sagen, aber es ist so. Ein Fehler, den du wahrscheinlich von deiner Mutter hast. Die Soillys waren nie ganz einwandfrei. Nun, Friede ihrer Asche, sie ist schon lange tot. Wie auch immer, verhalte dich Griffon gegenüber nie hinterlistig, er ist für uns viel zu wertvoll.«
Keine Sorge, er ist auch mir viel zu wertvoll, und ich weiß, was mir von Nutzen ist, dachte Raoulet.
»Seigneur de Fougeray wird dir das Rittertum schon gründlich einbläuen«, brummte der Baron. »Also, du ziehst morgen los. Du kannst deine Sachen zusammenpacken.«
»Gut, Vater.«
Raoulet grüßte und verließ schnellen Schrittes das Turmzimmer seines Vaters, in dem er diese Strafpredigt über sich hatte ergeben lassen. Ohne Zeugen, zum Glück.
»Komm her, le Réchin!«
Griffon, der hinter der Tür des Gemachs gewartet hatte, löste sich von der Wand und folgte Raoulet auf dem Fuße.
»Bist du mir wirklich treu?«
»Mmmm ...«, sagte Griffon le Réchin, was so viel wie Ja bedeuten konnte.
»Eines Tages wirst du etwas für mich tun müssen, etwas Schlimmes. Nun, das kann warten. Zunächst werden wir morgen aufbrechen. Bei Sonnenaufgang. Richte die Pferde, die Waffen, das Reisegepäck

und alles Sonstige. Mein Vater soll nur nicht glauben, dass ich mich dem füge, was der Baron de Fougeray von mir verlangt! Ich werde mir schon zu helfen wissen, dass man mich nicht zu sehr mit diesem ganzen Rittergetue langweilt, dem Kampftraining, dem Dienst an meinem Waffenpaten, den Turnieren und all diesem Zeug.«
»Mmmm ...«, erwiderte Griffon.
»Und was das Lernen der Höflichkeit den Damen gegenüber angeht, nun ja! Wenn es nicht schon lächerlich genug wäre, würde ich darüber lachen.«
»Ah, ah«, bekräftigte der Diener.
»Audouin de Fougeray ist alt, ein echter Ritter, rechtschaffen und voller Adel, wie man hört. Das heißt naiv und natürlich beeinflussbar. Es wird also genügen, ihn mit schönen Worten davon zu überzeugen, dass er mein großes Vorbild sei und ich nichts lieber wolle, als so tapfer zu sein wie er. Er wird den Rauch sehen und glauben, dass da ein Feuer ist. Ich werde unter seinem Dach bald dafür sorgen, dass die Dinge nach meinem Willen laufen. So machen wir es, du und ich, und dann haben wir genügend Freiheit, um das kleine Problem mit diesem Buch zu lösen.«
»Mmmm ...«, brummte le Réchin, um seine Zustimmung auszudrücken.

Am nächsten Morgen erreichten Raoulet und le Réchin, begleitet von Raoul und einigen Männern, die die beiden fürsorglich in ihre Mitte genommen hatten, das Gut Fougeray, wo ein festliches Treiben einer freudig erregten Festschar herrschte. Damen, junge Mädchen und stattliche Männer bevölkerten den Vorhof des Schlosses, als die Mauchalgrins gerade über die Zugbrücke einritten.
»Ist das vielleicht zu Ehren meiner Ankunft?«, wunderte sich Raoulet, geschmeichelt angesichts solcher Aufmerksamkeit.
Der Baron de Fougeray war ein langer und dürrer Ritter mit einem strengen Gesicht und weißlichem Bart. Jetzt kam er ihnen entgegen, um die Neuankömmlinge zu empfangen. Nach kurzer Vorstellung sagte er in amüsiertem Ton zu Raoul de Mauchalgrin:

»Mein Lieber, der Dienst Eures Sohnes fängt gut an: mit Vergnügungen. Ich hoffe, mein neuer Knappe wird mir alle Ehre machen, da wir uns zu einer Hochzeit begeben und ich ihn unverzüglich mitnehme.«

Also keine Ehrbezeugung, die mir galt, musste Raoulet enttäuscht erkennen.

»Nun, mein Sohn hat keine Erfahrung mit Geselligkeiten, da werdet Ihr ihn erst polieren und ihm ein wenig Schliff geben müssen«, lachte Raoul de Mauchalgrin.

Raoulet spürte gekränkt, wie er errötete, und fand, dass sein Vater ihm wahrhaftig Grund für Hass und Rachegefühle bot, aber er machte gute Miene zum bösen Spiel.

Audouin de Fougeray schlug Raoul vor, ihn ebenfalls zur Hochzeit zu begleiten, doch dieser lehnte ab: Er hatte zu viel auf seinen Gütern zu tun, die er von seiner Tante geerbt hatte, und so kehrte er unverzüglich zurück.

»Bist du im Besitz eines Anzugs, der einem solchen Anlass gemäß wäre?«, fragte Audouin de Fougeray Raoulet. »Nein? Warte, ich werde dir einen leihen. Nicole, komm her, besorge uns schnell ein schönes Gewand für meinen Knappen Raoulet de Mauchalgrin. Schnell, wir werden innerhalb einer Stunde aufbrechen. Sobald du fertig bist, Raoulet, übst du dich in höfischem Verhalten, indem du den Damen hilfst, in ihre Sänften zu steigen oder aufzusitzen.«

Verblüfft von der Eile, mit er alles hier über ihn hereinbrach, folgte Raoulet der Dienstmagd, die sich im Handumdrehen daranmachte, ihm seine alte Lederjacke und die Schuhe auszuziehen. Dann nötigte sie ihn in einen Bottich mit warmem Wasser und staffierte ihn danach mit einem nachtblauen Wams mit rotgoldener Litze aus. Das erfreute ihn nicht sonderlich.

Raoulet ließ sich all das ohne spürbaren Widerstand gefallen. In ihm aber brodelte es: Er war nicht hier, um sich als Edelknappe zu verkleiden und die Damen zu zerstreuen. Griffon, der ebenfalls dem Zug folgen würde, hatte Glück, den ließ man in Ruhe. Er dachte an das Buch und daran, dass dieser Musiker schon viel zu viel Zeit

hatte, sich auf und davon zu machen – während Raoulet jetzt auch noch seine Zeit bei Hochzeitsfesten vertrödeln musste!
Trotz seiner zähneknirschenden Verärgerung gelang es Raoulet, sich so weit zu verstellen, dass er höflich erschien und den Damen die Hand bot, die angesichts des bevorstehenden Fests ganz erregt waren. Er wusste zwar nicht, wer da heiratete, aber es fiel ihm kaum etwas ein, was ihm gleichgültiger gewesen wäre.

Anweisung, Elend und Dürre über ein Gebiet kommen zu lassen

Nehmt eine schwarze Katze,
tötet sie.
Füllt das Fell mit einer Getreidemischung
(Gerste, Weizen und Hafer)
und lasst alles
drei Tage in einem Brunnen einweichen.
Dann lasst sie so lange trocknen,
bis Eure gefüllte Katze zu Staub wird.
An einem Tag mit viel Wind
verstreut Ihr das auf diese Weise
erhaltene Pulver.
– Um eine noch größere Wirkung zu erzielen,
steigt auf einen Hügel, einen Turm
oder eine Anhöhe.
Und alle mit dem Pulver bedeckten
Stellen werden unfruchtbar.

8

Bertoul spürte, wie er in den Schoß der Erde versank. Während über ihm die Zweige der Farnsträucher das Loch im selben Moment wieder schlossen, als wäre es nie da gewesen, schien sein Fall endlos zu dauern.

»Danke, mein Gott«, konnte Bertoul gerade noch keuchen, erleichtert, dass er auf diese Weise seinen Verfolgern entwischt war. Aber wo war er? Diese Höllenfahrt war heftig und nicht gerade angenehm! Unterwegs stieß er sich an zahlreichen scharfkantigen Steinen.

Als er unsanft am Boden aufstieß, konnte er oben, etwa fünfzehn Fuß über seinem Kopf, nur noch eine kleine Öffnung erahnen, vom Filigran der Farne verdeckt. Aber er hörte die Stimmen der Männer, die jetzt direkt neben dem Baum stehen mussten.

»Wo ist der Kerl geblieben?«

»Wir hatten ihn doch fast.«

»Sucht lieber weiter, anstatt herumzureden, denkt an die Belohnung!«

Die vier Reiter machten großen Lärm, und Bertoul hörte deutlich die Hufe der Pferde, die ungeduldigen und verärgerten Bemerkungen, die Enttäuschung, die sich breitmachte, und spürte ihre Wut. Aufmerksam verfolgte er die Geräusche und jede kleinste Bewegung. Jetzt kam es vor allem darauf an, dass ihm nicht einer der Männer auf dem gleichen Weg folgte!

Aber die Laute entfernten sich, es schien, als zögen die Waffenträger immer größere Kreise um die Eiche. Nur noch enttäuschte, immer schwächer werdende Bemerkungen drangen an Bertouls Ohr.

Als er spürte, dass sie sich weit genug entfernt hatten, begann Bertoul aufzuatmen. Sein Herz schlug noch gewaltig. Er tastete besorgt seinen Körper ab. Einige Beulen und Schürfwunden, nichts Schlim-

mes offensichtlich, kein Bruch, all seine Glieder schienen wie durch ein Wunder noch heil zu sein. Und sein Bündel?
Hektisch tastete er mit den Fingerspitzen nach dem Buch. Da war es – mit seinem großen ovalen Rubin, der trotz des Sturzes nicht aus der Fassung gesprungen war. Ein anderes Wunder war, dass seine Musikinstrumente ebenfalls unversehrt waren. Das Tamburin war nicht zerbrochen und auch die Fidel mit ihrem Bogen hatte keinen Schaden erlitten.
»Der Himmel ist mit mir«, sagte sich Bertoul, »oder besser: der Grund der Erde. Ich habe Glück gehabt, dass ich in dieses Loch gefallen bin! Und jetzt wollen wir mal sehen, wie ich hier wieder herauskomme. Was habe ich davon, Raoulets Männern zu entkommen, wenn ich bald darauf in einem Brunnen verhungere?«
Er untersuchte die Wände. Die Unebenheiten, an denen er sich gestoßen hatte, erwiesen sich als eine Art steinerner Stufen. Er arbeitete sich langsam zum Ausgang hoch, während er vor Schmerz immer wieder das Gesicht verzog. So kam er nach einiger Zeit mit dem Kopf voran aus dem Loch. Durch die Farnwedel entdeckte er die Männer, die sich immer noch in der Nähe aufhielten und hofften, er würde sich durch ein Geräusch verraten. Also stieg er langsam wieder in die Tiefe hinab und fragte sich, wer wohl zuerst aufgeben würde, er oder sie. Sie hatten Wasser und Proviant dabei. Bertoul dagegen war hungrig und seine Wasserflasche leer. Er beschloss, den eigenartigen Schacht, in den er gefallen war, ein wenig genauer zu untersuchen. Am Ende der Stufen, die nach unten führten, tat sich eine Art Gang im Erdreich auf, der da und dort von Balken gestützt wurde, und den er nach seinem Aufprall übersehen hatte.
Bertoul fragte sich, welches Tier sich wohl einen solchen Gang bauen würde. Und da ihm der Gedanke an die Gesellschaft dort oben nicht sehr angenehm war, fasste er sich ein Herz und drang in den unterirdischen Tunnel ein.

Anweisung, Glück im Spiel zu erlangen

Um bei Geschicklichkeits- und
Glücksspielen ein Vermögen zu erwerben,
nehmt einen ausgetrockneten toten Aal.
Dann nehmt die Galle eines Stieres,
der von wütenden Hunden getötet wurde,
und füllt sie in die Haut des Aals,
zusammen mit ein wenig Blut
von einem Geier.
Bindet die Haut des Aals an beiden Enden
mit einem Galgenstrick zu
und vergrabt das Ganze in einen
warmen Misthaufen,
fünfzehn Tage lang.

Dann trocknet Ihr es am Johannistag
in einem mit frisch gepflücktem
Farnkraut geheizten Ofen
und fertigt Euch daraus ein Armband,
auf das Ihr mit einer Rabenfeder
und Eurem eigenen Blut
folgende vier Buchstaben schreibt:
H. V. Z. Y.
Wenn Ihr dieses Armband tragt,
werdet Ihr in allen Spielen
ein Vermögen erwerben.

9

Vier Brüder! Wie kann man nur vier Brüder ertragen? Zu nichts zu gebrauchen waren sie, nichtsnutzige Kreaturen, die die Erträge des Gutes für Waffen, Feste und bei dummen Glücksspielen verprassten. Die sich in den Tavernen prügelten und ihren Opfern später eine Entschädigung zahlen mussten! Sogar bei den albernsten Wettkämpfen verloren sie – und ihre Bezwinger konnten Prämien oder Lösegeld von ihnen fordern.

Das Edelfräulein spürte, wie die Wut darüber in ihr aufstieg, dass sie die Jüngste war und in diesen Dingen nichts mitzureden hatte. Diese verantwortungslosen Kerle, die den Großteil ihrer Mittel vergeudet hatten, waren plötzlich, vor einigen Tagen, auf den Gedanken gekommen, dass ihre kleine Schwester ihnen zum ersten Mal nützlich sein könnte. Sie war gerade vierzehn geworden, und sie beschlossen, sie in ihrem Turmzimmer einzusperren. Und das sollte sie so lange nicht verlassen, bis sie einen reichen Mann gefunden hätten, der sie heiraten würde. Trotz dieser grausamen Idee klopften sie sich auf die Schulter und waren davon überzeugt, dass sie sie höflich behandelten und ihr genügend Freiheiten zugestanden!

Dennoch postierten sie zur Sicherheit zwei Männer vor ihrer Tür, und wenn sie ihr Gemach verlassen wollte, durfte sie es nur in deren Begleitung tun. Sie nahmen sie zwischen sich, wenn sie in den Burghof hinabsteigen wollte, und es war ihr untersagt, die Zugbrücke zu passieren. Deshalb zog sie es vor, in ihrem Zimmer zu bleiben, statt jeden Schritt in Begleitung ihrer groben Wächter zu tun.

Nicht einmal eine Kammerzofe als Begleitung, eine Cousine, eine Amme oder eine Magd hatte sie, die ihr Beistand leisten und sie zerstreuen oder ihr vielleicht sogar helfen könnten, einen Fluchtplan auszuhecken. Natürlich waren ihre vier Brüder misstrauisch, dass sie sich mit irgendjemandem verbündete, zudem befand sie sich praktisch an einem völlig geheimen Ort, von dem niemand wusste. Ich arme Aveline, sagte sie zu sich, und beklagte ihr Schicksal. An den zärtlichen Kosenamen, den ihre Mutter ihr gegeben hatte, erinnerte sie sich immer dann, wenn die Dinge besonders schlecht standen. Sie wusste genau, was ihre Brüder im Schilde führten: Eins, zwei, drei war eine Hochzeit beschlossen und sie konnten mit vollen Händen und ohne jeden Skrupel aus den Truhen ihres neuen Schwagers schöpfen. Wenn sie schon so viel von der Ehe hielten, warum suchten sie sich dann nicht selbst reiche Erbinnen, ereiferte sie sich.

Sie war fest entschlossen, sich nicht so behandeln zu lassen. Natürlich, es käme auch darauf an, wen ihre Brüder finden würden. Es gab durchaus einige, die sie nicht verachtet hätte – wenn ihr aber der Auserwählte nicht gefiel, würde sie sich zu helfen wissen und die ganze Sache zum Platzen bringen … jedenfalls würde sie es versuchen! Denn ihre Brüder konnten nicht wissen, dass sie noch weitere Eisen im Feuer hatte. Ein Eisen zum Beispiel, das die Form eines verschwunden geglaubten Schlüssels hatte.

Es dauerte nicht lang, da kamen ihre Brüder zu ihr. Vor drei Tagen waren sie aufgetaucht, aufgereiht wie die Hühner auf der Stange, die Hände in die Hüften gestemmt und mit hinterlistigem Lächeln, um ihr die Nachricht selbst zu überbringen.

»Wir verloben dich am kommenden Samstag und verheiraten dich am Sonntag«, hatten sie stolz verkündet, äußerst zufrieden mit sich selbst und ihrem gelungenen Schachzug. »Du wirst sehen, wir haben einen prachtvollen Ehemann für dich gefunden. Und für die Hochzeit ist schon alles bestellt.«

»Und wer ist dieser Verlobte?«, hatte sie argwöhnisch gefragt.

»Josce de la Bordonne«, antworteten sie im Chor, wobei sie bis zu den Ohren grinsten.

Ein kalter Schauer überlief sie bis in die Zehenspitzen. Das war schlimmer als alles, was sie sich hatte vorstellen können! Es gelang ihr nicht einmal zu protestieren, nicht einmal zu erschaudern, ihre Abscheu zu zeigen oder ihre Furcht auszudrücken. Sie sagte lediglich: »Ach ja?«

Sie kannte ihn flüchtig, so wie sie zahlreiche Herren der Gegend kannte, die sie auf Festen, bei Zeremonien, Turnieren oder Schwertleiten gesehen hatte. Aber musste es ausgerechnet dieser sein? Josce de la Bordonne war reich – und das war das Einzige, was für ihre Brüder zählte. Er besaß zahlreiche Güter, außerdem war er dreimal verwitwet, all seine Frauen hatten ihm ein beträchtliches Vermögen eingebracht, das sich nun in seinem Geldbeutel angesammelt hatte. Er hatte bereits sechs Kinder. Vor allem aber war er siebenundzwanzig Jahre älter als sie! Ganz zu schweigen von den wenigen Haaren auf seinem Kopf, dem aufgedunsenen Wanst, der ihn aussehen ließ wie ein Fischotter, den schlechten Zähnen, den vom Rheumatismus gezeichneten Beinen, der selbstgerechten Miene …

»Das ist ein sehr gutes Geschäft«, sagte Gaubert, der Älteste.

Ein *Geschäft!* Für ihre Brüder war sie nichts weiter als ein *gutes Geschäft.*

»Er fordert keine große Mitgift«, fuhr er fröhlich fort. »Wir geben ihm lediglich das Wäldchen Le Chevrolière, das fast nichts einbringt.«

»Und im Gegenzug«, sagte der Zweite, Gauderic, »kannst du, wenn du erst einmal verheiratet bist, von ihm alles bekommen, was du willst.«

»Du wirst sicher Gelegenheit haben, deinen armen Brüdern mit einem oder zwei Säcken Goldmünzen auszuhelfen«, sagte Gautier, der Zweitjüngste.

»Und er bezahlt die gesamte Hochzeit«, fügte der Jüngste, Gaudefroi, hinzu. »Alles wird schon vorbereitet, das Mahl, das Fest, der Ball und die Einladungen an alle benachbarten Schlösser.«

Sie verkauften sie einfach! Sie wagten es, sie für Geld zu verkaufen wie ein Kalb auf dem Markt, sie, die gerade vierzehn Jahre alt war! Wie auch immer sich die Dinge entwickeln würden, unter keinen Umständen würde sie sich einfach widerspruchslos zum Altar füh-

ren lassen. Sie würde schon die richtigen Worte finden – und dann sollten ihre Brüder selbst sehen, wie sie damit umgingen.
»Er ist kein sehr angenehmer Geselle«, bemerkte sie kalt und wartete auf die Reaktion ihrer Brüder.
Doch das schien die Brüder nicht im Geringsten zu beeindrucken.
»Findest du? Was tut's, auf jeden Fall ist er ein guter und reicher Schwager für uns.«
»Und dann«, wandte sie ein, »scheinen ihm seine Ehefrauen immer ziemlich leicht zu sterben. Er ist dreimal verwitwet. Ich möchte nicht die vierte sein.«
Aber auch hier war ihre Gleichgültigkeit einfach überwältigend.
»Ach was, das werden zarte Naturen gewesen sein, du bist sehr viel stabiler als die.«
»Ich verstehe«, sagte sie, indem sie brav nickte, wie man es von ihr erwartete.
Erleichtert atmeten die Brüder auf. Sie hatten gar nicht lange wegen irgendwelcher Kleinigkeiten herumzustreiten brauchen, nicht einmal drohen mussten sie ihr, denn sie schien sich ihrer Wahl folgsam zu fügen. Dabei hatten sie nicht die leiseste Ahnung, dass ihre Schwester im selben Augenblick beschlossen hatte, einen Plan in die Tat umzusetzen.
»Bist du mit unserer Wahl zufrieden? Ein wenig mehr Dankbarkeit könntest du schon zeigen, kleiner Querkopf. Du wirst das weiße Brokatkleid deiner armen Mutter tragen, Gott bewahre ihre Seele, und dein Bräutigam hat uns schon den Ring mit dem schönen Smaragd gezeigt, den er dir zu schenken beabsichtigt.«
»Dann ist ja wohl alles perfekt«, spottete sie. »Und für das Festmahl …«
»Teigwaren, Pasteten, gefülltes Geflügel, Wildbret, Zimtsaucen, Puddings, ganze Ochsen …«
Gautier lief schon jetzt das Wasser im Munde zusammen, er hätte die Liste der Menüs noch ohne Mühe verlängert. Aber seine Schwester gab ihm durch eine Geste zu erkennen, dass sie verstanden hatte und es nutzlos war, damit fortzufahren.

»Ich werde dich zum Altar führen«, verkündete Gaubert, der als Ältester das Oberhaupt der Familie war. »Ich werde den Degen unseres guten Vaters an der Seite tragen, Gott möge seine Seele im Paradies behüten.«
Das einzige Familienerbstück, das du dich nie zu verkaufen getraut hast, dachte sie.

Anweisung, sich unsichtbar zu machen

Stehlt eine schwarze Katze,
tötet sie und kocht sie in einem Kessel.
Wenn sie gar ist, ist es ratsam,
ihr das gesamte Fell samt den Zähnen
abzuziehen,
dann setzt Ihr Euch mit all ihren Knochen
vor einen Spiegel.
Beißt der Reihe nach hinein,
und betrachtet Euch fortwährend im Spiegel.
Fahrt damit fort,
bis Ihr den Knochen findet,
der es Euch unmöglich macht,
Euch im Spiegel zu sehen.
Das ist derjenige, der Euch unsichtbar macht.
Solange Ihr darauf beißt,
kann Euch niemand sehen.

10

Bertoul bewegte sich kriechend einige Schritte in den Gang hinein, bis die Decke höher wurde und er aufrecht stehen konnte. Wer hatte diesen Gang gegraben? Und zu welchem Zweck? Ob er wohl noch benutzt wurde? Egal, jedenfalls bot er eine Möglichkeit der Rettung.
Er hob seinen Sack auf, rückte ihn auf den Schultern zurecht und machte sich auf dem sandigen Boden auf den Weg. Die Wände aus Erde waren in regelmäßigen Abständen mit Balken abgestützt. Hier und da gab es einige schlafende Fledermäuse, die er nicht wecken wollte – der Gang war immerhin hoch genug, sodass er nicht gegen die mit dem Kopf nach unten hängenden Tiere stieß.
Als Bertouls Augen sich an die Dunkelheit gewöhnt hatten, konnte er sich mühelos orientieren. Der Gang machte einen stabilen Eindruck, und beim ersten Hinsehen zeigte sich nichts Verdächtiges, weder ein Gefälle noch eine verräterische Treppe. Bertoul hatte eine Strecke zurückgelegt, die er auf eine halbe Meile schätzte, da begann der Boden langsam anzusteigen. Ein paar Schritte später stieß er gegen ein unerwartetes Hindernis, das einen beträchtlichen Lärm verursachte und ihn zusammenzucken ließ. Was war das? Zögerlich tastete er die Gegenstände ab, die zu seinen Füßen lagen, und fand einige alte Körbe, Holzbottiche, angeschlagene Steintöpfe und Fässer verschiedener Größe.
Was konnte das sein? Ein Abstellraum?
Er tat noch einige Schritte, bis er mit den Beinen in dem alten Gerümpel stecken blieb, und befand sich plötzlich am Ende des Tunnels: Seine Hände erkannten eine solide Holztür, neben der man auf einer Tonne Fackeln und einen Feuerstein abgelegt hatte. Und hinter dieser Tür vernahm er geschäftige Geräusche. Er schlug kraftvoll dagegen.
»Hallo, kann mir jemand aufmachen? Ich bin hinter dieser Tür!«

Auf der anderen Seite verstummten die Geräusche, und bald darauf öffnete jemand die Tür. Der grelle Lichtschwall, der ihm entgegen schien, ließ Bertoul blinzeln. Eine Frau, wohl in den Vierzigern, schwang ein riesiges, blutiges Messer. Im selben Moment stieg Bertoul eine Wolke von Düften in die Nase, so köstlich, dass er davon fast in Ohnmacht gefallen wäre. Die Frau ließ das Messer sinken.
»Was machst du denn hier? Wie hast du es angestellt, dich in die alte Vorratskammer zu verirren?«
»Ich weiß es nicht«, antwortete Bertoul.
»Wer bist du überhaupt?«, fragte die Frau jetzt weniger streng. Sie lächelte einladend. Liebenswert und füllig, gesund und rosig schaute sie unter ihrer weißen Mütze hervor.
»Bertoul Beaurebec«, antwortete er. »Ich bin Musiker.«
»Na, dann beeil dich mal! Sie werden schon auf dich warten!«
Bertoul zwang sich, seine Verwirrung nicht zu zeigen.
»Los, du musst nach oben, in der Küche hast du nichts zu suchen. Wir haben genug Arbeit damit, die Gerichte für das Fest vorzubereiten, wir können uns nicht auch noch um verirrte fahrende Sänger kümmern. Ich muss meine Pastete fertig machen. Vorwärts, da entlang.«
Küche ... Festmahl ... Pasteten ... Bertoul war sich jetzt sicher, dass er gleich in Ohnmacht fallen würde. Wie betäubt bewegte er sich vorwärts. Ein emsiges Treiben herrschte in dem Raum, in dem mehrere Feuer brannten, Holztische waren mit Geflügel und Gemüseplatten beladen, die Regale waren bereits mit Pasteten, Kuchen, Puddings und Saucieren gefüllt.
Ein Gewimmel von Köchen, Köchinnen, Küchenjungen, Schälerinnen, Saucenköchen, Wasserträgern und Spießdrehern war am Werk. Düfte von Fleisch, warmem Brot, Zimt, gekochtem Wein und frischen Kräutern schwebten fröhlich in der geschäftigen Atmosphäre. Bertoul, dem der Magen durchhing, wurde von Müdigkeit und Schwäche übermannt, und vor seinen Augen begann sich alles zu drehen. Er schwankte ein wenig und seine Knie wurden weich, während ihm das Wasser im Mund zusammenlief.

»Na«, sagte die Frau mit dem Messer, »was ist mit dir?«
»Ach, nichts, überhaupt nichts.«
Sie nahm eine drohende Miene an und stemmte die Hände in die Seite.
»Nein, mein Junge, du belügst mich, so wahr ich Guibourc heiße. Du bist von der Sorte, die seit ein oder zwei Tagen nichts gegessen haben. Täusche ich mich?«
»Ich habe heute Morgen gegessen, bevor ich hierher kam«, bemühte Bertoul sich zu erwidern. »Eine Brühe mit Erbsen ...«
Seine Beine verrieten ihn und im nächsten Augenblick sank er wie ein Klotz auf einen Hocker.
»Also, das machst du mir nicht weis! Es schickt sich nicht einmal für Musikanten, während des Festes vor Hunger bewusstlos zu werden.«
»Und ... was feiern wir?«, fragte Bertoul.
Guibourc legte ihm ein noch warmes Stück Brot in die Hand, ganz mit Nüssen und Rosinen bedeckt, und Bertoul ließ sich nicht lange bitten und biss hinein.
»Du bist mir ja ein ganz Zerstreuter«, sagte die Köchin ironisch. »Vergisst zu essen, verirrst dich in der alten Vorratskammer und erinnerst dich nicht einmal mehr, warum alle Musiker der gesamten Umgebung hier sind!«
Guibourc schob Bertoul eine Schale hin, in der Pflaumen lagen. Er nahm fünf oder sechs davon.
»Und?«, fragte er.
»Unser junges Fräulein wäre nicht geschmeichelt, dass einer ihrer Musiker vergisst, dass man morgen ihre Verlobung feiert.«
»Ihre Verlobung ... natürlich – ich hatte vergessen, ob es um eine Verlobung oder eine Hochzeit ging.«
»Die Hochzeit ist am Tag danach. Los, geh jetzt in den großen Saal hinauf, der Verwalter wird dir sagen, was du zu tun und wohin du dich zu begeben hast.«
Bertoul stand auf und verneigte sich.
»Vielen Dank für Eure Güte, Guibourc.«

»Nimm auch noch hiervon und davon. Es sind missratene Kuchenstücke, zusammengesunkene Pasteten, Früchte mit Druckstellen, sie schmecken noch gut, aber man kann sie den Gästen nicht mehr vorsetzen. Nimm alles, ich brauche sowieso Platz in den Regalen.«
Die Köchin legte ihm mit sanftem Druck all die Köstlichkeiten in die Hände und er steckte alles in seinen Sack, während er sich mit Dankesworten förmlich überschlug.

Diese Hochzeit war ein Geschenk des Himmels! Bertoul konnte sich satt essen, seine Talente anbringen, wieder zu Kräften kommen und vielleicht sogar ein paar Münzen verdienen. Brautleute sind oft großzügig. Und nicht zuletzt würde er sich hier auch nach dem Weg nach Paris erkundigen können; diese Schlösser beherbergten immer ein oder zwei Geistliche, Kapläne – vor allem jetzt, da es darum ging, die Verlobung einzusegnen – und die Geistlichen, von denen einer gelehrter war als der andere, kannten ganz sicher den Weg in die Städte.
Bertoul verließ die Küche und fand sich in einem grasbewachsenen Hof wieder, wo eine emsige Geschäftigkeit herrschte, wie er sie von den schönsten Festen in Tournissan her kannte. Er zog Fidel und Bogen aus seinem Ranzen und stimmte sie nachlässig, wobei er den Eingang zum großen Saal suchte.
»Die Akrobaten hierher, die Musiker dorthin«, schrie ein Mann, der der Kammerherr sein musste. »Der Affenbändiger dort hinüber, zu den Akrobaten …«
Bertoul folgte der kleinen Gruppe, die sich in der Nähe einer Treppe gebildet hatte, nicht ohne mit seinem Blick in der fröhlich bewegten Menge nach einer Tonsur oder Mönchskutte Ausschau zu halten. Plötzlich hielt er inne. Keine fünfzehn Schritte von ihm entfernt stieg jemand vom Pferd, den er kannte. Mit missmutiger Miene, aber in einem funkelnden Wams, glitt er aus dem Sattel – es war Raoulet de Mauchalgrin.

Anweisung, die Angst
vor Gespenstern zu vertreiben

Nimm einen Brennnesselstängel
und einen von der Schafgarbe
in die Hand.

11

Die Verlobung sollte morgen stattfinden, einen Tag darauf die Hochzeit.
Na gut, sagte sich die Braut, die arme Aveline muss jetzt mutig werden. Du weißt, was du zu tun hast, Mädchen: Du musst alles daransetzen, von hier zu fliehen und dich zu dem einzigen Menschen begeben, der dir helfen kann …
Von der Höhe des Turms aus konnte sie durch die enge Schießscharte, durch die nicht einmal ihr Kopf passte, die geschäftigen Vorbereitungen im Hof genau verfolgen. Die Speisen wurden bereits seit dem Morgen geliefert, die angeworbenen Bediensteten, Musiker, Akrobaten und die ersten Gäste trafen nun ein – und vielleicht würde sie sogar ihren Verlobten in eigener Person mit seinem Gefolge erblicken. Schon verbreiteten sich überall die Düfte von warmem Brot, feinen Backwaren, Gewürzen und Gebratenem und stiegen ihr in die Nase. Sie lachte betrübt. Na, sie würden sich alle noch umsehen!
Dann öffnete sie die gut bewachte Tür.
»Lasst mir heißes Wasser für ein Bad bringen«, befahl sie in barschem Ton.
»Zu Euren Diensten, gnädiges Fräulein«, sagte einer der Wachposten, indem er ihren Befehl weitergab und dabei mit verstehender Miene lächelte. Es war ganz normal, dass eine junge Braut sich für ihren Bräutigam schön macht. Das Fräulein hatte nicht den Ruf, hübsch zu sein, denn die hübschen Mädchen waren blond und hatten blaue Augen. Sie aber hatte braune Haare, und ihre Augen waren durch graue und grüne Einsprengsel verdorben. Dazu kam ihre viel zu goldene Gesichtsfarbe! Und dann erst dieser viel zu zarte Körper und der gar nicht dazu passende, überbreite Mund! Ihre Brüder hatten es gewiss auch deswegen eilig, sie unter die Haube zu bringen.

Nach einer Stunde – es brauchte seine Zeit, um das Wasser zu erhitzen – kam ein Trupp von fünfzehn Dienern heraufgekeucht, von denen jeder zwei Eimer schleppte, die sie in eine große Holzbadewanne in einer Ecke des Zimmers gossen.
»Und nun«, sagte sie, »stört mich nicht mehr bis zur Morgenmesse am nächsten Tag. Lasst mich die Nacht im Gebet verbringen, denn Gott, die Heilige Jungfrau und alle Heiligen des Paradieses müssen mich bei dem Leben, das mir nun bevorsteht, in ihren Schutz aufnehmen.«
Das war nicht einmal gelogen. Diese fromme List würde ihr einige Stunden Vorsprung verschaffen, ehe man sich auf die Suche nach ihr machte. Sie verriegelte die Tür – man konnte nie vorsichtig genug sein. Dann streute sie Iris- und Rosenpulver in das heiße Wasser: Es wäre doch töricht, dieses gute Bad nicht zu genießen, und wer konnte wissen, wann ihr wieder eine solche Annehmlichkeit vergönnt sein würde? Sie ließ sich mit Wonne hineingleiten. Mit geschlossenen Augen, während sie die wohlriechende Wärme genoss, ließ sie ihre Kindheit im Schloss an sich vorüberziehen und dachte an ihre Eltern, die viel zu früh verstorben waren …
Sie war ein kleines Mädchen gewesen, eine Einzelgängerin und recht energisch. Manchmal sagte man, sie hätte einen Dickschädel, der ihr noch übel mitspielen würde, und sie müsse lernen, sich anzupassen. Doch warum eigentlich? Forderte man von Jungen, sich anzupassen? Nein. Von ihnen erwartete man Mut, von den Mädchen hingegen Folgsamkeit. Ehrlich gesagt zog sie den Mut vor, auch wenn es nicht immer einfach war. Sie hatte trotz allem eine gute Erziehung erhalten, sie konnte nähen, spinnen, sticken, tanzen und reiten. Und sie kannte sich mit den Kräutern und ihren Geheimnissen aus, wie man damit heilte, Duftessenzen zubereitete und noch weitere Dinge, über die man besser nicht laut sprach.
Nach ihrem Bad nahm sie aus der Tiefe einer Truhe einige Kleidungsstücke. Nicht solche, die sie normalerweise trug, sondern Kleider einer einfachen Frau aus dem Volk, wie sie Adlige immer in Reserve hatten: Wenn man sie auf dem Schloss überfiel, würden sie

sich nicht durch die Pracht ihrer Gewänder verraten und konnten sich in den harmlosen Kleidern unter das einfache Volk mischen … Sie dagegen würde fliehen, das war etwas ganz anderes. Sie zog sich also ein grobes Hemd an, zwei Röcke aus geflicktem Wollstoff und ein kleines Schnürmieder, eine Weste aus Kaninchenfell – lebt wohl, ihr edlen Marder- und Feh-Pelze!

Sie rollte ihre Haare auf, steckte sie mit drei Nadeln fest und band sich wie eine Bäuerin ein zusammengerolltes Tuch als Haube um den Kopf. Zuletzt zog sie sich warme Socken und Schnürstiefel an. Dann packte sie ihr Bündel: all ihren Schmuck, ihr schönstes Kleid, das grüne mit seiner hübschen Borte, das sie sorgfältig zusammenrollte, ihren verzierten Gürtel, zwei feine Hemden, einen Elfenbeinkamm, Riechpulver und einige Fläschchen mit kostbaren Salben. Dazu all ihre Kräuter, die ihr so vertraut waren, dass sie sie mit geschlossenen Augen am Duft erkannte. Minze, Beifuß, Salbei, Ysop, Johanniskraut und andere. Von jedem zwei Hände voll, sorgsam in ein quadratisches Leinentuch gelegt, dreimal in die eine und dreimal in die andere Richtung gefaltet, sodass es eine Tasche bildete. Das Bündel würde auf Dauer schwer werden, aber die Dinge, die sich darin befanden, waren einfach unentbehrlich. Ihr Plan war, schnell ein Pferd zu finden, das sie mit einem ihrer Schmuckstücke kaufen wollte. In einer kleinen Schale verrieb sie Lampenöl und Holzkohlepulver miteinander. Sie tunkte einen kleinen Stock in diese Mixtur und zeichnete vor einem Spiegel in ihr Gesicht dicke schwarze Augenbrauen, die über der Nasenwurzel zusammenführten und sie auf diese Weise unerkennbar machten. Dann rieb sie, um ihr Werk zu vollenden, ihr Gesicht mit Asche ein.

Als sie all diese Vorkehrungen abgeschlossen hatte, warf sie sich einen Umhang aus grobem Wollstoff über, hängte sich das Bündel an den Arm und begab sich zu dem kleinen Turmerker, in dem sich die Latrinen befanden. Der Erker besaß eine enge, übel riechende und beschwerliche Treppe, von der man glaubte, dass sie schon seit langem nicht mehr benutzbar sei und deren Türen klemmten. Sie führte über die drei Stockwerke des Schlosses hinunter und durch

eine fast vergessene Hintertür auf den Vorhof. Niemand außer Aveline besaß einen Schlüssel zu dieser Geheimtür, ihre Mutter hatte ihn ihr kurz vor ihrem Tod anvertraut. Diese Einfaltspinsel von Brüdern konnten sich nicht vorstellen, dass sie es wagen würde, zu fliehen – und von diesem geheimen Gang hatten sie keinen blassen Schimmer! Sicher, es war noch nichts gewonnen, wenn es ihr gelang, auf diese Weise in den Hof zu kommen. Falls man sie erkannte, war sie verloren und würde alsbald mit dem widerlichen Josce verheiratet werden. Aber wer würde schon das als Landmädchen verkleidete Fräulein unter all den angeworbenen, unbekannten Mägden und Bäuerinnen erkennen? Außer ihren Brüdern wohl niemand – doch vor denen musste sie sich allerdings in Acht nehmen. In diesem Augenblick standen sie an der Zugbrücke, um die ersten Gäste zu begrüßen.
Aber sie hatte nicht die Absicht, auf diesem Wege zu entfliehen. Sie stieg die Wendeltreppe hinab und hielt dabei den Atem an. Unten angelangt sah sie sofort, dass die Hintertür seit Ewigkeiten nicht mehr benutzt worden war: Staub und Spinnweben bedeckten sie, ihre Angeln waren seit langem nicht mehr eingefettet worden. Vorsichtig steckte das junge Mädchen den riesigen Schlüssel in das Schloss und drückte mit aller Kraft dagegen, um ihn herumzudrehen. Und siehe da: Nichts war verrostet – der Riegel des Schlosses bewegte sich ganz leicht, wobei er allerdings laut quietschte. Mit klopfendem Herzen hielt sie inne, doch im Trubel der Festvorbereitungen hatte wohl niemand das metallische Geräusch vernommen. Sie öffnete den Türflügel. Der Hof war voller geschäftiger Leute, die in alle Richtungen liefen. Sie schob sich durch die Tür, schloss sie hinter sich und mischte sich unerkannt und unauffällig in das Gewühl.
Um ihre Tarnung noch glaubwürdiger zu machen, beschloss sie zu humpeln. Als sie den Hof überquerte, um zu den Wirtschaftsgebäuden zu gelangen, sah sie aus dem Augenwinkel zu ihren vier Brüdern an der Zugbrücke hinüber. Gut, dass sie geplant hatte, die entgegengesetzte Richtung einschlagen. Ohne Eile, ohne sich umzudrehen oder den Kopf zu heben, lief sie hinkend über den Hof und betrat auf

der anderen Seite die große Küche, in der ungewohnte Betriebsamkeit herrschte. Die Tische waren über und über mit Speisen beladen, Fettdunst erfüllte die Luft, und von überall waren hektische Schreie zu hören. Die Küchenjungen und Mägde liefen unablässig hin und her, zum Brunnen, um Wasser zu holen, oder zum Schuppen, um Brennholz herbeizuschaffen. Mit gesenktem Kopf, ihr Bündel festgeschnürt am Arm hängend, als wäre es ein Ballen Kohl oder Äpfel, ging sie ihren Weg durch die Menge. Das Herz klopfte ihr bis zum Hals. Bis zur Tür der kleinen Vorratskammer musste sie noch kommen ... jetzt öffnete sie sie ... schlüpfte unauffällig hindurch und zog sie hinter sich ins Schloss ... geschafft!

Sie war gerettet. Niemand hatte sie bemerkt. Sie lehnte sich gegen die geschlossene Tür, die Hand gegen das Herz gedrückt, und musste vor Spannung, Erleichterung und Freude fast lachen. Alles erschien ihr so einfach, fast wie ein Spiel. Aber ihre Flucht war noch nicht beendet.

Fackeln und ein Feuerstein lagen sicherheitshalber immer auf den Fässern bereit, wie in allen Schlössern, die einen unterirdischen Gang besaßen. Sie schlug den Feuerstein, die Lunte flammte sogleich auf und es gelang ihr, eine der Fackeln zu entzünden. Ohne zu zögern schritt sie im Gang voran, dessen Existenz ihr schon immer bekannt war, den sie jedoch noch nie durchlaufen hatte und der weit entfernt vom Schloss ans Tageslicht führte, wo genau, wusste sie allerdings nicht.

Das Wichtigste aber war, dass ihre Reise ein Ziel hatte und sie wusste, wohin sie gehen würde. Die alte Dame hatte ihr versichert, dass sie sie jederzeit aufsuchen könne, wenn sie in Schwierigkeiten sei. Und so hatte sie beschlossen, sich zu Hermelinde de Tournissan zu begeben.

Aveline lief eine ganze Weile lang. Dieser Gang war eigenartig, er schien gar kein Ende zu nehmen, war voller Schlupfwinkel und Biegungen – oder waren es Irrgänge? Manchmal war er sehr breit und hoch, mit Bögen wie in einer Kathedrale, dann wurde er wieder eng und niedrig, sodass man sich stieß. Er musste voll von Fledermäusen und vorüberhuschenden Insekten sein. Allzu lang wollte sie nicht hier herumrennen, sie musste sich beeilen, schnell herauszukommen.

Plötzlich erhob sich ein heftiger Luftzug im Gang und Küchendüfte strömten herein. Die Flamme der Fackel flackerte auf und wurde dann schwächer.

»Nein, nicht! Geh nicht aus!«, jammerte sie. Aber die Fackel hörte nicht auf ihr Flehen. Das Mädchen pustete verzweifelt auf die roten Punkte am Ende der Dochte, doch sie verloschen – einer nach dem anderen.

Im nächsten Augenblick befand sie sich in absoluter Dunkelheit, in dichter, undurchdringlicher Finsternis, die sich wie ein Leichenhemd aus dunklem Samt um sie legte.

Panische Angst überkam sie. Sie streckte die Arme aus, um die Wände zu berühren, doch sie befand sich gerade in einem breiten Teil und ihre Finger fanden nichts. Mit weit geöffneten Augen versuchte sie etwas wahrzunehmen, und sie redete sich ein, dass sie sich bald an das Dunkel gewöhnen würde. Aber nichts dergleichen passierte. Hatte sie nicht zufällig den Feuerstein mitgenommen? Sie tastete fieberhaft in ihrem Bündel danach, doch wusste sie nur zu gut, dass es vergebens war, sie hatte, wie es sich gehört, den Stein zu den anderen Fackeln zurückgelegt. Sie war allein, in einem unterirdischen Gang, der so düster war wie ein Grab. In der Finsternis war sie verloren. Für immer.

Als sie sich mit vorsichtigen, unsicheren Bewegungen auf den Boden hockte, der immerhin trocken und einigermaßen sauber war, stieß sie sich den Kopf. Da war also irgendwo eine Wand. Sie lehnte sich an, legte ihr Bündel neben sich, kauerte sich ganz zusammen und schlang die Arme um ihre Knie, die Augen weit geöffnet, die jedoch immer noch nichts sahen.

Sie begann zu wimmern und sagte sich verzweifelt, dass es wohl doch besser für sie gewesen wäre, Josce de la Bordonne zu heiraten. Hier war sie nun dazu verdammt, vor Hunger und Angst zu sterben, in diesem pechschwarzen Gang, von dem niemand wusste.

Sie hätte alles darum gegeben, dass ihre Brüder sie hier herausholten. Sie würde ihnen von nun an gehorchen und nicht mehr bockig sein. Dann würde sie eben den Mann heiraten, den sie ihr aufzwingen wollten. Sie würde in den Truhen ihres Ehemannes wühlen, um ihnen Hände voll Gold zu geben. Sie würde sich in das Leben einer unglücklich verheirateten Frau fügen. Aber sie würden nicht kommen. Nie, nie mehr. Und Hermelinde de Tournissan würde trotz all ihrer Kenntnisse nicht erraten, wo sie sich befand. Sie war verloren. Ihr Wimmern ließ nach, nicht einmal mehr dafür reichte ihre Kraft.

Sie legte den Kopf auf die Knie und versank in dumpfe Verzweiflung.

Anweisung, ein Fest gelingen zu lassen

Lasst Eisenkraut in Wein ziehen,
dann gießt Letzteren an dem Ort aus,
wo das Fest stattfinden soll:
Alle Gäste werden während des Festmahls
fröhlich und guter Laune sein.

12

Als Bertoul Raoulet de Mauchalgrin im Hof des Schlosses sah, drehte er sich schnell um, um nicht erkannt zu werden. Wie war es möglich, dass der junge Adlige so schnell seine Fährte gefunden hatte?
Langsam, den Rücken sowohl Raoulet als auch dem Kammerherrn zuwendend, der seine kleine Gruppe von Musikern dirigierte, zwang Bertoul sich, seine Erregung zu bändigen und dachte nach.
Raoulet konnte unmöglich erfahren haben, dass Bertoul auf dieses Schloss gelangt war. Er musste also rein zufällig hier sein. Nur ruhig Blut – sicher war es wegen der Hochzeit, machte Bertoul sich klar. Er war zum Vermählungsfest eingeladen! Das erklärte auch seine schöne Kleidung. Und vielleicht sogar seine trotzige Miene.
Unter tausend Vorsichtsmaßnahmen warf Bertoul, das Gesicht halb unter seiner Kapuze verborgen, einen Blick zur Seite. Die unbeholfene Art, wie Raoulet den Damen dabei half, vom Pferd abzusteigen, zeigte, dass in Sachen Ritterlichkeit noch ein langer Weg vor ihm lag.
»Ihr müsst noch lernen, mehr zu lächeln und gegenüber den Damen dienstbeflissener zu sein, junger Knappe«, warf ihm in diesem Moment eine Frau mittleren Alters in eisigem Ton zu, die Mühe hatte, aus ihrem gepolsterten Sattel zu steigen und der Raoulet ungeschickt seinen Arm hinhielt.
»Das ist mein erster Tag im höfischen Dienst«, entgegnete er brummend, als sei das eine Entschuldigung.
»Und ist es auch das erste Mal, dass man Euch bittet zu lächeln?«, gab die Dame trocken zurück.
Der erste Diensttag! Raoulet war also in der Ausbildung zum Knappen in einer adligen Familie, und man hatte ihn beauftragt, die Damen zu begleiten und ihnen behilflich zu sein. Es war höchste Eile

geboten, Bertoul musste sich davonmachen, ehe Raoulets Blick ihn erhaschte.

»Aufgepasst, ihr Musiker! Alle zu mir«, rief der Kammerherr. »Ja, auch du, der junge Musiker mit der Fidel. Komm näher, wie war dein Name auch wieder?«

Aber anstatt zu antworten, rief Bertoul, wie von einer plötzlichen Eingebung überfallen:

»Oh, ich habe dort hinten etwas vergessen.«

Er rannte, so schnell er konnte, ohne auf die lauten Rufe des Kammerherrn zu achten, und überquerte wieder den Hof, um in dem großen Küchenraum Schutz zu suchen, wo die Geschäftigkeit noch weiter zugenommen zu haben schien.

»Du schon wieder!«, rief Guibourc, wobei sie mit dem großen Messer drohte.

»Meine Flöte muss im unterirdischen … ich meine, in der kleinen Vorratskammer aus meinem Sack gefallen sein«, erklärte Bertoul lebhaft. »Kümmert Euch nicht um mich, ich kenne ja jetzt den Weg.«

Er öffnete die Tür zur Vorratskammer und schlüpfte hinein. Im selben Augenblick rissen ein paar Küchenjungen das große Tor zum Hof weit auf. Ein heftiger Luftzug durchfuhr die Küche, der zuerst die Düfte und Dämpfe bis in die Tiefen des unterirdischen Ganges blies und im nächsten Moment mit einem lauten Knall die Tür hinter ihm ins Schloss warf.

Sehr gut. Fürs Erste war er hier in Sicherheit. Raoulet hatte ihn nicht gesehen, der Kammerherr würde ihn kaum suchen und Guibourc glaubte, er sei schon wieder draußen. Er packte die Fidel wieder in seinen Sack. Was nun zu tun war, war schnell entschieden. Es kam nicht infrage, dass er in den Hof des Schlosses, dessen Name ihm immer noch nicht bekannt war, zurückkehrte und als Musiker am Fest teilnahm, da Raoulet sich dort befand. Also blieb nur das andere Ende des Ganges.

Mit ein wenig Glück hatten die vier Häscher der Mauchalgrins bereits die Lust verloren und das Wäldchen verlassen. Wenn sie zufällig doch noch in der Gegend waren, würde Bertoul in Ruhe abwarten, bis sie den Wald verließen. Jetzt hatte er es nicht mehr eilig – immerhin hatte er sich den Bauch vollgeschlagen und genügend Proviant eingepackt. Er bedauerte nur, dass er nicht am Fest teilnehmen konnte.

Ich habe ja wirklich Glück, dachte er. Da finde ich ein schönes Schloss, auf dem ein rauschendes Fest gefeiert wird und bei dem ich sogar einige Taler verdienen könnte – aber wohin ich mich auch wende, immer ist Raoulet de Mauchalgrin da, und macht mir das Leben schwer! Vor mir seine Männer, hinter mir der kleine, boshafte Kerl selbst …

Einmal mehr rückte er seinen Sack auf der Schulter zurecht.

Vielleicht, sagte er zu sich, finden sich in diesem Gang noch Nebenwege oder andere Ausgänge. Auf dem Hinweg habe ich nichts dergleichen gesehen, aber vielleicht jetzt …

Er drang in den Gang ein, den er erst vor etwa einer Stunde in umgekehrter Richtung in der Hoffnung durchschritten hatte, irgendwelche Gänge oder Treppen zu entdecken, die ihn zu einem anderen Ausgang brächten.

Aber da war nichts. Der unterirdische Gang schien trotz seiner Winkel und Krümmungen tatsächlich nichts weiter als ein normaler Tunnel zu sein und besaß nur einen Ausgang. Plötzlich hielt Bertoul inne. Ein großes Bündel lehnte gegen die Wand und versperrte ihm den Durchgang. Bertoul war sich sicher, dass es auf dem Hinweg noch nicht dort gelegen hatte. Und es zeigte sich, dass dieses Bündel keineswegs unbeweglich war, sondern zitterte und bebte und sogar leise Laute von sich gab.

Kein Zweifel – es war ein Mensch! War es einer seiner Verfolger? Nein, ein abgehärteter Soldat zittert nicht, und schluchzen und stöhnen würde er schon gar nicht. Bertoul trat näher heran und tastete das Bündel ab, hinter dem sich ein weibliches Wesen zu verbergen schien: Die Knie waren angezogen, der Kopf in Röcken versteckt und es gingen pflanzliche Düfte von ihm aus, ein kräftiges, sehr angenehmes Aroma von getrockneten Kräutern.

»Was tut Ihr hier?«, erkundigte er sich mit einer Stimme, die schroffer klang als er wollte.
Der Kopf hob sich mit verwirrter Miene und schrie: »Ahh!«
Da erblickte Bertoul das Gesicht eines jungen Mädchens, verstört und verschmiert, eingerahmt von einer Haube aus weißem Tuch. Eine Bäuerin. Es schien, als sähe sie ihn nicht, denn sie warf ängstliche Blicke um sich.
»Was machst du hier?«, wiederholte Bertoul, diesmal in etwas zutraulicherem Ton, da er es eindeutig mit einem Mädchen aus dem Volk zu tun hatte, ungefähr im selben Alter wie er selbst. »Hast du dich verirrt?«
»Ich sehe nichts«, schrie das Mädchen, »meine Fackel wurde von einem Luftzug ausgelöscht!«
Bertoul hockte sich neben sie.
»Ich kann dich aber sehen«, sagte er. »Hier ist zwar nicht viel Licht, nicht viel mehr als bei Einbruch der Dunkelheit, aber man kann dennoch etwas sehen.«
»Was sagst du da?«, stieß das Mädchen mit erstickter Stimme hervor. »Wenn du mich siehst, aber ich nichts sehe, dann bedeutet das, dass ich blind geworden bin!«
Bertoul wurde von ihrer verzweifelten Stimme in der Tiefe seines Herzens berührt.
»Blind? Wie das?«
»Ich weiß nicht«, schrie sie mit von Panik erfüllter Stimme. »Meine Fackel ging aus und jetzt sehe ich nichts mehr.«
»Seltsam«, wunderte sich Bertoul. »Um sich hier zurechtzufinden, braucht man keine Fackel.«
Sie berührte ihre Augen, riss sie auf, hielt ihre Hand davor und drehte den Kopf in alle Richtungen.
»Ich sehe nichts«, hauchte sie verzweifelt. »Ich bin verloren. Was soll nur aus mir werden? Mein Gott, was soll denn jetzt aus mir werden?«
Bertoul wusste nicht recht, was er sagen sollte, und noch weniger, wie er ihr helfen konnte.

»Was machst du denn hier unten?«, fragte er sie freundlich. »Und wie heißt du überhaupt?«
»Ich bin … ich bin … Man nennt mich Aveline«, sagte sie mit stockender Stimme. »Ich war dabei … wirst du es auch niemandem sagen? Ich war dabei, aus dem Schloss zu fliehen.«
»Aus diesem Schloss, auf dem die Hochzeit stattfindet?«
»Ja. Ich kann dort nicht bleiben. Ich konnte nicht … ich … es geht einfach nicht. Ich kann auf keinen Fall dorthin zurückkehren, ich sehe nichts.«
»Willst du, dass ich dich dorthin zurückführe?«
»Auf gar keinen Fall!«, rief sie aus. »Dort ist jemand … jemand, der mir Übles will.«
»Aber man könnte dir dort helfen, dich heilen … Vielleicht ist es gar nicht so schlimm.«
Sie schüttelte ablehnend den Kopf, die Augen immer noch weit aufgerissen, in Bertouls Richtung gewandt, ohne ihn zu sehen.
»Aber was genau willst du denn? Wohin wolltest du fliehen?«
»Ich muss an das andere Ende gelangen«, sagte sie. »Ich weiß nicht, wo der Gang endet, aber es kann nicht weit weg vom Schloss sein. Und wenn du mir helfen willst …«
»Na … natürlich«, sagte er zögernd.
Er konnte ihr in ihrem Zustand nicht erzählen, dass er am anderen Ende des Tunnels Gefahr lief, dem Spähtrupp Raoulets in die Arme zu laufen.
»Führ mich ins Freie, bitte. Dann werde ich versuchen, mich allein zurechtzufinden. Es gibt nur einen Menschen, der mir helfen kann. Und den muss ich finden!«
»Ah«, sagte Bertoul. »Umso besser, wenn du jemanden kennst, der dir helfen kann. Komm, wir gehen erst einmal bis zum Ende des Ganges.«
Aber würde er es auch wagen, mit ihr hinaufzusteigen und sich seinen Verfolgern zu zeigen? Notfalls musste sie sich dann selbst weiterhelfen. Schließlich war es nicht seine Schuld, dass sie nichts sah.

Aveline stützte sich an der Felswand ab, stand auf und machte ein paar unsichere Schritte. Sie fand ihr Bündel und hängte es über den Arm.
»Ich bin bereit«, sagte sie.
Ritterlich schlug er vor, ihr Bündel für sie zu tragen.
»Nein!«, schrie sie auf, und drückte die einzigen Habseligkeiten, die ihr geblieben waren, heftig an sich.
Bertoul bestand nicht darauf, denn er hatte eigentlich genug an seinem eigenen Sack zu tragen, in dem sich das schwere Zauberbuch befand. Er ergriff Avelines Hand und legte sie auf seine Schulter.
»Wir werden langsam gehen«, sagte er, »so wirst du mich nicht verlieren.«
Sie machten einige Schritte. Das junge Mädchen war ganz und gar nicht beruhigt und schrak immer wieder zusammen. Sie strauchelte beinahe bei jedem Schritt, stolperte gegen ihn und stieß dabei kleine Schreie aus. Dann entschuldigte sie sich bei ihm, achtete aber vor allem darauf, den Kontakt nicht zu verlieren, indem sie sich nervös an seinem Arm festkrallte. Er ging langsam, warnte sie vor jedem Hindernis und machte sie auf das kleinste Gefälle aufmerksam. Was für eine Furcht musste sie überfallen haben, als sie so plötzlich blind geworden war. Was konnte er für sie tun? Vielleicht sich ein wenig mit ihr unterhalten? Das wäre eine gute Übung für später, wenn er eines Tages auf den Schlössern singen und die Burgfräulein unterhalten würde.
»Warum wolltest du denn das Schloss verlassen?«, fragte er.
»Ich bin in großer Gefahr«, murmelte sie ohne weitere Erklärungen.
»In einem so schönen Schloss? Ich habe nur die Küche und den Hof gesehen, aber …«
»Die Leute, die dort leben, sind nicht so freundlich, wie es scheint«, fiel sie ihm ins Wort.
Er schloss daraus, dass sie für irgendeine Dummheit im Dienst streng angefahren worden war. Wenn die Herren genauso hart waren wie die Mauchalgrins, war es kein Wunder, dass man Lust bekam, sie bei der nächsten Gelegenheit zu verlassen.
»Wer heiratet denn?«, fragte er nach.

»Das adlige Fräulein des Schlosses«, sagte sie mit stockender Stimme. »Ein tapferes junges Mädchen, aber der Bräutigam ist keine gute Wahl. Sie wird nicht glücklich werden.«
»Nicht glücklicher als du jedenfalls, seit du dein Augenlicht verloren hast«, sagte Bertoul mitleidig.
Sie seufzte herzzerreißend und antwortete nichts. Und Bertoul musste erkennen, dass er ziemlich unbegabt im Gespräch mit Frauen war. Zum Glück konnte sie die Schamröte nicht sehen, die ihm ins Gesicht stieg.
»Verzeih mir«, sagte er.
Jetzt hatten sie das Ende des unterirdischen Ganges beinahe erreicht und blieben stehen. Das Mädchen würde den Weg nach oben schon allein finden, wenn sie sich vorantastete und die groben Steinstufen benutzte. Nur leider würde sie ihm nicht sagen können, ob seine Verfolger noch da waren. Und wie würde sie in dem feindlichen Wald zurechtkommen, ohne etwas zu sehen? Dennoch, er würde ihr nicht mehr helfen können, sobald sie an das Ende des Tunnels gelangt waren.
Warum muss mir das alles passieren, dachte er. Als ob ich mit meinem ungewöhnlichen Auftrag nicht schon genug zu tun hätte – und Raoulet de Mauchalgrin zähle ich noch gar nicht mit …
»Hast du Hunger?«, fragte er sie. »Man hat mir in der Küche etwas Proviant gegeben.«
»Nein, danke«, sagte sie. »Ich glaube, mir ist der Appetit für lange Zeit vergangen.«
Er hatte nicht bemerkt, dass sie lautlos schluchzte.
»Es gibt Leute, die wissen, was man für deine Augen tun kann«, sagte er und bemühte sich, einen beruhigenden Ton anzuschlagen. »Mach dir keine Sorgen, ich bin sicher, dass es nichts Schlimmes ist. Man verliert doch nicht einfach so das Augenlicht, und außerdem ist es hier sehr dunkel. Vielleicht, bei Tageslicht … Man wird dir Salben geben, Pflanzenpflaster. Ich kannte einmal eine Frau, die …«
Die Erinnerung an die Herrin von Tournissan überkam ihn urplötzlich und rührte ihn. Trauer und Sehnsucht überfielen ihn.

»Ich kenne auch jemanden«, sagte die junge Aveline mit zögernder Stimme. »Eine Edelfrau aus der Umgebung, die mir versprochen hat, dass ich sie aufsuchen könne, wenn ich in Schwierigkeiten wäre. Ich bin aus dem Schloss geflohen, um bei ihr Schutz zu finden und sie um Rat zu fragen. Sie kennt seltsame und wunderbare Dinge, also wird sie mir vielleicht mein Augenlicht wiedergeben können.«
»Ich wünsche es dir.«
»Ich glaube, ihr Gut liegt einen Tag Fußmarsch von hier entfernt. Das ist nicht so weit. Könntest du … meinst du, du könntest mich begleiten?«
»Ich weiß nicht«, sagte Bertoul. »Es ist, dass ich … es gibt … also, das ist nicht so einfach.«
»Oh …«
Ihr langer Seufzer verriet die ganze Enttäuschung und Furcht, die sich in ihr breit machten.
»Aber ich werde tun, was ich kann. Die Gefahr …«
»Es ist nicht weit«, wiederholte sie, »und allein schaffe ich es niemals.«
Sie stolperte bei jedem Schritt. Wie würde es ihr erst in einem Wald voller Brombeerranken, abgestorbenen Baumwurzeln und tief hängenden Ästen ergehen? Sie käme keine vier Schritte weit. Aber wieso er? Schließlich war er ihr nichts schuldig. Gegen seinen Willen war er ein wenig gereizt – Mädchen haben die Angewohnheit zu denken, dass man ständig für sie da sein müsse! Nein! Er würde sie bis zu einer Kirchentür geleiten, das war alles, was er überhaupt für sie tun konnte.
Sie bemerkte sein Zögern und fragte etwas zurückhaltender:
»Könntest du mich nicht führen oder mich einfach auf den Weg nach Tournissan bringen«, schlug das junge Mädchen vor.
Bertoul erstarrte, als er diesen Namen hörte.
»Tournissan? Warum Tournissan?«
»Dort muss ich hin«, erklärte sie. »Ich muss die Herrin von Tournissan treffen.«
»Meinst du Hermelinde de Tournissan?«

»Ja, genau die!«
»Dann … weißt du es noch nicht?«
»Was denn?«, fragte Aveline beunruhigt.
»Frau Hermelinde ist vor ein paar Tagen gestorben.«
Aveline stieß einen entsetzten Schrei aus, ließ ihr dickes Bündel fallen und sank zu Boden.

Anweisung, die Zukunft voraussagen zu können

Esst das Herz eines Aals,
der gerade erst getötet wurde
und noch ganz warm ist.
Oder das Herz eines Wiesels.
So werdet ihr die Zukunft
voraussagen können.

13

»Frau Hermelinde de Tournissan ... tot ...«, murmelte Aveline, als sie sich ein wenig erholt hatte. »Dann bin ich verloren.«
»So schnell darfst du nicht aufgeben«, sagte Bertoul ermutigend. »Es muss doch noch andere Möglichkeiten geben, dir zu helfen.«
»Was soll jetzt aus mir werden? Was soll nur aus mir werden?«, jammerte das Mädchen, indem sie sich hin und her wiegte, als könne sie damit ihre Verwirrung zum Schweigen bringen.
Bertoul kniete neben ihr nieder.
»Warum wolltest du sie denn aufsuchen? Und woher kanntest du sie?«
Aveline antwortete nicht. Sie seufzte, trocknete ihr Gesicht und zwang sich, eine entschlossene Miene aufzusetzen, als sie tapfer erklärte: »Dann werde ich ihren Erben besuchen. Er muss mich doch empfangen, in Erinnerung an die edle Frau.«
»Ihren Erben? Das ist keine gute Idee. Der Neffe der Dame ist ein Ritter ohne Herz und hart gegen die einfachen Leute. Er wird kein Mitleid mit dir haben und dich wieder wegschicken, ohne dir auch nur einen Denar als Almosen zu geben.«
»Woher willst du das wissen?«, sagte sie mit plötzlich veränderter Stimme, die Bertoul als ein wenig hochmütig empfand. »Was weißt du von den Rittern? Und von der Familie der Edelfrau?«
»Ich habe mit Raoul de Mauchalgrin zu tun gehabt und mit seinem Sohn. Es sind bedauernswerte Herren, glaub mir.«
Aveline dachte kurz nach. Dann sagte sie entschlossen: »Hilf mir, hier herauszukommen. Wir werden unterwegs darüber nachdenken.«
Sie erhob sich, tastete nach ihrem Bündel, stützte sich wieder auf Bertoul, und gemeinsam setzten sie ihren langsamen Gang durch den Tunnel fort.

»Warum wolltest du Frau Hermelinde aufsuchen?«, fragte Bertoul wieder, als sie sich ein wenig beruhigt hatte.
Aber anstelle einer Antwort stieß sie einen lauten Schrei aus. Einen Schrei der Freude und der Erleichterung. Sie ließ ihr Bündel fallen, ließ Bertouls Arm los, streckte die Hände aus und ging einige Schritte allein weiter.
»Ich sehe etwas«, rief sie, »ich sehe eine Art Schimmer dort hinten! Ich erkenne die Wände des unterirdischen Ganges!«
»Der Schimmer«, sagte Bertoul, »ist ein Strahl des Tageslichts, der durch die Decke dringt. Vor uns liegt das Ende des Ganges.«
Sie drehte sich zu ihm um.
»Und jetzt sehe ich dich auch, zwar nur wie einen dunklen Schatten, aber ich erkenne dich!«
Sie lief mit neuem Mut diesem winzigen Schimmer entgegen, der das Loch unter dem Farn mit Licht erfüllte.
»Gerettet, gerettet, ich sehe alles! Sogar die Farben. Über uns ist etwas Grünes. Und das Licht ist das Licht der Sonne!«
»Pssst!« Bertoul sprang zu ihr und hätte ihr am liebsten mit der Hand den Mund zugehalten.
»Und da, schau, da sind Steinstufen, die können wir hinaufsteigen.«
»Sei still. Mach nicht so einen Lärm.«
Aber Aveline tanzte fast und sang vor sich hin, als seien plötzlich all ihre Schwierigkeiten vergessen. Bertoul ergriff sie am Arm und bemühte sich, zu verhindern, dass sie ihrer Begeisterung allzu freien Lauf ließ.
»Warte«, sagte er. »Da oben lauert Gefahr.«
Sofort hielt sie inne.
»Woher weißt du das?«
»Ich komme von dort. Lass uns lieber noch ein wenig warten. Übrigens liegt dein Bündel noch da hinten.«
»Nein! Ich will nicht länger hier unten bleiben. Das macht mir Angst.«
Dieses Mädchen begann ihn allmählich gewaltig zu ärgern. Außerdem konnte sie zu einer wirklichen Gefahr für ihn werden. Wenn sie

jetzt hinausging und auf Raoulets Spähtrupp stieß, konnte sie auch leicht ausplaudern, dass sie jemand Verdächtigen im unterirdischen Gang gesehen hatte.
»Komm jetzt«, beharrte er, »ich gehe wieder in den Gang.«
»Könntest du mir nicht meine Sachen bringen?«, sagte sie, in der Hoffnung, ihn umzustimmen.
»Kommt nicht infrage«, antwortete er. Mit großen Schritten kehrte er in die Tiefe des Ganges zurück.
»Warte doch! Du hast mir noch nicht gesagt, warum es da oben gefährlich ist.«
Er hörte, wie sie ihm nachlief, um ihn einzuholen. Oder um sich ihr Bündel, das nach Kräutern und Blumen duftete, zu greifen.
»Ah!«, schrie sie aufs Neue.
Mein Gott, dieses Mädchen war wirklich anstrengend!
»Ich bin wieder blind, ich sehe nichts mehr! Hilf mir!«
Bertoul näherte sich ihr seufzend und berührte ihre Schulter. Sie klammerte sich an ihn.
»Ich habe alles verloren«, schluchzte sie. »Ich sehe nichts mehr, ich kann die Herrin von Tournissan nicht aufsuchen, habe kein Zuhause mehr …«
»Jetzt hör auf zu jammern! Ich hätte Lust, dich hier unten zurückzulassen.«
»… und der einzige Mensch, der mich retten könnte, ist ein grober Kerl, der nicht über das kleinste Bisschen Mitleid verfügt.«
Ein grober Kerl? Und sie? Was war sie anderes als eine Magd, noch dazu mit dieser Miene.
»Wie kommt es, dass du so plötzlich nichts mehr siehst?«, rief er genervt. »Und hör endlich auf zu heulen!«
Mühsam schluckte sie ihre Tränen hinunter.
»Bitte, führ mich zu meinem Bündel«, bat sie mit wiedergefundener Würde. »Und dann bring mich bitte bis zu der Steintreppe. Danach werde ich schon allein zurechtkommen.«
Er führte sie zurück zu ihrem Bündel, das sie sich wieder über den Arm hängte, dann gingen sie den Weg in umgekehrter Richtung

zurück. Bei der letzten Biegung des Ganges sprang sie plötzlich in die Luft.
»Ich sehe wieder den Lichtstreifen«, sagte sie erleichtert. »Vielleicht bin ich ja nie blind gewesen, sondern es ist einfach nur zu dunkel.«
»Es ist nicht zu dunkel. Es ist höchstens ziemlich finster!«
Sie gingen weiter und befanden sich am Fuß der Steinstufen.
»Danke«, sagte sie erleichtert. »Ich werde jetzt da hinaufgehen und dann schon meinen Weg finden. Nie werde ich vergessen, dass du mich aus diesem finsteren Gang gerettet hast. Ich hätte hier sterben können. Ich werde nicht vergessen, dass ich dir etwas schuldig bin.«
Sie zögerte einen kurzen Augenblick, dann sagte sie:
»Sag mir, wenn es irgendetwas gibt, was ich als Dank für dich tun kann.«
Bertoul musste nicht lang überlegen.
»Du kannst mir einen Gefallen tun. Dort oben, am Ausgang dieses Ganges, sind vielleicht vier Männer, die nach mir suchen. Ich bitte dich, falls du sie siehst, wenn du herauskommst, dass du ihnen nichts von diesem Eingang sagst und ebenso wenig, dass du mich gesehen hast. Das ist alles, worum ich dich bitte.«
»Dass ich dich *gesehen* habe? Eigentlich habe ich dich ja gar nicht gesehen! Ich weiß weder, wer du bist, noch was du hier tust. Und deinen Namen kenne ich auch nicht, was könnte ich schon über dich sagen? Dass du diesen dicken, schweren, kantigen Sack bei dir hast, der aussieht, als wäre was weiß ich was drin, eine Truhe, ein …!«
»Nein! Sag ihnen auf keinen Fall, dass ich diesen Sack habe! Nur das nicht!«
»Also das ist es, wonach sie suchen, habe ich recht?«
Plötzlich wurde ihr klar, warum er verfolgt wurde.
»Was hast du gemacht? Bist du ein Dieb? Und was hast du gestohlen?«
»Überhaupt nichts, ich schwöre es bei meiner unsterblichen Seele. Aber sie wollen mir Übles. Wenn du diese Männer siehst, sag ihnen nichts von diesem Gang.«
»Du hast wirklich Angst vor ihnen, nicht wahr?«

»Ja, das habe ich. Ihr Auftrag lautet, mich zu einem grausamen Mann zu bringen. Und wenn sie mich finden, habe ich nicht die geringste Chance. Ich werde mich also hier noch einige Zeit versteckt halten.«
»Ich finde dich sonderbar. Vielleicht verdienst du ja wirklich den Galgen? Aber was ich gesagt habe, gilt: Ich werde dich nicht verraten. Du kannst mir glauben, ich bin jemand, der sein Wort hält!«

Anweisung zur Herstellung von Tinte für Liebesbriefe

Nehmt einen unbenutzten Pergamentbogen
und beschreibt ihn auf beiden Seiten
mit folgendem Anruf:

»Adama, Evah, wie der allmächtige Schöpfer
Euch im irdischen Paradies vereint,
in einer heiligen Verbindung,
auf Gegenseitigkeit beruhend und unauflöslich,
so sei das Herz derjenigen, denen ich schreibe,
mir gegenüber wohlgesonnen und soll
mir nichts verweigern können
+ Ely + Ely + Ely.«

Danach muss dieses Pergament verbrannt
und die Asche vollständig gesammelt werden.
Dann nehmt Ihr Tinte, die noch nie
benutzt worden ist.

Gießt sie in ein kleines, unbenutztes Tongefäß,
mischt darin die Asche
mit sieben Tropfen Milch von einer Frau,
die ihr Erstgeborenes stillt,
und fügt eine Prise eines zu Pulver
zerstoßenen Magneten hinzu.
Bedient Euch dann einer unbenutzten Feder,
die Ihr mit einem unbenutzten
Federmesser anspitzt.
Jede Person, der Ihr mit der auf diese Weise
hergestellten Tinte schreibt,
wird, während sie Euren Brief liest,
bereit sein, Euch alles,
was in ihrer Macht steht, zuzugestehen.

14

Am Eingang des Schlosses drängte sich eine bunt zusammengewürfelte Menschenmenge. In braunen, blauen oder flachsfarbenen Kleidern transportierten zwangsverpflichtete Dorfbewohner auf Köpfen, Schultern oder Karren phänomenale Mengen von Speisen für ein Festmahl von mehreren Tagen herbei. Sogar die Bauern aus der Umgebung waren eingeladen, einen Schoppen zu trinken und Geflügel und Honigfladen auf die Gesundheit des Paares zu kosten. All das würde irrsinnig viel Geld kosten, aber das war den vier jungen Herren gleich: Der Bräutigam hatte schließlich geschworen, den Gesamtbetrag auf Heller und Pfennig zu bezahlen. Übrigens hatte er schon die erste Truhe mit Talern ausgeschüttet, und die Herren des Hauses hatten kein Problem damit, sie sofort an den Mann zu bringen.

Unter die Mägde und Bauern mischten sich nun auch Priester, Mönche und Äbte, die würdig auf ihren Maultieren thronten. Schließlich zogen die Adligen, die Damen und Ritter aus der Umgebung, begleitet von ihren Knappen, Dienern, Hunden und Falken, in den Vorhof ein. Würdig und ohne Eile kamen sie zu Pferd und in Sänften. Sie ließen ihre schönsten Festgewänder aus Brokat, Samt und Seide, ihr Gold und ihren Schmuck von der Menge gebührend bewundern. Diese Gutsherren sprachen selbstbewusst und höfisch gewandt. Die Damen hatten hübsche, melodiöse und heitere Stimmen. Die Hochzeit des jungen Fräuleins versprach ein herrliches Vergnügen zu werden. Es war lange her, dass es so etwas in der Umgebung gegeben hatte.

Die Brüder Gaubert, Gauderic, Gautier und Gaudefroi postierten sich im Tor, empfingen die neu Ankommenden und begrüßten jeden nach seinem Rang. Angesichts des riesengroßen Glücksfalles, ihre

Schwester so gut und gewinnbringend verheiraten zu können, hatten sie ihr berühmtes breites Grinsen aufgesetzt. Das Gedränge hatte nun den Höhepunkt erreicht, und fast hätten sie die Ankündigung einer prächtigen herrschaftlichen Kutsche verpasst, die versuchte, sich unweit der Ziehbrücke einen Weg durch die vielen kleineren Karren zu bahnen.

»He!«, schrie eine laute Stimme. »Lasst den Helden des Tages einziehen!«

»Ah, da ist er ja, der glückliche Bräutigam!«, rief Gaubert aus.

Josce de la Bordonne, ganz in granatrotem Samt, den prallen Bauch unbequem hinter den Sattelknopf seines weißen Pferdes geklemmt, die funkelnden Sporen genauso glänzend wie sein kahler Kopf in der Sonne, angeführt von zwei Trompete blasenden Herolden, die in seinen Farben gekleidet waren, wartete darauf, dass die Zugbrücke frei würde, damit er einen triumphalen Einzug ins Schloss seiner Braut halten könne.

Hinter ihm folgte die Gruppe der sechs kleinen La Bordonnes. Seine beiden ältesten Söhne, die mit ihren 16 und 17 Jahren bereits älter als die Braut waren, ritten auf ihren tänzelnden Füchsen. Dann folgte eine Tochter von zwölf Jahren, ein zehnjähriger Junge und die fünfjährigen Zwillingsmädchen. Allesamt zu Pferde, schön anzusehen, und sogar die beiden kleinen Mädchen saßen in edlen, bequemen Sätteln. Ihre ruhigen, sanften Stuten wurden von Knappen geführt. Hinzu kamen noch einige Kinderfrauen auf ihren genügsamen Maultieren und eine Handvoll Kammerherren. Diese ganze hübsche Schar, herausgeputzt wie ein Reliquienschrein bei einer Prozession, bewegte sich langsam vorwärts, und die Stille, die kurz eintrat, wurde bald durch bewundernde Ausrufe unterbrochen. Alle Anwesenden schienen wie von Zauberhand erstarrt, als sähen sie eine Erscheinung. Und es war wahrhaftig ein Anblick, der den Glanz der anderen Gutsherren und Damen, die beim Fest gegenwärtig waren, in den Schatten stellte. Die vier Brüder ließen sogleich Gewürzwein und weitere erfrischende Getränke für die ganze Gesellschaft herbeischaffen, alle stiegen von ihren Pferden,

man umarmte und küsste sich von Herzen unter den La Bordonnes und den Brüdern Flamincourt.
Nachdem die Höflichkeiten ausgetauscht waren, setzte Josce de la Bordonne eine komplizenhafte Miene auf, wandte sich an seine vier zukünftigen Schwäger und ließ sich hinter vorgehaltener Hand in vertraulichem Ton entgleiten:
»Und jetzt, auch wenn die Verlobung erst morgen ist, möchte ich mir endlich die Braut ansehen, die … ähm … die Ihr mir zugedacht habt.«
Die Brüder willigten begeistert ein, indem sie mit den Köpfen nickten, als würden sie sich einen einzigen teilen.
»Natürlich, natürlich. Sie ist da oben. Folgt uns, wir werden Euch einander vorstellen.«
Eine Art Prozession, geschmückt in Samt und Seide, drängte sich auf dem engen Treppenabsatz und stieg die Wendeltreppe zum Turmzimmer hinauf. Der Bräutigam hatte sich dem ältesten Bruder angeschlossen, ihnen dicht auf den Fersen folgten die jüngeren Brüder, dann kamen die zwei ältesten Söhne des Bräutigams, die ebenfalls eine gewisse Neugier zeigten, ihre zukünftige Stiefmutter zu sehen.
Gaubert pochte mit der Faust zweimal an die massive Tür des Zimmers. Keine Antwort, nicht die geringste Äußerung von Freude oder Verärgerung.
»Blanche, öffne uns!«
»Öffne endlich! Oder müssen wir die Tür einschlagen?«
Der Wachtposten trat unruhig von einem Fuß auf den anderen und hatte es eilig, den ihm erteilten Befehl loszuwerden, doch es war ihm sichtlich unangenehm, seinem Herrn widersprechen zu müssen.
»Gnädiger Herr«, schaltete er sich ein, »das Fräulein hat gebeten, sie den Tag über in Ruhe zu lassen, damit sie sich ungestört vorbereiten könne, denn sie hat sich vorgenommen, die kommenden Stunden im Gebet zu verbringen.«
»Im Gebet! Was muss ich da hören! Das ist ja lächerlich!«
»Im Gebet. Wie bezaubernd«, sprach im selben Augenblick gerührt der Bräutigam.

»Zu dieser Zeit könnte es aber auch sein, dass sie noch ihr Bad nimmt, gnädiger Herr«, fuhr der Wachtposten fort. »Sie hat vor nicht ganz zwei Stunden darum gebeten, ihr heißes Wasser zu bringen, um ein Bad nehmen zu können.«

Von Neuem hämmerte Gaubert an die Tür und seine Brüder unterstützten ihn dabei.

»Mach jetzt sofort diese Tür auf!«

»Unsere Geduld hat Grenzen!«

»Öffne, dein Bräutigam ist da!«

»Und er hat schöne Geschenke für dich dabei …«

Diese Worte sollten offenbar magisch wirken. Aber die Wirkung blieb aus, es erfolgte keine Reaktion des Mädchens, und auf der anderen Seite der Tür blieb alles still.

Gaubert und Gauderic überzeugten sich davon, dass die Tür von innen verriegelt worden war und der Riegel festsaß. Aber sie waren kräftige Burschen, und mit Fußtritten und Schulterstößen schafften sie es schließlich, die Tür aus den Angeln zu sprengen. Sie betraten das Zimmer, gefolgt von Gautier und Gaudefroi, die das, was von der Tür noch übrig geblieben war, hinter sich schlossen und so die Neugier Josce de la Bordonnes bremsten. Der Raum war leer und das Badewasser in der Wanne kalt.

»Wo ist sie?«, sagte Gaubert und erblasste.

Sie machten in dem Zimmer die Runde, erforschten alle Winkel, ertasteten den Boden der Wanne, suchten hinter den Vorhängen und den Bettgardinen und gingen sogar so weit, entgegen aller Vernunft die Truhen zu durchsuchen.

»Sie ist nicht mehr da«, flüsterte Gauderic.

»Blanche, wo versteckst du dich?«, fing Gautier zu posaunen an, worauf seine älteren Brüder ihm schnell die Hand vor den Mund hielten.

»Sei still, Dummkopf. Wirst du wohl den Mund halten?«

»Los, wir gehen wieder hinaus, ohne etwas zu sagen. Wir werden schon Rat schaffen. Zuerst befragen wir den Wachposten, aber den Bräutigam sollten wir fernhalten.«

Sie verließen das Zimmer im Gänsemarsch, geheimnisvolle und amüsierte Mienen aufsetzend, mit Blick zum leeren Zimmer hin. Dann hoben sie die Reste der Tür in die beschädigten Angeln und wandten sich an den Bräutigam.
»Unsere Schwester ... nun ja ... sie ist noch nicht fertig. Aber Ihr werdet das verstehen, sie will für ihre Hochzeit makellos sein. Ihr wisst doch, wie es mit jungen Mädchen so ist: das Bad, die Öle und Salben für die zarte Haut, die Parfüms, die aufwendige Frisur, das Kleid und dann der bestickte Überwurf, der so schwierig anzulegen ist.«
»Hi, hi«, bestätigte Josce, »ich verstehe, natürlich.«
»Los, gehen wir hinunter. Sie braucht noch gut zwei oder drei Stunden, mit Verlaub. Ich hoffe, dass Ihr Geduld haben werdet.«
»Was bleibt einem anderes übrig?«, erwiderte Josce de la Bordonne mit gefasster Miene.
Sie schickten sich an, in den großen Saal hinunterzusteigen, was nicht ohne Schwierigkeiten vonstatten ging, da Josce de la Bordonne ein Bein aufgrund seines Rheumatismus' nachzog.
Als sie ihren Gästen verschiedene Delikatessen und guten Wein vorgesetzt hatten, gaben die vier Brüder vor, noch einiges zu tun zu haben, und stiegen wieder in den Turm hinauf, um den Wachposten noch einmal auszufragen.
»Wo ist sie? Wo ist diese idiotische Schwester mit ihrer ganzen weiblichen Verschlagenheit?«
»Aber, gnädige Herren, wie sollte ich das wissen?«, antwortete der Wachposten stammelnd.
»Sie ist nicht in ihrem Zimmer, und du warst für sie verantwortlich.«
»Mein Gefährte und ich haben die Tür nicht aus den Augen gelassen, seit das Fräulein sich zu ihrem Bad eingeschlossen hat. Wir haben sie gehört, wie sie uns hinter der Tür die letzten Anweisungen gab. Sie sagte, dass man sie bei ihren Gebeten nicht stören solle.«
»Dummköpfe!«, urteilte Gaubert. »Und was sollen wir machen, wenn sie verschwunden ist?«

»Aus mit der Hochzeit, aus mit dem Glücksfall, diesen reichen Trottel als Schwager zu haben. Man muss die Wahrheit vor ihm geheim halten, solange es geht – und sie so schnell wie möglich wiederfinden.«

»Und überhaupt, wohin kann sie gegangen sein?«, fragte Gauderic, »und vor allem, wie?«

»Sie kann noch nicht weit sein«, antwortete der Älteste. »Ich leugne nicht, dass ich keine Ahnung habe, wie sie es angestellt hat, aber es gibt nichts, was man nicht erklären kann, oder? Erstens muss sie also noch in der Nähe sein und zweitens werden wir sie auf schnellstem Wege wiederfinden.«

»Aber unsere Suche muss geheim bleiben. Niemand darf auch nur das Geringste ahnen«, beschloss Gaudefroi.

Anweisung zur Vertreibung von Wölfen

Bestreicht Euren Körper vom Scheitel bis zur Sohle mit Hasenkot, und die Wölfe werden erschrecken und das Weite suchen.

15

Mit allen Kräften kletterte das Mädchen die unbequemen Stufen hinauf, indem sie sich mit einer Hand festklammerte und mit der anderen das Bündel hinter sich her schleifte. Es war sehr sperrig und schien schwer zu sein.
Aus der finsteren Tiefe des Ganges betrachtete Bertoul sie, wie sie sich ins Licht und ins Freie vorarbeitete, indem sie den Farn zerteilte. Zuletzt verschwand ihr Fuß und der Farn fiel zurück an seinen Platz.
Jetzt war er wieder allein in der Stille, ein wenig erleichtert. Aber er fand, es sei klüger, sich noch weiter in den unterirdischen Gang zurückzuziehen. Erst dort fühlte er sich in Sicherheit.
Er setzte sich ins Halbdunkel und beschloss, so lange dort zu bleiben, wie seine Geduld anhielt. Er kam auf die Idee, seine Fidel herauszuholen und zu singen, um Mut zu schöpfen und sich die Zeit zu vertreiben. Aber dann besann er sich eines Besseren – das Risiko, dass man die Klänge außerhalb des Ganges hören könnte, war zu hoch.
Um sich zu beschäftigen, nahm er die aufgerollten Pergamentbögen aus seinem Sack, auf die er seine Lieder geschrieben hatte, und begann sie beim Durchsehen vor sich hinzusummen. Hier und da fielen ihm bessere Worte ein, und er überlegte sich weitere Veränderungen, manchmal eine Hinzufügung, an anderen Stellen eine neue Variante.
Plötzlich spitzte er die Ohren. Vom Ausgang des Ganges her drang eine Stimme hinein:
»Musiker! He, Musiker!«
Die Worte hallten lange im Gang nach. Es war die Stimme des Mädchens, das sein Augenlicht wiedergefunden hatte. Er erhob sich, blieb aber im Schutz der Dunkelheit. Jetzt rief sie noch lauter.

»Musiker, ich weiß ja nicht einmal, wie du heißt … Hörst du mich? Nein, natürlich, du willst ja nicht antworten.«
Es trat eine ziemlich lange Stille ein.
»Hör mir zu: Ich geh nicht weiter, aber ich habe dir etwas zu sagen.«
Wieder folgte eine Stille.
»Übrigens bin ich allein, wenn dich das beruhigt.«
Er atmete auf, dann ging er ihr entgegen.
»Nicht nötig, so laut zu schreien«, sagte er, worauf sie zusammenzuckte.
»Oh, du hast mich erschreckt!«
»Verzeihung.«
»Ich bin zurückgekommen«, verkündete sie.
»Nicht zu übersehen.«
»Ich habe gute Neuigkeiten für dich: Hier im Wald ist niemand.«
Er brauchte ein wenig Zeit, um diese Nachricht zu verdauen. Also verfolgte ihn Guyons Patrouille nicht mehr.
»Bist du ganz sicher?«
»Absolut sicher. Ich habe meinen Kopf zuerst langsam durch das Loch gesteckt und niemanden gesehen. Also bin ich herausgestiegen und ganz ruhig gelaufen, mit geneigtem Kopf, als ob ich Pilze suchte. Aber ich habe ständig in alle Richtungen gespäht und den kleinen Wald so weit ich konnte durchstreift. Dabei habe ich Spuren von Pferden gefunden, die ich bis zum Waldrand verfolgte. Ich habe die Felder auf der anderen Seite gesehen, und auch da war niemand. Du kannst mir glauben. Also bin ich wieder zurückgekehrt, um dir Bescheid zu sagen.«
Bertoul wunderte sich über die plötzliche Hilfsbereitschaft.
»Warum hast du das getan?«, fragte er misstrauisch.
»Ich bin dir etwas schuldig«, antwortete sie schlicht. »Ich dachte, ich müsste in diesem unterirdischen Gang sterben, in der Finsternis, ohne dass irgendjemand weiß, wo ich bin. Dann hast du mich aus diesem Loch geführt und mich gerettet. Und nun ist es an mir, dir zu helfen – vertrau mir einfach.«

Sie stand dort im Halbschatten vor ihm und schien sichtlich zufrieden mit sich und ihrer guten Idee.
»Das hast du für mich getan?«, wunderte sich Bertoul. »Aus reiner Freundlichkeit?«
»Aus Dankbarkeit«, berichtigte sie ihn.
»Damit hatte ich nicht gerechnet. Im Gegenteil, ich dachte sogar schlecht über dich. Verzeih mir.«
»Hattest du Angst?«
»Nein«, antwortete er, »nicht sehr. Aber mir wurde die Zeit lang, und dann habe ich angefangen, meine alten Liedertexte wieder durchzulesen.«
»Gut. Ich werde jetzt wieder hinaufgehen«, sagte sie. »Und was hast du vor?«
»Ich gehe auch hier raus«, sagte er nach einem kurzen Moment des Zögerns. »Es würde mich auch nicht weiterbringen, ewig in diesem Gang zu bleiben. Außerdem habe ich einen Auftrag zu erfüllen.«
»Was für einen Auftrag?«, fragte sie, während sie sich dem Ausgang unter den Farnsträuchern zuwandten.
Sie drehte sich zu ihm um. Ein Sonnenstrahl drang bis zu ihnen hinunter, sodass sie zum ersten Mal sein Gesicht richtig sehen konnte. Um seinen Mund zog sich ein feines Lächeln, das freundlich aussah, aber auch provozieren konnte.
»Ihr Mädchen seid einfach zu neugierig. Du wirst nichts erfahren.«
Er schob sie nach vorn, damit sie vor ihm die Steinstufen hinaufkletterte. Sie tauchten ins Tageslicht und atmeten mit vollen Zügen die sonnige, reine Luft dieses Frühlingstages ein. In den Lichtstreifen, die durch das Laub schienen, wirbelten ganze Wolken kleiner Mücken herum.
»Stell dir vor, wir wären wie Ratten in diesem Gang eingesperrt geblieben!«, bemerkte Aveline.
»Du wärst schon irgendwann herausgekommen, mit oder ohne mich.«
»Da hast du recht«, sagte sie, »aber ich werde ebenso verfolgt wie du.«

»Und wohin wirst du gehen, wenn nicht nach Tournissan?«
»Darüber muss ich noch nachdenken. Vor allem muss ich so schnell wie möglich diese Gegend hinter mir lassen.«
»Wirklich? Warum denn? Wer bedroht dich?«
»Wenn du mir nicht das Geheimnis deines Auftrags verrätst, warum sollte ich dir den Grund meiner Flucht nennen?«
»In der Tat«, sagte er, beeindruckt von der schlagfertigen Antwort. »Du bist mir nichts schuldig und ich dir ebenso wenig.«
»Scheiden wir also als gute Freunde voneinander «, schlug sie vor. »Wenn du hierhin gehst, gehe ich dorthin. Und wenn du diese Richtung einschlägst, nehme ich die andere. Aber lass uns das schnell entscheiden. Ich darf nämlich keine Zeit mehr verlieren.«
»Es wäre aber besser, du würdest dir zuerst dein Gesicht waschen, du bist ganz schwarz«, empfahl er ihr.
Die falschen Augenbrauen aus Kohle waren durch die vielen Tränen und das Reiben verwischt und hatten schwarze Streifen hinterlassen. Vor einer einigermaßen klaren Wasserpfütze kniete sie sich auf den Boden und reinigte sich mit einer Handvoll Moos, bevor sie sich notdürftig wusch.
Während Bertoul wartend neben ihr stand, schoss ihm plötzlich ein Gedanke in den Kopf.
»Bevor wir uns voneinander trennen«, sagte er, »kannst du mir vielleicht doch noch einmal helfen.«
»Das werden wir sehen«, antwortete sie, und unterbrach das Waschen.
»Hast du schon einmal von einer alten Dame mit dem Namen Blanche de Vauluisant reden hören?«
Sie riss die Augen weit auf. Dann runzelte sie misstrauisch die Stirn.
»Eine alte Dame? Bist du sicher?«
»Hmm … Im Grunde weiß ich es nicht«, gab Bertoul zu. »Frau Hermelinde hat mir gesagt, wenn ich in Schwierigkeiten sei, solle ich Blanche de Vauluisant aufsuchen. Ich glaubte, sie sei eine ihrer Freundinnen und deshalb ebenso alt wie sie.«

Das junge Mädchen richtete sich gerade vor ihm auf und wirkte fast hochmütig, trotz der Schwärze, die noch immer ihr Gesicht beschmutzte, wobei ihre blau-grau-grünen Augen in merkwürdigem Glanz aufleuchteten.
»Das ist nicht der Fall«, sagte sie. »Ich bin Blanche de Vauluisant. Und ich bin im Begriff zu fliehen.«
Jetzt war Bertoul an der Reihe, erstaunt zu sein. Sein Sack fiel ihm aus der Hand und die Instrumente gaben einen plärrenden Klang von sich, der von dem dicken Tuch gedämpft wurde. Da standen sie, einer vor dem anderen, stumm und mit hängenden Armen, und realisierten, dass sie beide auf der Flucht waren. Die einzige Hilfe, die der eine jeweils vom anderen hätte erhoffen können, löste sich in Rauch auf.
»Du hast mir gesagt, dass du Aveline heißt«, stammelte Bertoul mit erstickter Stimme, und es klang wie ein Vorwurf.
»Ich habe den Kosenamen angenommen, den meine Mutter benutzte, als ich ein Kind war«, gab sie zu.
»Blanche de Vauluisant. Das bist du – verzeiht mir, Fräulein. Das seid Ihr.«
»Lass nur, das ist nun nicht mehr von Bedeutung. Ich bin kein Edelfräulein mehr. Ich fliehe, da mich meine Brüder verkaufen wollen … Ich will sagen, sie wollen mich mit einem alten Mann verheiraten« – sie erschauerte vor Ekel –, »wegen seines Geldes. Ich weiß wohl, dass ich mir meinen Ehemann nicht aussuchen kann, nicht mehr als sonst irgendein Mädchen, aber ich hatte gehofft, bei Hermelinde de Tournissan so lange Schutz zu finden, bis meine Brüder Vernunft annehmen und einen Mann in meinem Alter für mich aussuchen würden … nicht so abstoßend … einen, der besser zu mir passt. Sie hätte schon gewusst, wie sie sie überzeugen könnte. Es ist eine Dame mit großer Macht.«
Diese Worte ließen Bertoul aufhorchen.
»Mit großer Macht? Was meint Ihr damit?«
»Sie ist … sie war eine hochherzige Frau. In meiner Kindheit kam sie häufig zu uns aufs Schloss, und sie hat mich viele Dinge gelehrt.

Aber seit dem Tod meiner Mutter im letzten Jahr ist nichts mehr, wie es war. Meine Brüder – das heißt, meine Halbbrüder haben das ganze Vermögen unseres Vaters durchgebracht.«
Sie stieß diese Worte zwischen den Zähnen hervor, voller Groll, den Kopf gesenkt wie ein Stier, der Anlauf nimmt, oder eine angriffslustige Katze.
»Noch besitze ich das Erbe meiner Mutter, die Ländereien von Vauluisant und das kleine Schloss. Aber sie wissen: Wenn sie mich verheiraten, gewinnen sie dadurch alles. Ein reicher Schwager wird die Geschäfte dieser verantwortungslosen Nichtsnutze retten, und wahrscheinlich würden sie mich sogar ebenfalls ruinieren, wenn sie schon dabei sind.«
»Nun … gut«, konnte Bertoul nur stottern, dem es plötzlich schwerfiel, diese Fülle von Neuigkeiten aufzunehmen und vor allem, die Konsequenzen abzuschätzen, die sich daraus ergaben.
Er setzte sich auf einen umgestürzten Baumstamm und sie trat zu ihm. Da stand er mit einem Ruck auf.
»Was ist mit dir?«
»Ich kann doch nicht in Gegenwart einer adligen jungen Dame sitzen bleiben«, sagte er mit gesenktem Kopf.
»Ach, sei nicht so dumm. Ich bin keine Adlige mehr, ich bin ein Flüchtling. Also, was hat sich seit vorhin geändert?«
»Na … einfach alles!«
»Setz dich neben mich. Wir müssen dringend diesen Ort verlassen, aber vielleicht ist es noch wichtiger, dass wir zuerst miteinander reden und uns einig werden.«
Er gehorchte und setzte sich neben sie.
»Zunächst weiß ich nicht einmal deinen Namen.«
»Bertoul«, antwortete er. »Bertoul Beaurebec.«
»Ist das dein richtiger Name?«
»Mein richtiger Vorname, aber ich glaube, es ist eine Verkleinerungsform. Was meinen Nachnamen betrifft, den habe ich mir selbst gegeben, als ich Tournissan vor vier Tagen verlassen habe.«
»Du hast vier Tage bis hierher gebraucht?«

»Ja, Fräulein.«
»Jetzt hör endlich mit diesen Höflichkeiten auf! Tournissan ist nur einen Tagesmarsch von hier entfernt, ein bisschen weniger zu Pferd. Du musst dich verirrt haben oder im Kreis gelaufen sein.«
Er zuckte mit den Schultern.
»Davon gehe ich auch aus. Ich habe niemanden gefunden, der mir den Weg nach Paris hätte zeigen können.«
»Aha, jetzt kenne ich also dein Geheimnis!«, triumphierte sie. »Du willst nach Paris! Und warum? Nein, ich frage dich nicht mehr danach. Aber stell dir vor«, sagte sie mit verschmitzter Miene, »ich weiß, wo die Hauptstadt unseres Königs ist.«
Bertouls Blick hellte sich bei diesen Worten auf.
»Ist das wahr? Du … Ihr … Fräulein, darf ich Euch mit allem Respekt fragen, ob Ihr bereit wärt, mir den Weg zu zeigen?«
Sie schüttelte den Kopf, amüsiert und entschuldigend zugleich.
»Was für unglaublich gute Manieren du hast …«
Wie von einem Katapult getrieben, schoss er in die Höhe.
»Ich weiß mich zu benehmen.«
»Setz dich lieber wieder hin.«
Angesichts ihrer natürlichen Autorität gehorchte er.
»Hör mir zu, Bertoul Beaurebec«, raunte sie ihm in komplizenhaftem und geheimnisvollem Ton zu. »Ich habe dir etwas vorzuschlagen.«
»Wirklich?«, fragte er zurück, und sein Herz schlug schneller.
»Ich bin auf der Flucht und du bist auf der Flucht. Du hast mir geholfen und ich habe dir geholfen. Die einzige Person, die mich wirklich hätte retten können, ist tot, und du, na ja, um dich steht es nicht viel besser. Du gehst nach Paris, und ich kenne den Weg dorthin. Das heißt, zumindest die grobe Richtung. Das ist es, was ich dir vorschlagen kann, Bertoul Beaurebec: Tun wir uns zusammen.«
»Was?«, rief er aus.
Nicht einen Moment lang hatte er an so etwas gedacht.
»Zu zweit können wir uns gegenseitig helfen. Deine Verfolger suchen einen jungen Mann, der allein unterwegs ist. Meine dagegen suchen ein einzelnes Mädchen. Wenn wir zusammen gehen, werden sie

uns nicht einmal bemerken, weder die einen noch die anderen. Wir hätten größere Chancen, aus der Sache heil herauszukommen oder zumindest unbemerkt zu bleiben. Bist du einverstanden?«

Sie war in Eifer geraten, beugte sich zu ihm und erbettelte mit glühendem Blick seine Zustimmung.

»Ich … ich … ich weiß nicht«, stammelte Bertoul, »Ihr seid so gut … mir … mir diese Lösung anzubieten.«

»Ich bin nicht gut, es ist in meinem eigenen Interesse«, sagte sie in einem gewollt kühlen Ton.

Bertoul versuchte, so schnell wie möglich nachzudenken, aber es fiel ihm nicht leicht, einen klaren Gedanken zu fassen. Hatte Hermelinde de Tournissan nicht gesagt: »Wenn du in Schwierigkeiten bist, bitte Blanche de Vauluisant dir zu helfen«? In der Tat hatte ihm Blanche gerade ihre Hilfe angeboten, selbst wenn es nicht so war, wie seine Herrin es vorgesehen hatte.

»Nun?«, fragte sie.

»Ich überlege noch.«

»Du solltest dir nicht zu viel Zeit lassen«, drängte sie ihn.

Wenn sie in Begleitung dieses jungen Musikers reisen würde, wäre sie beschützt, und sei es auch nur ein wenig. Er machte einen freundlichen Eindruck. Vielleicht wusste er sich sogar gut selbst zu helfen. Er war auf dem Weg nach Paris. Sehr gut. Sie würde auch dorthin gehen. Es wäre eine Gelegenheit, die Edelfrau Tiphaine de Fontegrive zu treffen, die nicht nur eine ihrer Patinnen war, sondern, soweit Blanche wusste, auch am Hof als Hofdame des Königs lebte. Sie träumte … An dem breiten Sigelring der Vauluisants, den sie in ihrem Gepäck versteckt hatte, würde man sie erkennen. Dort, weit weg von ihren Brüdern, würde sie am Hof aufgenommen werden und wäre endlich alle Sorgen los. Man würde sie mit irgendeinem Adligen aus der Umgebung des Königs vermählen. Wer weiß, vielleicht würde der König selbst sie zum Altar führen, sie, das arme Waisenkind aus der adligen Familie, das von ihren Brüdern so schlecht behandelt worden war. Auf jeden Fall gab es eine kleine Chance, so der erzwungenen Vereinigung mit Josce de la Bordonne zu entkommen.

»Was hast du zu verlieren?«, fragte sie Bertoul. »Wir müssen schnell handeln. Entscheide dich.«
»Fräulein, ich … ich könnte niemals … Der Respekt, den ich Euch schulde …«
»Bertoul, ich muss dir noch etwas anderes vorschlagen. Wenn wir zwei uns zusammentun, schließen wir noch einen weiteren Pakt. Für dich und für alle anderen bin ich ein einfaches Bauernmädchen. Wir gehen zuerst in das Dorf da und dann weiter in die Stadt. Keiner von uns beiden ist adliger als der andere. Du sollst mich respektieren, wie jeder Mensch den anderen respektiert, jedenfalls so, wie ein Junge einem Mädchen Respekt entgegenbringt, aber nicht den eines Bürgerlichen gegenüber einer Adligen. Hast du verstanden?«
»Ja, Fräulein.«
»Und nenn mich nicht mehr Fräulein. Sag Aveline oder Blanche, wie es dir lieber ist.«
»Ich ziehe Blanche vor.«
»Sehr gut. Und du sagst zu mir *du* und nicht *Ihr.* Wir wandern und reden miteinander wie zwei alte und gute Freunde.«
»Zwei alte und gute Freunde? Und warum? So schnell?« Bertoul war ebenso beeindruckt wie verwirrt.
»Bist du einverstanden?«
»Ja, Fräul… ja, Blanche.«
Sie erhob sich feierlich und hielt ihm ihre ausgestreckte Hand entgegen.
»Schlag ein, als Zeichen des Bündnisses, Musiker Bertoul Beaurebec. Verbünden wir uns bis Paris.«
Bertoul zögerte nur einen kurzen Augenblick lang. Was hatte er schon zu verlieren? Eigentlich gar nichts. Nur dass sie sich vielleicht als lästig herausstellen würde. Ein Mädchen! Ein adliges Fräulein noch dazu, das sich möglicherweise als sehr arrogant erwies! Das Entscheidungen treffen würde, in einem Ton, der keinen Widerspruch duldete! Verfolgt von der eigenen Familie! Das sich aber auch als entschlossen und feurig entpuppte … Nun, er würde ja sehen … Er schlug also ein.

»Wir werden Gefährten sein«, sagte er, »wir werden gemeinsam wandern. Verpflichten wir uns, uns gegenseitig so gut wir können zu helfen, bis wir in Paris angelangt sind.«
Sie fertigten ein kleines Kreuz aus zwei Zweigen an und sprachen, während sie ihre Handflächen aufeinanderlegten, einen feierlichen Schwur vor dem Glückskreuz.
Mit ihren Bündeln über den Schultern brachen sie auf in Richtung des Dorfes Panges, der ersten Etappe auf dem Weg nach Paris.
Hinter ihnen rief eine Eule in dem kleinen Wald, mitten am helllichten Tag. Blanche achtete nicht darauf, und Bertoul fragte sich, ob er dies für ein gutes oder für ein warnendes Vorzeichen halten sollte. Wie konnte man das bei diesen geheimnisvollen Tieren wissen?

Anweisung, sich im Krieg gegen Verletzungen zu schützen

Schreibt auf eine eherne Platte die Worte:
»Seht, das Schwert von Adonai und Gideon.«
Diese Platte muss in Form eines
siebenzackigen Sterns ausgestanzt werden.
Parfümiert sie und setzt sie auf
Euren Degenknauf.
Ihr werdet all Eure Gegner verletzen,
auch wenn sie gepanzert sind.

16

»Wie hat sie es nur angestellt, hier herauszukommen?«, fragte sich Gaubert.
Schließlich wurde den vier Brüdern klar, dass Blanche über die kleine Treppe der Latrine verschwunden sein musste, von der jeder glaubte, sie sei zugemauert. Aber wohin dann?
»Das Schloss hat nur einen einzigen Ausgang: Das Tor mit dem Fallgatter und der Zugbrücke über den Graben – und dort waren wir die ganze Zeit.«
»Wir hätten sie gesehen, wenn sie versucht hätte zu entkommen.«
»Außerdem hätte niemand hinausgehen können, bei dem Strom an Menschen, die hereinkamen!«
»Also muss sie noch hier sein.«
»Wir müssen überall nachschauen.«
Gauderic ergriff den Wachposten, der vor Blanches Tür stand, vorn an seinem Lederumhang.
»Nimm dir vier Männer und durchsuch das Schloss vom Keller bis zum Dach, um Fräulein Blanche wiederzufinden.«
»Dein Kopf hängt davon ab«, setzte der Älteste dazu.
»Und möglichst unauffällig«, verwies ihn Gaudefroi. »Niemand von den Gästen darf auch nur das Geringste bemerken.«
»Sie kann den Ort nicht verlassen haben, also strengt euch ein wenig an«, endete Gautier. »Ihr habt zwei Stunden Zeit.«
Aber auch zwei Stunden später war von Blanche nicht mehr zu sehen als von der Butter am Bratspieß. Während die Vorbereitungen für das Festmahl andauerten, versuchten die vier Brüder, eine heitere Miene aufzusetzen und begrüßten immer neue Wellen von Gästen. Josce de la Bordonne bekam von all dem überhaupt nichts mit, und geübt lehrte er ein Glas Gewürzwein nach dem anderen, um sich

die Zeit zu vertreiben, sodass er schließlich recht angeheitert war. Als der Abend hereinbrach, wurden die Schlafplätze für die Nacht verteilt. In den Stallungen waren die Pferde trockengerieben worden, in den Sälen und im Hof wurden Fackeln angezündet. Blanche war immer noch nicht aufgetaucht, und die vier Wachposten mussten unverrichteter Dinge zurückkehren. Die Brüder stießen schreckliche Drohungen aus, als sie sich im ganzen Schloss erkundigten, ob es zumindest irgendwelche Spuren gäbe.

Es kam der Augenblick, in dem Josce, ein wenig schwankend und von seinen zwei ältesten Söhnen gestützt, auf sie zukam.

»Ich habe meine Braut gar nicht gesehen«, lallte er. Er fuhr sich mit der Zunge über die Lippen, als wollte er so die Aussicht beschwören, sie endlich zu sehen.

»Sie ist im Gebet«, antwortete Gaubert hochmütig.

Als Ältester war er der Wortführer der Brüder, der alle Entscheidungen traf, insbesondere die, ob es besser war, zu reden oder zu schweigen.

»Hat man je ein so frommes Mädchen gesehen?«, wunderte sich der Bräutigam. »Ich werde meinen Geistlichen zu ihr schicken, der müsste ihr zusagen.«

»Sinnlos«, schnitt Gauderic ihm das Wort ab. »Unser eigener Geistlicher ist gerade dabei, alle notwendigen Gebete mit ihr zu sprechen.«

»Und die Lobpreisungen noch einmal aufzusagen«, vervollständigte Gautier.

»Und die richtigen Antworten zu wiederholen«, schloss Gaudefroi.

Josce de la Bordonne kniff ein Auge zu, argwöhnisch und verschlagen, und schüttelte dann den Kopf wie jemand, dem allmählich ein Licht aufging.

»Ich finde es seltsam, dass Ihr sie vor mir verborgen haltet«, sagte er dann, plötzlich misstrauisch. »Welchen Makel hat sie, dass Ihr Euch darauf versteift, mir die neue Frau, die ich mir leiste, nicht vor dem Zeremoniell zu zeigen? Schielt sie etwa? Humpelt sie? Oder hat sie Pockennarben im Gesicht?«

»Keineswegs!«, riefen die vier Brüder aus, ausnahmsweise aufrichtig. »Es ist das hübscheste Fräulein der ganzen Umgebung, Ihr könnt alle Bewohner des Schlosses fragen.«
»Hübsch wie eine Apfelblüte im Frühling.«
»Klar wie ein Bach.«
»Sanft wie ein Eichhörnchen.«
»Und gescheit dazu.«
So klug, dass sie geflüchtet war, bevor man sie lebenslang an diese Vogelscheuche ketten konnte!
»Ich traue der Sache nicht. Ich will sie sehen«, beharrte Josce. »Sofort. Im Gebet oder nicht. Im Brautkleid oder nicht. Hübsch oder hässlich. Ich will sofort den Makel kennen, der dieses Mädchen so belastet, dass Ihr es mir nicht zeigen wollt. Führt mich zu ihrem Zimmer.«
Da platzte Gaubert de Flamincourt der Kragen. Er reckte die Faust gegen den Bräutigam.
»Also gut! Ihr wollt es offensichtlich nicht anders: Die Närrin ist verschwunden!«
Josce sah aus, als hätte er Mühe, diese Mitteilung zu verstehen. Seine beiden Söhne zogen ihre Dolche, um ihren Vater zu verteidigen, falls er sich angesichts dieser vier Rasenden bedrängt fühlen sollte. Doch schon hatte sich Josce, schlagartig ernüchtert, wieder gefangen. Seine gutmütige Haltung war verschwunden und hatte einer drohenden Miene Platz gemacht.
»Habe ich recht verstanden? Verschwunden? Meine Braut ist verschwunden?«
»Sie war in ihrem Zimmer eingeschlossen, mit einem guten Wachposten vor der Tür«, gab Gaubert jetzt mit gesenktem Kopf zu.
»Und niemand weiß, wo sie auf einmal geblieben ist«, ergänzte Gauderic.
»Habt ein wenig Geduld, wir werden sie schon wiederfinden«, sagte Gautier.
»Sie kann das Schloss unmöglich verlassen haben«, endete Gaudefroi.

Josces Stimme wurde schrill und eisig.
»Es ist in Eurem eigenen Interesse, meine schönen Edelknappen, sie mir vor morgen früh vorzustellen, sonst könnte es sein, dass Ihr schwer dafür büßen müsst, ein Heiratsversprechen gebrochen zu haben. Kommt, Jungs!«
Die drei La Bordonnes begaben sich dorthin zurück, woher sie gekommen waren, tief gekränkt und Drohungen vor sich hinmurmelnd.
Dieses Mal ging es nicht darum, jemand zu überlisten. Nachdem die Brüder Flamincourt ihre Schmach heruntergeschluckt hatten, alarmierten sie die Diener des Schlosses, die Soldaten und die Gäste, und alle machten sich auf die Suche nach der Braut. Es kam zu allgemeiner Verwirrung, und ein riesiges Durcheinander entstand. Das Schloss wurde von den Wassergräben bis zu den Dachböden und den hintersten Winkeln durchforscht. Man untersuchte sogar die kleine Vorratskammer voller alter Gebrauchsgegenstände, abgenutzten Korbwaren und kaputten Fässern, die am Eingang des unterirdischen Ganges standen, aber niemand kam weiter als bis zu dem Haufen von altem Krempel.
Und noch immer keine Spur von Blanche de Vauluisant …
Als die Morgendämmerung anbrach, versammelte sich die ganze Schar beklommen und missmutig im Hof. Die Gäste entschuldigten sich mit gesenkten Köpfen und mürrischen Blicken, sie müssten wieder heimkehren. Audouin de Fougeray versammelte sein Gefolge und wies seine Leute an, die Zugbrücke zu passieren und zu seinem Schloss zurückzukehren.
»Stehe den Damen zu Diensten, sie könnten dich brauchen«, befahl er Raoulet. »Und lächle höflich«, ergänzte er, angesichts der verdrießlichen Miene seines Knappen.
»Es ist gut, dass wir diesen Ort verlassen«, knirschte Raoulet boshaft. »Eine missglückte Hochzeit! Hat man je etwas Lächerlicheres erlebt? Ja, lasst uns schnell zurückkehren, ich habe mich um andere, wichtigere Dinge zu kümmern, als der verhinderten Hochzeit einer launischen Herumtreiberin beizuwohnen.«

Das Schloss von Flamincourt war nun fast leer. Nur noch Josce de la Bordonne und seine Kinder, seine Wappenherolde, Diener und Geistlichen, die Ammen der Kleinen, seine Pferde und seine Falken waren im Hof versammelt, zur Abfahrt bereit. Er hielt seinen Gastgebern drohend die Faust entgegen.

»In zehn Tagen sind Eure Schwester und ich vermählt, oder meine Männer werden dieses Rattenloch ausräuchern! Und Ihr könnt mir glauben, dass ich Euch nicht schonen werde. Es wird hier kein Stein auf dem anderen bleiben. Und was Eure dumme Gans von Schwester betrifft: Ich werde sie trotzdem heiraten und sie wird schon sehen, wer hier der Herr ist. Natürlich werdet Ihr mir Schmerzensgeld bezahlen, Ihr erstattet mir die ausgelegten Kosten zurück, für die Gerichte dieses Festmahls, die nun verderben und ersetzt werden müssen. Was die Aussteuer betrifft, die werden wir wohl ein wenig neu einschätzen, als Ausgleich für den Schaden und den Spott, den meine Familie erdulden musste. Vergesst nicht: zehn Tage!«

»Ihr werdet schon vorher vor dem Altar stehen!«, versicherte ihm Gaubert im Namen aller.

Josce wendete sein Pferd, und sein Trupp setzte sich in langsamem Schritt ohne Gruß in Richtung der Zugbrücke in Bewegung. Als sie unter sich waren, schauten die vier Brüder einander an.

»Nun bleibt uns nur noch eins: Wir müssen sie wiederfinden.«

»Sie kann ja noch nicht weit sein.«

»Wir müssen wachsam sein: Sie hat eine List angewandt und wohl tatsächlich das Schloss verlassen.«

»Wahrscheinlich in einem Augenblick, als unsere Aufmerksamkeit gerade nachgelassen hatte.«

»Sie muss die Brücke in einem günstigen Moment passiert haben, als gerade großer Betrieb herrschte.«

»Verborgen unter einem Umhang.«

»Zu Fuß oder zu Pferd?«

»Wer kann das schon wissen?«

»Ich glaube, eher zu Fuß.«

»Ich hätte eher gedacht, zu Pferd. Es war ein ständiges Kommen und Gehen von Damen auf Zeltern und Passgängern. Sie konnte ihr Gesicht hinter einem Schleier verstecken.«

»Gut, schicken wir also Spähtrupps los. Wohin könnte sie gegangen sein?«

»Warum nicht zu der Alten von Tournissan?«

»Gute Idee. Senden wir einen Boten hin.«

»Nein. Es ist besser, wenn wir uns selbst hinbegeben.«

Sie ließen vier Pferde satteln und begaben sich im Galopp zum neuen Besitz des Herrn Raoul de Mauchalgrin.

Doch als sie dort eintrafen, unterrichtete dieser sie, dass die Edelfrau schon seit einigen Tagen nicht mehr lebte. Ob Blanche gesichtet worden sei? Nein, sie hatte nicht auf dem Schloss vorgesprochen. Raoul schickte Boten in die Dörfer der Umgebung. Aber man hatte Blanche nirgends gesehen.

Die Tage vergingen, doch die Suche nach Blanche, in Schlössern und Herrenhöfen, Klöstern und Herbergen, blieb ergebnislos. Die Brüder Flamincourt begannen unruhig zu werden. Sie mussten eiligst eine Lösung finden. Sollten sie irgendein Landmädchen, das nicht gar zu widerwärtig war, entführen und es als ihre Schwester ausgeben, die für immer verschwunden war? Oder vorgeben, sie sei fromm geworden und habe sich im Kloster Saint Marthe-de-la-Crandelle ganz Gott ergeben – und dem macht man doch keine der Seinen wieder streitig … Sollten sie sagen, dass sie tot sei, und eine Beerdigung organisieren, für die sie den Sarg mit Steinen füllten? Der Bräutigam konnte nichts gegen einen Unfalltod tun. Oder selber den Krieg gegen die La Bordonnes eröffnen, um im Vorteil zu sein?

»Wir haben nicht einen einzigen Taler, um Söldner anzuwerben«, bemerkte Gautier.

»Ich habe eine Idee!«, posaunte Gauderic heraus und schlug sich an die Stirn. »In Virelet beginnt jetzt bald der große Frühlingsmarkt zu Saint Germain. Der meistbesuchte Markt der Region.«

In den Blicken seiner drei Brüder las er nur dümmliches Unverständnis.

»Versteht ihr nicht?«
»Äh, ehrlich gesagt …«
»Es kommen viele Leute dorthin, das bedeutet, viele Spieler.«
»Viele Spieler … und dann?«
»Wir haben noch gut zwölf Taler«, erklärte Gauderic geduldig. »Wenn wir Würfel spielen und geschickt und listig wetten, könnten wir diese Summe leicht verzehn- oder verzwanzigfachen.«
»Oder vielleicht verhundertfachen!«
»Nun, dann wird es ein Leichtes sein, die Schulden zurückzuzahlen und unseren zukünftigen Schwager zu besänftigen, während wir darauf warten, dass diese Närrin wieder auftaucht, die der saftigen Strafe nicht entgehen wird, die sie verdient hat.«
»Lasst uns sofort aufbrechen. Der Markt fängt in drei Tagen an und wir sollten von Anfang an mit von der Partie sein.«
Sie ließen ihre Reitpferde bereitmachen und ritten gen Virelet mit seinem berühmten Markt, plötzlich guter Laune und so breit grinsend, dass man ihre Zähne sah.

Eine andere Anweisung, wie man es erreicht, geliebt zu werden

Nehmt zwei neue Messer und geht
an einem Freitagmorgen an einen Ort,
wo es Regenwürmer gibt.
Nehmt zwei davon und schneidet ihnen,
während Ihr die beiden Messer
gut aneinander haltet,
beide Köpfe und Schwänze ab.
Dann nehmt die Körper und kehrt
nach Hause zurück.
Lasst sie trocknen
und zerstäubt sie zu Pulver.
Dieses muss dann der betreffenden
Person verabreicht werden.

17

»Wann sagst du mir endlich, was du da für einen schweren Gegenstand in deinem Sack mitschleppst?«, fragte Blanche.
»Du weißt doch genau, dass es meine Musikinstrumente sind«, erwiderte Bertoul.
»Ich weiß genau, dass da noch etwas Weiteres, Geheimnisvolles drin ist.«
»Richtig. Es ist ein Geheimnis. Ein gefährliches Geheimnis.«
»Aha, wirklich gefährlich? Gibt es etwas Gefährlicheres als das Leben, das wir im Moment führen?«
Sie war wirklich ziemlich anstrengend. Daran konnten weder ihr hübsches, spitzes, orientalisch wirkendes Gesicht noch ihre Augen, die in immer anderen Farben schimmerten, etwas ändern. Streitbar hatte sie sich am ersten Tag gezeigt, und das blieb sie …
Sie fuhr mit ihrer Befragung fort:
»Siehst du nicht, dass uns an jeder Wegbiegung eine Gefahr drohen kann?«
»Auf jeden Fall haben wir seit drei Tagen weder deine noch meine Verfolger zu Gesicht bekommen. Und wir sind ein gutes Stück vorwärts gekommen in Richtung Paris.«
»Nach Virelet, willst du sagen«, korrigierte ihn Blanche. »Paris ist weit weg, und es sind noch einige Städte zu durchqueren. Kleine, große und mittlere.«
Sie hatten es eilig, in die kleine Stadt Virelet zu gelangen, da es ihnen schien, als wären sie in einer freien Stadt, die von Schutzwällen umgeben war, sicherer als auf dem Land im Hoheitsbereich der Gutsherren, zu denen auch die gehörten, vor denen sie flohen. Sie waren es leid, so schnell wie möglich auf Wegen vorankommen zu müssen, die häufig vom Regen aufgeweicht waren, meistens mit

tiefen Spurrinnen und selten befestigt. Ihre Bündel waren schwer und unbequem. Nachts legten sie vorsichtshalber den Kopf darauf, aus Angst, sie könnten ihnen gestohlen werden oder der andere könnte einen neugierigen Blick hineinwerfen. Und beim Einschlafen sahen sie nicht die Eulen, die leise und aufmerksam über ihnen kreisten.

Sie waren zu herumirrenden Vagabunden geworden, die beinahe alles verloren hatten. Jeder Schritt barg eine Gefahr. Und sie blieben vorsichtig – sobald sie das Geräusch eines Pferdes hinter sich vernahmen, verließen sie den Weg und versteckten sich im Unterholz, das die Wege säumte. Zum Glück war das Wetter gut und sie hatten nur zwei oder drei Regengüsse zu überstehen.

In einigen Bauernhöfen hatte Bertoul gesungen und Musik gemacht, von Blanche auf dem Tamburin begleitet. Dafür hatte man ihnen etwas zu essen gegeben, und einmal hatte man ihnen sogar angeboten, auf dem Heuboden zu übernachten, was ihnen fast schon behaglich vorkam.

Sie wuschen sich in Bächen und putzten sich die Zähne mit Minzeblättern, die am Rande der Gräben wuchsen. Eigentlich stellten sie trotz des unerwarteten Entstehens ihrer Reisekameradschaft gar kein so übles Gespann dar, dachte Bertoul. Ihre stichelnden Bemerkungen vom ersten Tag und ihre unterschiedliche Herkunft hatte er schon ganz vergessen. Wahrscheinlich lag es an ihrer bescheidenen Kleidung. Oder an ihrer einfachen Sprache. Oder daran, dass sie sich ihm gegenüber in jedem Augenblick loyal gezeigt hatte. Das galt allerdings nicht für ihre unstillbare Neugier, die sich auf den geheimnisvollen Inhalt in Bertouls Sack bezog, von dem sie nur die eckige Form erkennen konnte. Aber seine Lippen wahrten das Geheimnis der edlen Frau und er enthüllte ihr nichts.

»Sagst du es mir, bevor wir in Paris ankommen?«

»Kommt nicht in Frage.«

»Warum ist es so gefährlich?«

»Es ruht ein Fluch darauf.«

»Ein Fluch? Wie interessant!«
Sie machte überhaupt nicht den Eindruck, als würde sie erschrecken. Bertoul warf ihr einen skeptischen Blick zu. Wenn er gehofft hatte, ihr Angst einzujagen und sie durch seine Antwort zum Schweigen zu bringen, so hatte er sich getäuscht. Im Gegenteil, sie schien sogar noch interessierter.
»Ich würde sehr gern mehr darüber wissen, über diesen Fluch.«
»Eins kann ich dir verraten: Er bringt denen Unglück, die den Mund nicht halten können«, hielt Bertoul dagegen.
Blanche bedauerte, dass sie nicht über die Fähigkeit verfügte, Gedanken zu lesen oder den Inhalt verschlossener Truhen und Säcke zu sehen. Dafür brauchte man ein ›Galgenmännlein‹, wie sie einmal gehört hatte. Aber sie wusste nicht einmal, was das war. Hermelinde de Tournissan kannte sich mit diesen Dingen aus. Sie hätte sich nicht geschlagen gegeben. Nun, eines Tages würde ihre Neugier schon gestillt werden.
Die Sonne beschien das frische Gras und die weißen Blüten in den Hecken. In einem Bach sprang das klare Wasser munter von Stein zu Stein und glitzerte im hellen Licht. Es kam ihnen wie eine Einladung des Frühlings vor, und sie ließen sich an der Böschung nieder, um sich ein wenig auszuruhen und ihre Füße ins Wasser zu tauchen. Blanche suchte in ihrem großen Sack und holte ein kleines Gefäß mit einer Kräuterzubereitung hervor.
»Es ist fast nichts mehr übrig«, sagte sie, »aber wir können uns mit dem Rest die Füße einreiben, bevor wir weitergehen.«
Wann würde sie Gelegenheit haben, weitere Balsame anzufertigen? Die Salbe tat ihnen gut. Schnell fühlten sie sich in der Lage, ihren Weg wieder fortzusetzen, nicht ohne zuvor den Blick lange und aufmerksam über die Umgebung schweifen zu lassen. Weit und breit war niemand, der sie bedrohte. Weder Raoulet noch die Brüder Flamincourt.
»Es wäre gut«, meinte Blanche, während sie sich ihren Sack über die Schulter warf, »wenn wir ein Pferd zum Kauf finden würden.«
»Ein Pferd? Aber ich kann nicht reiten!«

»Ich schon«, sagte Blanche. »Das Pferd könnte unsere Bündel tragen. Wir könnten darauf reiten, zusammen oder abwechselnd. Ich werde es dir zeigen, es ist nicht schwer.«
»Aber …«, murmelte Bertoul zweifelnd.
Für ihn waren Pferde den hohen Herren und Soldaten vorbehalten.
»Wir werden viel schneller vorankommen.«
»Wir haben kein Geld«, bemerkte Bertoul, der auf keinen Fall seine Rücklagen anbrechen wollte, die er in den Sohlen versteckt hielt.
»Ich werde dir ein Geheimnis anvertrauen«, sagte Blanche.
»Ich bitte dich um nichts, und wenn es darum geht, zu erfahren, was in meinem Sack ist, kannst du sicher sein, dass ich dein Geheimnis nicht gegen meines tausche.«
»Ich werde es dir trotzdem sagen«, erwiderte sie, keineswegs beleidigt. »Ich kann ein Pferd kaufen. Ich habe Geld. Oder zumindest Juwelen, die sehr wertvoll sind. Meine Brüder haben sie nie in die Hände bekommen. Wenn sie davon gewusst hätten, wäre mein Schmuck längst für ihre törichten Verschwendereien vergeudet worden. Aber ich habe sie noch. Meine Mutter hat mir geraten, sie niemandem zu zeigen, bis ich meinen Brüdern entkommen sei. Ich werde einen Teil davon verkaufen – gerade so viel, dass es für ein Pferd reicht.«
»Warum hast du mir das erzählt? Du bist gedankenlos, Blanche de Vauluisant. Du weißt gar nichts über mich. Ich bin ein Vagabund. Ich habe dir von mir nur so viel erzählt, wie ich wollte. Ich könnte ein Dieb sein, dir deine Habe entwenden und damit fliehen. Oder dich sogar dafür ermorden.«
»Würdest du das tun?«
»Was weißt denn du?«
»Irgendetwas bringt mich dazu, dir zu vertrauen. Ich halte dich für aufrichtig. Und zum Beweis: Im Kreise meiner Verwandtschaft ist mir niemend begegnet, weder jung noch alt, über den ich so viel Gutes sagen könnte wie über dich.«
Ihr Blick sprühte vor Überzeugung, und Bertoul war erstaunt.
»Du würdest es verdienen, eine Lehrzeit als Knappe zu machen und ein kühner Ritter zu sein«, fuhr sie fort.

»Ich danke dir. Aber ich bin ein Musiker und fahrender Sänger, der Sohn eines Bauern, und alles in allem zufrieden mit meinem Schicksal, wenn es nicht diesen verfluchten Raoulet de Mauchalgrin gäbe. Aber ich glaube, er hat meine Spur inzwischen verloren. Und wenn mein Auftrag erst einmal erfüllt ist …«

»Welcher Auftrag?«

Sie versuchte es also doch wieder! Aber wenn sie glaubte, er würde sich verraten, hatte sie sich gewaltig getäuscht.

»Gut, du brauchst nicht zu antworten. Aber gib zu, es ist keine so schlechte Idee mit dem Pferd, oder?«

»Wahrscheinlich«, antwortete er. »Ich kenne mich mit solchen Dingen nicht aus.«

Es berührte ihn, dass sie ihn für würdig befand, den Rang eines kühnen Ritters einzunehmen. Womit hatte er sich das eigentlich verdient? Er lächelte ihr zu und fand, dass es wirklich eine gute Idee gewesen war, sich mit ihr zu verbünden.

Anweisung, eine schönere Hautfarbe zu bekommen (für die Damen)

Nehmt den Kot kleiner Eidechsen,
Knochen vom Tintenfisch,
Weinstein vom Weißwein,
Abrieb vom Horn des Hirsches,
weiße Koralle und Reismehl.
Zermahlt alles in einem Mörser und
siebt es gut durch.
Lasst alles über Nacht in
destilliertem Wasser einweichen,
zu gleichen Teilen mit Mandeln,
Nacktschnecken und den
Blüten der Königskerze.
Fügt dieselbe Menge an
weißem Honig hinzu und verrührt
das Ganze weiter.

Diese Mixtur muss sehr sorgfältig
in einem Silbergefäß oder
einem Behälter aus sauberem Glas
aufbewahrt werden.
Man reibt sich Gesicht, Hände
und Dekolleté damit ein und wird
umgehend die gute Wirkung dieses
Geheimmittels erfahren.

18

»Nanu! Wer singt denn da aus voller Brust?«
Der Nachmittag neigte sich dem Ende zu, als Bertoul und Blanche an dichten Hecken und abweisenden Wäldern entlanggingen. Noch immer waren ihnen weder Raoulet und seine Waffenmänner noch die Brüder Flamincourt oder der Bräutigam auf ihrem Weg begegnet. Sie fühlten sich sicher und sangen laut, um sich zu einem forschen Tempo anzuspornen.
Seit dem Morgen hatten sie mindestens vier Meilen auf steinigen und von Karrenspuren durchfurchten Wegen hinter sich gebracht. Als sie die Stimme hörten, hielten sie sogleich inne.
»Na! Wer singt denn da und läuft dabei so schnell! Komm näher, Gefährte! Und du auch, Mädchen! Kommt und helft mir …«
Jetzt erblickten sie einen gut gekleideten, rundlichen Mann mit gerötetem Gesicht, der zwischen den Sträuchern einer Hagedornhecke zusammengesunken dalag. Sie näherten sich mit Vorsicht, es bestand keine Gefahr, dass dieser Mann zu ihren Verfolgern gehörte.
»Na, was fehlt Euch denn?«, fragte Bertoul.
»Hilf mir, mich aufzurichten, mein Junge. Ich habe das Gleichgewicht verloren und es gelingt mir nicht, wieder auf die Beine zu kommen. Ach, das Alter! Ich wünsche euch, dass ihr euer Alter bei guter Gesundheit erlebt, meine jungen Freunde«, sagte der Mann mit wohlklingender aber leicht schleppender Stimme.
Mit einiger Mühe und wankenden Knien kam der Mann, auf der einen Seite von Bertoul, auf der anderen von Blanche gestützt, auf die Beine. Eine Trinkflasche lag nicht weit entfernt am Wegrand.
»Ich nehme nur einen Schluck von meiner kleinen Arznei, als Hilfe für den Weg, und – bums – plötzlich finde ich mich am Boden wieder. Ach, meine armen steifen Beine …«

»Ich verstehe«, sagte Bertoul. »Gut, nun seid Ihr wieder auf den Beinen, jetzt ist ja alles in Ordnung.«
»Gib mir doch auch meine Trinkflasche, du kannst dich wenigstens noch ohne Schmerzen bücken und kennst kein Rheuma. Und auch du nicht, junges Mädchen. Welch ein Glück hat die Jugend! Vielen Dank … oh, sie ist ja leer. Schade, ich hätte euch gern ein wenig davon abgegeben. Es ist ein sehr gutes Heilmittel. Der Apotheker hat mir nämlich eine ganz besondere Zubereitung hergestellt. Viele stärkende Kräuter sind da drin, Johanniskraut … nur vom besten.«
»Vor allem viel Wein«, folgerte leise Bertoul mit leichtem Lächeln.
»Tatsächlich, nicht einmal der kleinste Tropfen ist übrig«, sagte der Trinker und verrenkte den Kopf, um zu sehen, was noch auf dem Boden der Flasche wäre. »Nein, überhaupt nichts, was für ein Pech! Wie soll ich jetzt die anderen einholen, wenn ich mein Heilmittel nicht mehr habe, das mir beim Laufen hilft?«
»Welche anderen?«, fragte ihn Bertoul aus, plötzlich hellhörig geworden, während Blanche alarmiert den Atem anhielt.
»Die Karawane. Auf diesen vermaledeiten Wegen kommen wir nicht schnell voran. Wir haben sechzehn beladene Karren, zur Hälfte mit Stoffen aus Italien, die andere Hälfte mit Ölfässern – mir wäre ja guter Wein lieber gewesen. Wir bringen die Ware nach Paris. Und dann sind da noch einige Kräuter aus dem Orient, die nicht so viel Platz brauchen, und Rosenöl vom Mittelmeer, für die Parfüms der adligen Damen. Mädchen, du wärst entzückt, wenn du nur die Nase daranhalten würdest. Eine schöne Ladung, nicht wahr, meine Freunde. Ich war am Ende des Wagenzuges und dann bin ich hingefallen; aber ich hätte sie schnell wieder einholen können …«
»Und dann?«, fragte Bertoul.
»Nun ja …«, sagte der kleine, dicke Mann. »wenn ich mein Gleichgewicht wiedergefunden hätte. Hoppla, jetzt wäre ich doch fast wieder gestürzt. Gib mir deinen Arm, danke. Und du auch, auf der anderen Seite. Kommt, lasst uns gehen.«
Gegen ihren Willen eingespannt, dienten Bertoul und Blanche dem glücklichen Händler verblüfft als Stütze.

»Hättet ihr vielleicht etwas für mich in eurem Trinkschlauch? Auch wenn es nur Wasser ist. Ich heiße übrigens Pierre Colmieu«, vertraute der Mann den beiden an. »Wir sind sechs Händler, die zusammen diese Karawane bilden, um unsere kostbaren Waren in Paris anzubieten. Unser erstes Ziel ist aber Poitiers, wo der Graf selbst unsere Seidenstoffe aus Lucca erwartet.«
Bertoul und Blanche warfen sich einen verstehenden Blick zu, während Pierre Colmieu fortfuhr:
»Nicht allein unterwegs zu sein, gibt uns eine gewisse Sicherheit. Es gibt heute so viele Räuber. Ihr seid doch hoffentlich keine, oder?«
»Nein«, sagte Bertoul, ohne zu lachen.
»Ich bin ein Mädchen!«, protestierte Blanche im selben Augenblick.
»Pah, das will nichts heißen«, sagte Pierre Colmieu. »Man sieht heute alles, sogar Frauen, die diesen Banden von Strolchen angehören. Dennoch, wir fürchten nichts. Wir haben die Dienste eines kleinen Soldatentrupps angeheuert. Seid ihr sicher, dass nicht doch ein wenig Wein in eurem Trinkschlauch ist? Wirklich nicht? Ich habe etwas Durst, das kommt wohl von meinem Sturz. Was sagtet ihr?«
»Wir? Nichts. Ihr spracht von Euren Soldaten ...«
»Richtig ... sie helfen uns sogar, wenn wir im Sumpf steckenbleiben, machen abends Feuer, damit wir etwas kochen können, beschützen uns in der Nacht vor Banditen und Wölfen und während wir draußen schlafen, unter dem offenen Himmel oder unter unseren Karren. Und natürlich meiden wir die Städte.«
»Wieso *natürlich*? In den Städten könntet Ihr doch viel komfortabler übernachten, und in der Herberge wären Eure Waren hinter den Mauern in Sicherheit«, bemerkte Blanche.
Der Händler stieß laute Schreie aus.
»Kommt überhaupt nicht in Frage! Bei dem heutigen Straßenzoll! Und den Preisen der Herbergen! Wir würden doch unseren gesamten Gewinn aufbrauchen! Wir müssen schon genug an den Brücken bezahlen. Außerdem sind die Städte voll von Räubern. Glaubt mir, man riskiert weniger, wenn man sie umfährt.«

Nach einer Weile kam die Karawane mit den schweren Wagen, die von Ochsen gezogen wurden, ins Blickfeld der drei Wanderer.
»Dort vorn, seht! Da sind Eure Gefährten«, rief Bertoul aus, »aber es sind viel mehr als sechs!«
»Wir sind sechs Partner, die Soldaten, aber auch einige Söhne, Neffen und Gehilfen«, erklärte der Mann bescheiden. »Unsere Ochsen nicht mitgezählt. Und ein Mönch, der sich unserem Zug vor einigen Tagen angeschlossen hat. Er dient uns als Geistlicher.«
Pierre Colmieu stolperte im selben Moment und hielt sich an Bertouls Sack fest, dessen Inhalt ein dumpfes Geräusch von sich gab.
»Was ist denn das?«, rief der Mann aus.
»Ich bin Musiker«, antwortete Bertoul. »Meine Schwester Blanche und ich singen gemeinsam. In dem Sack ist meine Fidel. Wollt Ihr einmal sehen? Ich habe auch eine Flöte, und Blanche spielt Tamburin. Wir sind fahrende Sänger und verdienen unser Geld mit Singen. Und wir haben die Absicht, nach Paris zu gehen.«
»Ja«, fuhr Blanche fort. »Ich singe für die Damen und mein Bruder kennt viele Lieder von Soldaten und Schlachten.«
»Na, häufiger allerdings Liebeslieder«, fiel Bertoul ihr ins Wort.
Pierre Colmieu schien erfreut zu sein, sie getroffen zu haben.
»Ach ja? Dann könntet ihr doch ein Stück des Weges mit uns ziehen und uns abends am Feuer unterhalten. Das wäre eine schöne Abwechslung gegenüber den Psalmen, Gebeten und Ermahnungen unseres Mönchs.«
Die Entfernung zwischen den Wanderern und dem Wagenzug verringerte sich, obwohl Pierre nicht schnell gehen konnte und immer wieder leicht stolperte. Aber die Karawane fuhr sehr langsam, denn der Weg war nicht der beste, eng, steinig, matschig und ausgefahren. In dem Tempo würden sie sicher nicht mehr als zwei oder drei Meilen pro Tag vorankommen.
Sie brauchten noch beinahe eine Stunde, um den letzten Wagen einzuholen, der von einer Nachhut der Soldaten beschützt wurde.
»Heda! Wartet auf uns!«, rief der Händler. »Lasst mich nicht zurück.«

»Ah, da ist ja unser lieber Colmieu! Habt Ihr wieder einmal Euer Gleichgewicht verloren?«
»Ja, und diese beiden jungen Leute haben mir geholfen, wieder auf die Beine zu kommen.«
»Eure Trinkflasche hätte das nicht geschafft, da bin ich mir sicher«, stieß der Wachposten zwischen den Zähnen hervor, während seine Gefährten unterdrückt hämisch lachten.
»Ach, macht Euch nur lustig über mich! Soldatenpack! Ihr seid nicht einmal imstande, nachzusehen, ob die Karawane überhaupt vollständig ist. Aber ich verzeihe Euch, wie all die anderen Male.«
Die Waffenmänner lachten nun aus vollem Halse. Man hielt Pierre Colmieu die Zügel eines Pferdes hin, das er sogleich bestieg.
»Kommt«, fuhr der Händler fort, indem er sich zu Bertoul und Blanche umwandte, »ich werde euch meinen Freunden vorstellen.«
Gemeinsam zogen sie an der ganzen Karawane entlang und er nannte ihnen jeweils die Namen: Da waren der Anführer der Händler, Guillaume Magnier, die anderen vier Partner und ihre siebzehn Söhne, Neffen und Gehilfen. Dann zeigte er ihnen den Inhalt der Wagen und sprach vom Wert der Waren. Und schließlich kam Bruder Hugonet an die Reihe, der isoliert an der Spitze ging und Gebete murmelte, als wollte er dem Zug den Weg bahnen. Die Händler und die Hälfte der Soldaten saßen zu Pferde, die anderen liefen munter zu Fuß.
»Reist ihr nun mit uns oder nicht?«, frage Pierre Bertoul. »Wenn ihr uns beim abendlichen Zusammensein zerstreuen wollt, müsst ihr nichts zur Verpflegung beitragen. Ihr schlaft unter den Wagen, wie die anderen jungen Leute auch. Ich gehe davon aus, dass du in der Lage bist, deine Schwester gegen diese hübschen Burschen zu schützen, oder? Also, was sagt ihr dazu, ihr beiden?«
Bertoul war von der Idee recht angetan. Ein derartiger Schutz war nicht zu verachten, wenn es darum ging, Raoulets Spähtrupps zu entgehen, falls dieser immer noch dem Buch nachjagte. Sich unter die anderen jungen Leute zu mischen, die die Händler begleiteten, wäre ein Leichtes, und außerdem kannten Raoulets Männer ihn nicht einmal.

Was Blanche betraf, so würden ihre Brüder sicher nicht auf die Idee kommen, sie unter diesen Händlern zu suchen.
»Was hältst du davon, Blanche?«
»Das wäre eine gute Idee«, gab sie zu.
Pierre Colmieu trat ungeduldig von einem Fuß auf den anderen.
»Also, wie habt Ihr Euch entschieden?«
»Sehr gut! Wir werden eine Wegstrecke mit Euch ziehen«, sagte Bertoul.
Der beleibte Händler warf ihm ein zufriedenes Lächeln zu.
»Bravo, eine gute Entscheidung! Ihr werdet es nicht bereuen, und wir haben auf diese Weise ein paar fahrende Sänger ganz für uns allein. Die Abende werden nicht so langweilig sein und der Weg nicht mehr so lang.«
»Wollt Ihr, dass wir sofort beginnen?«
»Na, warum nicht?«
Bertoul holte das Tamburin aus seinem Sack und reichte es Blanche. Dann nahm er seine Fidel und stützte sie auf die Hüfte. Er fing mit einer kleinen fröhlichen Melodie an, jedoch nicht zu schnell, während Blanche ihn begleitete. Er sang eine Ballade, die von der Liebe zwischen einer gewissen Margoton und Jeannot-le-Vert-Vêtu, ihrem Geliebten, handelte.
Sogleich versammelten sich die jungen Leute angeregt um die Musiker. Jeder stimmte in den Refrain des Liedes mit ein, vor allem Pierre Colmieu, der nach einem Schluck seines wunderbaren Heilmittels wieder auflebte und lauter als alle anderen sang. Das Reisen schien allen plötzlich viel angenehmer, und zwei Stunden vor Sonnenuntergang hielt die Karawane an einer ausgedehnten Lichtung an, um das Nachtlager aufzuschlagen.

Anweisung, die Freundschaft zwischen zwei Menschen andauern zu lassen

Man nehme in die rechte Hand
das Kraut der Katzenminze,
und halte es so lange fest,
bis es warm wird.
Dabei spricht man folgende Worte:

»Kraut, das ich in der Hand halte,
bewirke, dass meine Freundschaft
zu dieser Person
(hier wird der Name genannt)
jeden Tag größer wird, immer stärker,
dass sie jeden Morgen noch größer
sein möge und so weiter,
immer größer und stärker,
bis zum Ende.
So sei es.«

Dann verteilt Ihr das Kraut
über Euren Körper und sucht
auf der Stelle die Person auf, mit der
Ihr diese Freundschaft anstrebt.
Reicht ihr die Hand.
Wenn Ihr sie dann verlassen habt,
geht nach Hause und füllt die Kräuter
in ein Stoffsäckchen.
Solange Ihr dieses Säckchen bei Euch tragt,
wird die Freundschaft fortbestehen.

19

Am Abend knisterte am Rand eines kleinen Wäldchens ein Feuer, um das sich die sechs Händler und ihre Lehrlinge kauerten, warm eingewickelt in ihre Umhänge. Die Soldaten liefen ihre Runden, aber die meisten von ihnen interessierten sich eher für das Spektakel beim Feuer.

Die Ochsen waren losgebunden und kauten trübsinnig ihr Heu, die Wagen standen gerade in einer Reihe.

Schon lang war die Nacht hereingebrochen, und jeder hatte sich reichlich gekräftigt, zumal die Soldaten zwei Tage vorher ein Wildschwein erlegt hatten und noch große Fleischportionen für alle übrig waren. Nur Bertoul stand in der Nähe der Feuerstelle und gab eine Vorstellung für seine neuen Gefährten. Blanche bewachte den Sack und hatte ihm geschworen, nicht neugierig zu sein, weder einen Blick hineinzuwerfen, noch danach zu tasten, um herauszufinden, was das eckige Objekt sein könnte. Es war der Abend ihres ersten Tages bei der Karawane.

Zuerst spielte Bertoul auf seinen Instrumenten und sang dazu. Da war das Lied von den traurigen Abenteuern des Ritters mit dem zerrissenen Banner, entlassen und verstoßen, doch tapfer, den die Gnade des Königs schließlich rehabilitiert hatte. Danach waren auf die beständigen Bitten der jungen Leute Liebeslieder an der Reihe. Später lieh sich Bertoul von diesem und jenem ein Kleidungsstück und verkleidete sich abwechselnd als alte Frau, als Soldat, als muhende Kuh, als hochmütiger Ritter und erzählte und mimte dabei Geschichten, bei denen seine Zuschauer so lachen mussten, dass ihnen die Tränen kamen. Sie bedauerten es wirklich nicht, die beiden in ihre Truppe aufgenommen zu haben. Von nun an ließ sich die Reise weit weniger eintönig an. Und die Söhne und Neffen der

Händler nahmen sich vor, Bertoul zu bitten, ihnen seine Liebeslieder beizubringen, damit sie den Mädchen imponieren könnten, wenn sie wieder zu Hause wären.

Das Feuer wurde kleiner, und schließlich war nur noch ein Haufen glühender Holzkohle übrig. Es wurde Zeit, schlafen zu gehen. Der Hauptmann der Wache erteilte seine Anordnungen: Er entschied, wann alle zu schlafen hatten, und teilte die Wachrundgänge seiner Leute ein. Die Händler selbst fügten sich gehorsam seinen Anordnungen. Nach und nach verstummten die Geräusche. Man hörte nur noch vereinzelt die Glut knistern, leises Gemurmel vor dem Schlafen, weit entferntes Geheul, manchmal ein Rascheln, wohl von Hasen oder anderen Kleintieren. Die letzten Händler, die noch im Kreis saßen, standen ebenfalls auf. Bertoul nahm seinen kostbaren Sack und schob die Musikinstrumente hinein. Blanche hüllte sich in ihren Umhang.

Da ertönte die Stimme des Mönchs, ein wenig tadelnd.

»Vergessen wir nicht, zu unserem Schöpfer zu beten, ehe wir den Tag beenden. Er muss Euch als ziemlich unnütz erlebt haben, dass Ihr lacht und singt und Euch über Dummheiten amüsiert habt, anstatt Eure Seele gegen die Dämonen der Nacht und schlechte Einflüsse zu schützen. Wir werden jetzt unsere Leichtfertigkeit bereuen und demütig um Vergebung unserer Fehler bitten, da sie heute Abend besonders zahlreich waren.«

»Bruder Hugonet, Ihr wisst ebenso gut wie wir alle hier, dass die Traurigkeit die achte Hauptsünde ist«, schritt Guillaume Magnier mit ruhiger Autorität ein.

Bruder Hugonet kniff die Lippen zusammen, warf seinem Widerredner einen dunklen und feurigen Blick zu und hob den Finger gen Himmel, um mit seiner Tirade fortzufahren.

»Wir werden zu unserem Herrn flehen, dass er den Teufel von uns fernhalte, der heute Abend, ich weiß es, ich spüre es, nicht weit entfernt ist, und der mit leichtfertigen Machenschaften versucht hat, uns von dem abzulenken, was unser einziges Bestreben sein soll: das Gebet, durch welches uns unsere Fehler vergeben werden.«

Bertoul fühlte sich deutlich angesprochen, da er es war, der seine neuen Freunde in aller Arglosigkeit zerstreut hatte. Er warf Blanche einen Blick zu, den sie aber nur mit einem Achselzucken erwiderte.
»Morgen«, fuhr der Mönch fort, »werden wir weniger singen und uns demütiger verhalten, zum Nutzen unseres Seelenheils. Indessen beten wir dafür, dass sich der Teufel entfernen möge.«
Alle knieten nieder und folgten den langen, ernsten Gebeten, die Bruder Hugonet jetzt anstimmte. Am Ende seiner ausführlichen Lehrpredigt, in der es darum ging, weder den Verlockungen des Teufels noch der Gottlosigkeit nachzugeben, gab der Mönch endlich das Signal zum Schlafengehen, und nachdem er noch ein letztes Mal seine Seele Gott anbefohlen hatte, atmeten alle erleichtert auf.
Alle? Nein, denn für Bertoul war die Prüfung noch nicht zu Ende. Er war gerade dabei, sich zu den Wagen zu begeben, als Bruder Hugonet ihn beim Ärmel fasste und zwang, ihm zuzuhören. Blanche war schon weggegangen.
»Was machst du hier zwischen diesen frommen Händlern, Junge? Willst du sie von ihrem Heil abbringen, mit deinen kleinen leichtsinnigen Liedern, deinen Beschwörungen der Frauen, diesen ewigen Sünderinnen? Schickt dich gar der Teufel?«
Bertoul wusste darauf nichts zu erwidern. Solche Gedanken waren zu weit von dem entfernt, was er von Tournissan her kannte. Dort hatten alle wie gute Christen gelebt, was aber für niemanden bedeutete, dem Vergnügen zu entsagen, nicht singen, lachen oder einander lieben zu dürfen.
»Du antwortest nichts. Das zeigt mir, dass deine Seele nicht rein ist und du ein Werkzeug des Teufels sein könntest.«
»Aber ich bin doch nur ein armer Spielmann«, protestierte Bertoul.
»Mir machst du das nicht weis! Und von dem Mädchen ganz zu schweigen«, fuhr der Mönch fort. »Doch um sie werde ich mich später kümmern. Die Mädchen sind die Hefe der Sünde und die Verbündeten des Teufels. Du riechst schon von Weitem nach Teufeleien. Oder willst du mir erzählen, du hättest noch nie von Zauberei gehört? Von Hexereien? Von Zauberbüchern?«

»Von Zauberbüchern?«, wiederholte Bertoul stammelnd.
»Verwünschungen, die über arglose Menschen verhängt werden, Flüche, die ganze Ländereien heimsuchen, Hexereien, Gifte und Kräuterzauber?«
»Ich verstehe nichts von alledem«, sagte Bertoul, der sich zunehmend unwohl fühlte.
»Aber Bruder Hugonet, lasst doch unseren jungen Freund in Ruhe«, mischte sich in diesem Moment der gutmütige Pierre Colmieu ein.
Bertoul ergriff die Gelegenheit, und suchte sogleich Schutz hinter seinem Rücken.
Bruder Hugonet kniff die Lippen zusammen, bis sein Mund nur noch ein dünner Strich mit heruntergezogenen Enden war.
»Du kommst jetzt mit mir«, sagte Pierre Colmieu zu Bertoul und zog ihn mit sich.
»Ihr werdet es eines Tages noch bereuen, wenn Ihr Gott nicht besser ehrt«, sagte der Mönch noch, wobei er beinahe drohend mit dem Finger gen Himmel zeigte.
»Lass diesen aufdringlichen Mann nicht so mit dir umgehen«, sagte Pierre Colmieu in vertraulichem Ton. »Diese herumirrenden Mönche sind alle von derselben Sorte und möchten uns in jedem Augenblick unsere Sünden büßen lassen. Dieser hier hat es bereits mit uns allen versucht, seit er bei uns ist. Hör ihm lieber nicht zu und lass dich nicht von ihm einwickeln.«
»Aber er ist ein Gottesmann!«, protestierte Bertoul.
»Oh, das glaube ich kaum! Diese Mönche wurden von niemandem beauftragt und sie kennen die heiligen Schriften nicht. Sie wiederholen mechanisch ihre Ermahnungen und Drohungen. Aber im Grunde sind es nur arme Dummköpfe.«
Bertoul kam aus dem Staunen nicht heraus, als er solche kalten und kritischen Worte über den Kirchenmann vernahm, doch merkte er gleichzeitig, wie sie ihn beruhigten. Und wenn er auch ein Zauberbuch bei sich hatte, so machte das aus ihm noch längst keinen Mann des Teufels. Er war ein fahrender Sänger, weiter nichts.
Blanche wartete bei den Wagen auf ihn.

»Was hast du denn noch getrieben?«, erkundigte sie sich.
»Bruder Hugonet wollte mir ein Geständnis abringen, dass du und ich ein wenig teuflisch sind, glaube ich«, antwortete Bertoul müde.
Sie krochen zwischen die Räder und fanden unter einem mit Seidenstoffen beladenen Wagen einen Platz bei den Söhnen und Neffen der Händler. Bald darauf hatten sie sich fest in ihre Umhänge gerollt, Blanches Kopf ruhte auf ihrem Sack mit Kräutern und Habseligkeiten und Bertouls auf seinem Bündel mit dem Rubin-Zauberbuch.
Bevor sie Seite an Seite einschliefen, flüsterte Blanche noch ganz leise in Bertouls Ohr:
»Ich mag diesen Mönch überhaupt nicht. Ich finde, *er* hat etwas Dämonisches an sich. Außerdem habe ich das Gefühl, es wäre besser, wir würden diese Karawane schnell wieder verlassen und uns auf eigene Faust durchschlagen.«
»Bist du sicher?«, fragte Bertoul mit noch leiserer Stimme, »du weißt doch: Solange wir in dieser Karawane mitreisen, sind wir vor deinen Brüdern und dem jungen Mauchalgrin geschützt.«
Das hoffte er zumindest.
»Die Händler sind uns wohlgesinnt und wir sind von Soldaten umgeben«, fuhr er fort.
»Aber der fanatische Blick dieses Mönchs ruht auf uns wie eine ständige Anklage«, beharrte Blanche.
Bertoul beruhigte sie.
»Aber ist dieser Mönch nicht im Vergleich mit unseren Verfolgern das weitaus kleinere Übel?«
»Ja«, sagte sie nach kurzem Nachdenken. »Du hast recht, es kommt wohl daher, dass ich das Gefühl habe, überall lauere eine Gefahr.«
»Mach dir keine Sorgen«, murmelte Bertoul und wünschte ihr eine gute Nacht.
Um sie herum verstummten nach und nach die letzten Gespräche. Dann herrschte Stille in der Karawane, höchstens hier und da unterbrochen vom metallischen Geräusch der Wachposten oder dem weit entfernten Heulen irgendwelcher Tiere.

Am nächsten Morgen zog die Karawane weiter. Bertoul fand es reizvoll, nicht mehr ganz allein mit Blanche zu wandern, der es sichtlich ebenfalls gefiel, sich mit dem einen oder anderen zu unterhalten. Abgesehen von dem Gefühl der Sicherheit, das ihm die Soldaten um ihn herum gaben, genoss er es auch, in der Gesellschaft von Reisegefährten zu sein, von denen viele in seinem Alter waren. Es war eine Abwechslung zu den einsamen, unruhigen Wanderungen der ersten Tage. Blanche wurde mit nicht wenigen verstohlenen Blicken und zahlreichen Komplimenten bedacht, Bertoul dagegen suchte man auf, um sich seine Liebeslieder beibringen zu lassen.

»Wie sollen wir uns all diese Gedichte und Lieder nur merken?«, fragten Arnaud und Renaud Magnier, die Zwillingssöhne des Anführers.

»Besorgt mir einen Pergamentbogen, dann schreibe ich euch die Texte auf«, antwortete Bertoul. »Könnt ihr wenigstens lesen?«

»Natürlich«, erwiderte Arnaud. »Das muss man schon können, wenn man von Beruf Händler ist.«

»Und vor allem zählen und rechnen!«, fügte sein Bruder lachend hinzu. »Ich werde dir zwei oder drei Bogen besorgen.«

Als er mit dem kostbaren Material zurückkam, setzte sich Bertoul, umringt von fünf oder sechs jungen Männern, an den Wegrand, um alle Texte aufzuschreiben, während Blanche, umringt von ihren Verehrern, den Weg fortsetzte.

Er spitzte mit dem Messer eine Feder, nahm sein Horn mit Tinte und bat um ein Stück Holz als Unterlage. Sobald seine Bitte erfüllt worden war, tauchte er die Feder in die Tinte und begann die Texte aufzuschreiben, wobei er dazu die Melodie summte und seine Zuhörer fragte:

»Erinnert Ihr Euch, wie man das singt? Wisst Ihr, dass man hier mit der Melodie hinuntergeht und dort moduliert?«

Irgendwann hatte sich die Karawane bereits ein ganzes Stück von ihnen entfernt, doch Bertoul schrieb immer weiter und gab seine Erläuterungen.

Als er fertig war, hielt er seinen neuen Freunden die Rollen hin, und die Jünglinge liefen singend und überglücklich davon. Bertoul nahm

sich noch die Zeit, sein Horn mit Tinte gut zu verschließen – schließlich durfte es nicht über das Zauberbuch und seine eigenen Pergamentbögen auslaufen. Als er alles sorgfältig verstaut hatte, wobei er mit einem kurzen Blick den Zustand des Buches und seiner Instrumente überprüfte, holte er das Ende der Karawane wieder ein.
Der letzte Wagen rumpelte vor ihm über den Weg, die Soldaten, die das Schlusslicht bildeten, machten Späße, und die von den Rhythmen der Lieder angeregten Jungen waren schon unterwegs zur Spitze des Zuges, voller Ungeduld, die einzige weibliche Gesellschaft aufzusuchen …
Bertoul beschleunigte seine Schritte, um die anderen einzuholen und Blanche zu erwischen, als er plötzlich ein Schauspiel wahrnahm, das ihn im ersten Augenblick betroffen machte und dann empörte: Man hatte einen Vogel mit ausgestreckten Flügeln auf dem Holz der Wagenklappe befestigt, der sich unter machtlosen Zuckungen und scheinbar mit letzten Kräften wehrte. Seine Flügel hatte man auf dem Holz angenagelt – es war eine Eule.
Bertoul griff den erstbesten Soldaten, den er erwischen konnte, beim Ärmel.
»Was habt Ihr mit diesem Vogel gemacht?«, fragte er mit bebender Stimme.
»Den haben wir heute Morgen festgenagelt, damit die anderen wissen, was los ist. Wir werden uns nicht von diesen Unheil bringenden Vögeln ärgern lassen.«
»Aber es ist doch nur eine Eule!«, protestierte Bertoul.
»Ein Bote der Nacht, ein Vogel des Teufels!«, erwiderte der Soldat. »Mit diesem Vogel am Ende unseres Zuges« – er spuckte in dessen Richtung aus –, »werden wir keinerlei Unannehmlichkeiten mehr haben, bis wir wohlbehalten angekommen sind. Er wird uns Glück bringen!«
»Wo habt Ihr ihn gefunden?«
»Der Mönch hat ihn uns gebracht«, sagte der Soldat.
Plötzlich war auch Bruder Hugonet zur Stelle, mit glänzenden Augen und erregten Gesten.

»Heute Nacht habe ich diesen Teufelsvogel heulen gehört«, rief er aus, »und mich auf die Jagd nach dem Dämon gemacht. Ich habe mein Kreuz geschwungen, und unter dem Schutz des Herrn habe ich ihn ohne große Mühe gesichtet. Dann wies Gott mir einen großen Stein, den ich nach ihm geworfen habe. Er ist heruntergefallen, jämmerlich herabgestürzt – wie die gefallenen Engel aus den Himmelshöhen.«

»Das schützt uns vor weiteren Eulen, bösen Geistern und Hexereien, ja sogar vor Wölfen«, fügte der Soldat hinzu. »Das weiß doch jeder.«

Die anderen Soldaten der hinteren Wache bekräftigen die schutzbringenden Wirkungen dieses Brauchs.

»Wo habt Ihr nur solche Ideen her?«, rief Bertoul aus. »Das ist reine Barbarei!«

Nie hatte er in Tournissan so etwas gesehen. Selbst wenn gewisse Tiere verrufen waren, ging man doch nicht so weit, sie lebendig an ein Holzbrett zu nageln.

»Du wirst doch nicht etwa diesen Waldkauz verteidigen! Ein Nachttier, das Unheil und Verderben bringt …«

»Ich werde es nicht nur verteidigen, sondern ich werde es befreien«, verkündete Bertoul mit wütender Stimme, indem er sich dem armen geflügelten Tier mit dem Dolch in der Hand näherte.

»Hexerei!«, brüllte Bruder Hugonet. »Dieser Sänger ist ein Diener des Teufels. Haltet ihn auf!«

Der Mönch wirkte bedrohlich in seinem Eifer, gleichzeitig schien er aber auch erschrocken. Doch Bertoul tat, als hörte er ihn nicht. Es gelang ihm, mit seinem Dolch den ersten der beiden großen Nägel, die den Raubvogel festhielten, zu lösen.

»Huh-huh …«, machte dieser schwach, als sein linker Flügel frei wurde.

Aber schon hängte sich der Mönch an Bertouls Arm, um ihn an weiteren Bewegungen zu hindern. Die spöttischen Soldaten standen erheitert daneben und griffen nicht ein.

»So helft mir doch, ihr anderen!«, schrie der Mönch.

Doch im selben Augenblick, in dem sich die vier Männer entschlossen, ihm zur Hand zu gehen, wurden sie und Bruder Hugonet von einem wilden Angriff gefleckter Federn, Krallen und scharfer Schnäbel überrascht.
»Dämonen! Noch mehr Eulen! Oh, wir haben alle Legionen der Hölle angelockt.«
Während des kurzen Aufruhrs, der nun folgte, gelang es Bertoul, den zweiten Flügel zu lösen.
»Huh …«, machte die gekreuzigte Eule noch, dann ergriff Bertoul sie und nahm sie, nachdem er ihre Flügel zusammengelegt hatte, wie ein kleines Kind in seine Arme.
»Armer Vogel, sie haben dir ganz schön zugesetzt«, sagte er und betrachtete die beiden Wunden mit dem getrockneten Blut.
Die anderen Raubvögel waren so schnell wieder verschwunden, wie sie gekommen waren. Der Vogel versuchte, sich aus Bertouls Händen zu befreien und machte schwache Anstrengungen, wieder zu fliegen, doch vergeblich.
»Diener des Dämons! Beschützer der Eulen! Hexer! Hexer!«
Die Schreie des Mönchs zogen schließlich Guillaume Magnier an.
»Aber Bruder Hugonet, was ist denn nun schon wieder los?«, sagte er unwillig.
»Dieser Diener des Satans, dieser Hexer hat den Waldkauz befreit, der unsere Karawane vor dem Bösen und dem Dämon schützte«, rief der Mönch aus. »Jetzt schwebt das Unheil über uns.«
Bertoul sagte nichts, die Eule immer noch in seinen Händen haltend. Benommen hatte er das Gefühl, als stünde die Zeit einen Moment lang still, und er erstarrte zu Eis. Die Zwillingsbrüder, die inzwischen hinzugekommen waren, stellten sich neben Bertoul.
»Los, Bertoul, lass doch dieses traurige Balg los und sing mit uns«, sagte Arnaud fröhlich und versuchte, ihn mit sich zu ziehen.
»Nein, er muss für seine Freveltat büßen!«, brüllte der Mönch.
»Bruder Hugonet, wenn Ihr noch einmal anfangt, unsere Leute zu bedrohen, werden wir uns gezwungen sehen, Euch wieder zu knebeln, zu fesseln und in einem Wagen zu legen.«

»Hexerei! Gotteslästerung! Ihr droht einem Gottesmann?«
»Und wir werden Euch in der erstbesten Stadt zurücklassen.«
»Ich glaube«, sagte Renaud hinter vorgehaltener Hand zu seinem Bruder und Bertoul, »wir sollten versuchen, ihm einen guten Schoppen des Heilmittels unseres Gefährten Pierre Colmieu einzuflößen. Ich bin mir sicher, dass er dann freundlicher wäre.«
Er lächelte versteckt, und sein Bruder ahmte ihn nach. Aber Bertoul war zu angespannt, um über diese Bemerkung zu lachen. Die Eule bewegte sich ein wenig an seinem Körper und befreite sich schließlich. Ihr Kopf drehte sich in alle Richtungen, die großen, goldenen Augen ruhten auf der kleinen Schar, dann richteten sie sich gen Himmel. Und plötzlich breitete sie die Flügel aus und schwang sich auf, als wären ihre Wunden bereits verheilt. Sie kreiste ein wenig über Bertoul, dann flog sie lautlos in Richtung des Waldes.
»Ich bin froh, dass sie wegfliegen konnte«, sagte Bertoul.
»Das ist ein Unglückstier«, sagte Arnaud. »Ich frage mich wirklich, warum du es befreit hast.«
»Es ist ein misshandeltes Tier«, berichtigte ihn Bertoul. »Ich verstehe nicht, wie die Menschen eine solche Grausamkeit an den Tag legen können.«
Die beiden Brüder schauten einander an, als wäre Bertoul wirklich ein eigenartiger Mensch.
»Und all das wegen einer Eule!«, sagte Renaud endlich. »Es ist nicht weiter schlimm, lasst uns lieber die anderen einholen.«
Währenddessen war es Guillaume Magnier gelungen, Bruder Hugonet zu überzeugen, dass die Sache abgeschlossen war und es sicher nicht verdiente, das Strafgericht Gottes als Beistand gegen mutmaßliche Hexer, Dämonenanbeter, Unglücksvögel und sonstige Unheilbringer anzurufen.

Anweisung zur Heilung von Fieber

Zerstoßt eine Spinne,
legt die Überreste auf ein Leinentuch
und legt dieses auf die Stirn
und die Schläfen des Kranken.
Bald wird das Fieber verschwunden sein.

20

Bertoul lief an den Wagen entlang, auf der Suche nach Blanche, um ihr von der Befreiung der Eule zu erzählen, aber er konnte sie nirgends finden.
»Wo ist meine Schwester?«, fragte er links und rechts.
»Sie ist nach da drüben gegangen, um Blumen zu pflücken.«
»Und ihr habt sie einfach gehen lassen?«, fragte Bertoul beunruhigt, denn er fürchtete noch immer ihre Verfolger.
»Natürlich. Sie ist ja nicht weit weg. Ich sah sie zwischen den Bäumen, noch vor einem Augenblick. Du brauchst nichts zu befürchten, es besteht keine Gefahr, dass sie sich verirrt.«
Bertoul hatte keine Lust mehr zu singen. Beim Laufen musterte er von Zeit zu Zeit den Himmel, in der vagen Hoffnung, den Vogel zu erblicken, den er erlöst hatte. Er sah Sperlinge, Ringeltauben, die ersten Schwalben, aber keine Eulen. Vielleicht war es auch gut so – für sie.
Der Tag, der so gut angefangen hatte, hielt nicht, was er versprochen hatte. Bertoul, schweigsam und missgestimmt, hielt sich abseits von seinen neuen Gefährten, ein wenig enttäuscht, dass Blanche nicht an seiner Seite war. Seine Gedanken waren bitter und ließen ihn nicht in Ruhe. Wie konnten die Männer nur wehrlose Tiere, Geschöpfe Gottes, so misshandeln? Allerdings misshandelten sie ihresgleichen ebenfalls, ohne mit der Wimper zu zucken. Wie konnten sie so dunkle Gefängnisse erfinden, dass man in ihnen blind und verrückt wurde? Wie war es möglich, dass man Menschen und auch Tiere lebendig verbrannte und weitere Gräuel dieser Art erfand?
Seine trüben Gedanken überwältigten ihn, und aus lauter Wut stieß Bertoul mit wütenden Tritten Steine zur Seite, wobei er so in Fahrt geriet, dass er die Spitze des Zuges überholte.
Die Zwillinge holten ihn ein.

»Willst du nicht mehr mit uns singen?«
»Nicht jetzt«, weigerte sich Bertoul und schüttelte den Kopf. »Ich bin im Moment nicht in der Stimmung, Musik zu machen.«
»Aber doch nicht wegen dieser Eule?«
»Wegen der Grausamkeit«, sagte Bertoul.
»Wir haben das immer so gemacht, mit den Steinkäuzen und Eulen«, gab Arnaud freimütig zu.
»Wirklich? Ist es dann nicht Zeit, dass sich das einmal ändert?«
Die Zwillinge machten ein Gesicht, als verstünden sie ihn nicht recht und ließen ihn allein.
Bertoul seufzte, zog die kleine Flöte aus seinem Bündel und spielte eine sanfte, gefällige Melodie. Das Gute am Flötenspielen war, dass man weder zu singen noch zu diskutieren brauchte. Und das war im Moment auch das Beste.
Einen Moment später wurde ihm bewusst, dass sich Blanche neben ihm befand. In ihren zusammengelegten Händen trug sie Haselnüsse, die sie ihm lächelnd hinhielt.
»Für dich«, verkündete sie. »Ich habe sie im Wald gefunden.«
»Danke!«, sagte er etwas überschwänglich.
Plötzlich fühlte sich alles wieder besser an. Er nahm eine Haselnuss und murmelte:
»Dennoch, du solltest vorsichtiger sein. Entferne dich nicht von den anderen. Man kann nie wissen. Es gibt überall so viele Gefahren, Unheil, Feindseligkeiten.«
Und er erzählte ihr, was mit der Eule passiert war. Es war eine sehr gute Entscheidung gewesen, sich mit ihr zu verbünden.

Im Laufe des Tages folgte Bertoul immer munterer dem Trupp und begann wieder zu singen und seinen neuen Freunden Lieder beizubringen, ohne jedoch Blanche aus den Augen zu lassen, denn er fürchtete zu sehr, dass sie sich noch einmal von ihnen entfernte.
»Nimm doch dein Gepäck von der Schulter, es sieht so schwer aus«, schlug ihm ein gewisser Giriaume vor. »Deine Schwester hat es auch so gemacht …«

Bertoul wusste nicht, was er darauf antworten sollte. Wenn ich mich weigere, mich davon zu trennen, dachte er, werden sie wissen wollen, warum; und wenn ich es auf einen der Wagen lege, wird sich immer ein Neugieriger finden, der es untersucht …
Aber es stimmte, dieser Sack war ganz schön schwer. Wie sollte er sich verhalten?
»Ihr habt recht«, sagte er schließlich. »Ich werde ihn abnehmen. Doch muss ich immer das große Musikbuch meines teuren Meisters, Jacquemin-Loriot, dem alten Spielmann, bei mir tragen. Von ihm trenne ich mich niemals.«
Blanche warf ihm einen verstehenden, neckischen Blick zu. Ein Buch! Das war also das große Geheimnis! Eine kostbare Habe, in der Tat! Mit Recht hatte er Angst, dass es ihm gestohlen werden könnte. Zumindest zur Hälfte war ihre Neugier befriedigt.
Bertoul öffnete also seinen Sack und holte das gut eingewickelte Zauberbuch hervor, das er unter sein Gewand gleiten ließ, sodass es oberhalb seines Gürtels lag. Es drückte auf seinen Bauch wie ein Stück einer sperrigen Rüstung, was die Burschen zum Lachen brachte. Der Rest konnte gut auf einem der Wagen verstaut werden.
»Zeigst du es uns, das Buch deines Meisters?«, fragte Renaud.
»Mal sehen«, sagte er mit einer gewissen Herablassung. »Es ist ein kostbares Buch und verdient es, nur mit größtem Respekt, sauberen Händen und in Ruhe geöffnet zu werden, damit es nicht beschmutzt oder beschädigt wird. Vielleicht heute Abend, nach unserem Beisammensein, wenn wir unter uns sind. Mal sehen.«
Diese Aussicht schien allen recht zu sein, und Bertoul dachte, bis dahin würde er schon eine Möglichkeit finden, sich aus dieser heiklen Lage zu ziehen.
Während die Händler langsam ritten und die Wagen des Zuges auf beiden Seiten begleiteten, marschierten ihre Söhne und Neffen in einem so zügigen Tempo, dass sie oft anhalten oder umdrehen mussten. Sie schienen alle mit ihren Gedanken bei den jungen Mädchen zu sein, die sie in ihren Städten zurückgelassen hatten. Bertoul und Blanche vernahmen ganze Litaneien von Namen – Bertrade, Edeli-

ne, Marguerite, Colette, Clémence, Mahaut, Jolivette … Es brummte ihnen der Kopf bei all diesen Namen und den dazugehörigen Vorzügen: Ihre Trägerinnen waren schön, sanft, blond, braunhaarig, tapfer, liebenswert, großzügig und so weiter. Das Gespräch wurde lebhafter. Bertoul verlor bei all diesen liebenswerten Betrachtungen irgendwann den Überblick. Durch seinen Kopf zogen ganz andere Namen: Raoulet de Mauchalgrin, Magnus Gurhaval, Große Gaunerei. Und immer wieder auch der Name Hermelinde de Tournissan.

»Woran denkst du?«, fragte er Blanche leise, die inmitten der Gruppe immer wieder aufmerksame Blicke auf die Zuwege der Straße warf, der sie folgten.

»An meine Brüder Gaubert, Gauderic, Gautier und Gaudefroi«, antwortete sie mit zusammengepressten Zähnen. »Sie sind wahrscheinlich immer noch auf der Suche nach mir. Mit Josce de la Bordonne. Wenn wir doch nur bald in Paris wären! Vorher werde ich mich nicht sicher fühlen.«

»Ich mich auch nicht.«

»Und unser Zug kommt auch nicht recht voran. Von dem unangenehmen Mönch ganz zu schweigen.«

»Hab Geduld. Ist das nicht der Preis, den wir für unsere Sicherheit bezahlen müssen?«

Sie seufzte.

»Ja, so ist es wohl …«

Der Abend begann wie am Tag zuvor. Nach einem Abendessen mit Gegrilltem und Brot wurde Bertoul wieder aufgefordert, sich ans Feuer zu begeben und die kleine Schar zu unterhalten. Doch diesmal sollte der Abend in einer Katastrophe enden …

Das Zauberbuch an seiner Brust hatte Bertoul beim Wandern, Sprechen, Spaßmachen und Singen mit den fröhlichen jungen Leuten kaum gestört. Doch es wurde zum Problem, sobald es darum ging, eine Vorführung mit Gesang, Tanz, Mimik, Verkleidung und Springen, Jonglieren und sogar ein wenig Akrobatik zu geben. Er hatte sein Bündel wieder an sich genommen, um das Zauberbuch darin

zu verstauen, und es mit dem Vorwand neben sich gelegt, einige Utensilien daraus zu benötigen.
Blanche setzte sich nicht weit entfernt auf den Boden, bereit, auf sein Bitten hin zwei oder drei Schläge auf dem Tamburin auszuführen. In wenigen Minuten hatte Bertoul sein Publikum für sich eingenommen, und eine halbe Stunde später hatte sich die Stimmung zu ausgelassener Heiterkeit gesteigert.
Selbst mitgerissen von der Darstellung voller Feuer und Fantasie, die er mimte, während Blanche hinter dem Kreis der Zuschauer den Rhythmus vorgab, bemerkte er nicht, wie blitzschnell ein Schatten auf das Feuer zuhuschte und sich mit schneller Hand seinen kostbaren Sack griff. Bertoul beendete seine Vorführung, als ein durchdringender Schrei die Versammlung erstarren ließ. Der Mönch tauchte neben ihm auf, stellte sich zwischen ihn und das Feuer und kreischte:
»Zauberer! Zauberer! Ich habe es euch ja gesagt, dass wir uns vor diesem Satansdiener in Acht nehmen müssen!«
Verblüfft und mit weit aufgerissenen Augen sah Bertoul, wie Bruder Hugonet das Zauberbuch mit dem Rubin mit beiden Händen weit geöffnet in die Höhe hielt. Das Tamburin war nicht mehr zu hören, Blanche schien in der Dunkelheit der Nacht untergetaucht zu sein.
»Hört Euch das hier an: ›Anweisung, so schnell wie möglich laufen zu können!‹«
Ein ausgezeichnetes Geheimnis, das uns sehr nützlich gewesen wäre, dachte Bertoul.
Bruder Hugonet fuhr vor seinem stummen und versteinerten Publikum fort:
»Es riecht nach Schwefel! Jede Seite ist mit Schwefel verpestet! Der Atem des Teufels! Hört weiter: ›Anweisung, einen Schlangenbiss zu verhindern‹, und hier: ›Anweisung, jemanden im Traum zum Sprechen zu bringen‹, ›Anweisung, jemandem eine feinere und höhere Sehkraft als die der Eule zu verleihen‹, ›Anweisung, sich gegen Schwertschläge und andere Waffen zu schützen‹. Wollt ihr noch mehr hören?«

Der Mönch, völlig außer sich, griff Bertoul am Arm und schüttelte ihn aufgebracht durch.
»Du hast dein Geheimnis nicht sehr lange zu bewahren vermocht, gemeiner Zauberer! Und mit Gottes Hilfe habe ich dich entlarvt! Was wolltest du mit diesen wackeren Händlern anstellen? Sie in Tiere verwandeln, ihnen ihre Reichtümer rauben?«
»Ich bin kein Zauberer!«, stammelte Bertoul.
»Los, holt Holz, ihr anderen. Wir wollen ihn lebendig verbrennen, wie es jedem Zauberer gebührt. Vor morgen früh muss er in der Hölle schmoren! Und sein verfluchtes Zauberbuch voller modriger Geheimnisse wird ihm Gesellschaft leisten. Verbrennt ihn!«
»Ihr wollt mich verbrennen? Was habe ich euch denn getan? Rette dich, Blanche«, schrie er, während er sich zu befreien versuchte, doch der Gottesmann ließ ihn nicht los.
»Oh, es ist nicht verwunderlich, dass er zu den Tieren des Bösen hält! Kein Wunder, dass er die Eule, die unsere Karawane beschützen sollte, befreit hat! Du Zauberer! Sei verflucht!«
»Aber ich bin kein Zauberer!«, protestierte Bertoul schreiend. »Ich bin ein Musiker!«
»Los, holt Holzscheite und Reisig. Beeilt euch!«
»Nur ruhig, Bruder Hugonet«, mischte sich Guillaume Magnier ein. »Lass uns erst hören, Junge, was du zu deiner Verteidigung zu sagen hast.«
»Verbrennt ihn, wartet nicht länger! Und sein Buch mit ihm!«
»Stille, habe ich gesagt, Bruder Hugonet! Überlege dir gut, was du uns sagen wirst, junger Sänger. Falls es sich als wahr erweist, dass du wirklich zum Teufel hältst, verbrennen wir dich nicht hier, in diesem Wald, sondern wir werden dich in der nächsten Stadt der Gerichtsbarkeit übergeben …«
Guillaume Magnier war zwar ein Mann von großer Besonnenheit, andererseits wollte er einen möglichen Missetäter nicht entkommen lassen.
»Arnaud, Renaud, fesselt ihm mit einem Seil die Hände auf dem Rücken. Und Ihr, Bruder Hugonet, bringt mir das Buch.«

Die beiden Jungen erhoben sich, mit bestürzten und zugleich traurigen Mienen. Stolz näherte sich Bruder Hugonet dem Anführer der Karawane. Bertoul sah, dass es den Zwillingen sehr unbehaglich zumute war, als sie mit einem Seil in der Hand um ihn herumgingen. Und keine Blanche, die ihm zu Hilfe kam. Was hätte sie auch tun können? Es war besser so, zum Glück war sie verschwunden. Bertoul blickte zum Himmel auf, als suche er Verbündete …
Plötzlich ergriff er mit einer raschen Geste seinen Sack, riss dem Mönch das Zauberbuch aus den Händen, während der es gerade Guillaume Magnier zeigte, machte einen flinken Satz und rannte davon – in den dichten Schatten des Waldes, der von der Dunkelheit der mondlosen Nacht eingehüllt war, in die Sicherheit der Finsternis.
Mit wenigen großen Sprüngen war er im Dickicht verschwunden. Er warf sich den Riemen seines Sacks um die Schulter, es blieb keine Zeit, das Zauberbuch wieder hineinzustecken. Hinter sich vernahm er schon die Stimmen der Händler, der Soldaten und des Mönchs. Er hörte Schreie, Waffengeklirr und sah über die Schulter entfernten Fackelschein, doch er wusste: Wenn es ihm nur gelang, weit genug im Dunkel der Nacht voranzukommen, würden die von ihrem fanatischen Mönch aufgewiegelten Soldaten ihn nie erwischen. Er drückte das kostbare Zauberbuch mit beiden Händen krampfhaft an seine Brust, um zu verhindern, dass es ihm entglitt.
Tiefer und tiefer tauchte er ins Dickicht hinein. Plötzlich hörte er ein Sausen in der Luft, und etwas Großes, Helles flatterte an ihm vorbei. Eine Eule!
Ob sie ihm den Weg zeigen wollte?
Er atmete erleichtert auf. Er wusste, wo seine echten Freunde waren, auch wenn es Nachttiere waren, die die rechtschaffenen Leute erschreckten.
Voller Vertrauen folgte er, den Blick nach oben gewandt, dem unerwarteten Führer. Und so sah er weder die gekrümmte Wurzel des dicken Baumes noch den Stein, einige Schritte entfernt. Er stolperte und schlug der Länge nach hin. Sein Kopf stieß hart gegen den Stein und er verlor das Bewusstsein.

Anweisung zur Vertreibung böser Geister

Zündet eine weiße Kerze an
und ein Körnchen Myrrhe.
Streut Fenchelkörner in ein Säckchen
aus weißem Stoff
und sprecht folgende Beschwörung:
»Wohlwollende Geister,
die Ihr in der Nacht wacht,
ich flehe Euch um Schutz an gegen
die Kraft des Bösen.
Bewahrt mich vor ihrem unheilvollen
und verhängnisvollen Einfluss.
Schützt mich vor den bösen Geistern.«
Unterlasst es nicht, dieses Säckchen
immer bei Euch zu tragen,
damit Ihr beschützt seid.

21

Was war geschehen? Bertoul spürte etwas Kühles auf seiner Stirn. Er stöhnte, er hatte Schmerzen. Vor allem der Kopf tat ihm weh. Er versuchte, seine Stirn abzutasten, aber selbst diese einfache Bewegung gelang ihm nicht. Er lag flach auf dem Bauch auf welkem Laub, mit dem Kopf auf einem Stein. Vergeblich versuchte er die Augen zu öffnen. Nichtsdestotrotz nahm er flüchtig wahr, dass der Stein von einem granatfarbenem Netz aus getrocknetem Blut überzogen war. Es war ihm, als sei es früher Morgen. Er schloss die Lider wieder. Etwas Hartes drückte gegen seinen Bauch. Er war der Länge nach hingeschlagen und auf das Buch gefallen, das er mit beiden Armen festgehalten hatte. Wenigstens eine gute Neuigkeit – das schmerzhafte Stechen in seinen Rippen zeigte ihm, dass das Buch noch immer in seiner Gewalt war. Sein Sack lag ausgebreitet neben ihm.

Waren es die Bäume, die sich so um ihn herum bewegten? War es der Wind, den er so kühl auf seinem Gesicht spürte? Er hatte das Gefühl, irgendjemand wäre in der Nähe. Etwas Kaltes auf seiner Stirn. Das tat gut! War es der Granitstein? Es war feucht. War es wieder Blut? Wirre Gedankenfetzen zogen durch seinen Kopf.

»Ich weiß nicht mehr, wo ich bin und was mit mir los ist. Meine Stirn schmerzt, aber ich kann sie nicht berühren. Meine Rippen schmerzen, aber ich kann mich nicht umdrehen, um sie von dem Buch zu befreien. Ich fühle mich so müde … was wollen eigentlich alle von mir? In Tournissan ging es mir so gut … und all das wegen eines Zauberbuchs, das ich nicht einmal lesen kann und das für jemanden bestimmt ist, den ich nicht einmal kenne! Ich würde mich gern einmal in einem hübschen, kleinen Schloss ausruhen. Ich würde Musik für die Schlossherrin und ihre Töchter machen und ich würde den edlen Herren und die Knappen mit meinem Schabernack und meinen Possenspielen unterhalten. Ich würde das Zauberbuch in einen Graben werfen, die Tinte würde zerlaufen und es gäbe keine magischen Geheimnisse mehr. Der fanatische Mönch und Raoulets Handlanger hätten mich schnell vergessen. Ich würde in einigen Jahrzehnten wie mein Meister Jacquemin-Loriot enden, geschätzt und umsorgt, in einem etwas abgelegenen Schloss, das ich kaum verlassen würde. Und wer weiß, vielleicht wird sich ja eine Magd vom Schloss in mich verlieben und wir verbrächten einige nette Momente miteinander …

Ach, Frau Hermelinde, Ihr hättet nicht sterben sollen … Ich will die Last des Zauberbuches nicht mehr mit mir herumtragen. Es ist zu schwer für mich. Edle Frau, verzeiht mir, doch ich fürchte, mein Versprechen nicht halten zu können.«

In dem Moment, als er diese Worte dachte, spürte er Scham in sich aufsteigen, die ihn erröten ließ.

»Ich, der Einzige, dem sie diesen ganz persönlichen Auftrag hat anvertrauen können, ich sollte so feige sein, sie zu hintergehen? Habe ich wirklich so wenig Mut, dass ich ihr nicht einmal die Dankbarkeit erweise, die ich ihr schulde? Nein, so werde ich mich nicht verhalten! Verzeiht, edle Herrin, ich bin noch nicht sehr weit vorangekommen, Paris ist noch sehr weit weg, und niemand ist da, der mir helfen könnte, niemand, der mich ermutigt … Blanche!«, murmelte er plötzlich, »Blanche de Vauluisant.«

»Ich bin hier«, sagte eine Stimme.

»Ich fantasiere«, sagte sich Bertoul. »Blanche ist verschwunden. Sie war nicht mehr am Feuer, als … als was, ja was eigentlich? Der Mönch … die Händler …«

»Meine Herrin sagte mir, ich müsse Blanche de Vauluisant finden«, murmelte er wieder.

»Ich bin da«, wiederholte die Stimme. »Du hast eine ganz schöne Beule, aber du wirst dich schnell davon erholen.«

Er wusste überhaupt nicht mehr, was mit ihm los war. Wenn es so stand, war er schon im Paradies.

»Ich bin also tot«, hauchte er.

»Aber nein! Nur ziemlich benebelt. Sag, hörst du mich? Schlaf nicht wieder ein.«
Um ihn herum schwebte ein kräftiger Duft von frischen Kräutern und in seinem Kopf drehte sich alles.
»Das Buch …«, hauchte er.
»Es ist da, du bist darauf gefallen.«
Er spürte, dass er auf den Rücken gedreht wurde und dass man ihm sein Obergewand und sein Hemd hochschob.
»Es ist eine sehr gute Zubereitung«, sagte Blanche. »Ich habe sie selbst entwickelt. Es ist ein Kräuteraufguss, Arnika ist darin, Schafgarbe und natürlich Minze. Es wird schnell besser werden, du wirst sehen.«
Sie strich die Salbe auf seine Rippen und ließ sie einziehen. Dann kümmerte sie sich um seine Stirn, die neben der Beule geblutet hatte. Er fühlte sich schon ein wenig besser.
»Ich … ich muss … aufstehen …«
»Würdest du bitte aufhören, dich zu bewegen?«
Er bemühte sich, stillzuliegen und schaffte es endlich, seine Augen so weit zu öffnen, dass er sie betrachten konnte.
»Was tust du hier?«, fragte er, und es war, als käme er jetzt erst richtig zu sich. »Bist du zurückgekommen? Wie hast du mich wiedergefunden? Was machst du da eigentlich?«
»Ich pflege dich«, erwiderte sie in einem Ton, der keine Widerrede duldete. »Ich kenne mich sehr gut mit Kräutern aus. Du hast dich bei deinem Sturz verletzt. Es ist nicht sehr schlimm, aber du bist noch ein wenig betäubt.«
Sie half ihm, sich gegen einen Baum zu lehnen, und sein erster Impuls war, das Zauberbuch so schnell wie möglich im Sack verschwinden zu lassen.
»Du kannst dir die Mühe sparen, es zu verstecken«, sagte sie. »Ich weiß, was es ist. Nach allem, was gestern Abend passiert ist …«
Ja, in der Tat … es war etwas passiert … etwas Schlimmes! Blanche schob ein kleines Glasfläschchen in ihr Stoffbündel, dann setzte sie sich neben ihn.

»Verstehst du, wovon ich spreche?«, fragte sie.
Er schaute sie noch ein wenig verdutzt an.
»Der Mönch hat das Buch in die Höhe gehalten und aus den magischen Rezepten vorgelesen, erinnerst du dich jetzt?«
Bruchstücke von Bildern liefen vor seinem inneren Auge ab, seine Erinnerung kehrte langsam wieder.
»Und er wollte mich verbrennen«, ergänzte er. »Mein Gott, ich bin gerade noch mal davongekommen! Ich bin einfach geradeaus gelaufen, und plötzlich – ich weiß nichts mehr ... Und dir ist es gelungen, mich wiederzufinden?«
»Ich war einfach vorsichtig«, erklärte Blanche. »Ich hatte dich schon gewarnt und gesagt, dass ich diesen Mönch nicht mochte. Als ich sah, dass etwas schieflief, habe ich meine Sachen genommen und mich vom Feuerkreis entfernt. Alle waren ja so sehr mit dir und diesem Buch beschäftigt, dass niemand auf mich achtete.«
Sie seufzte. Für einen kurzen Moment sah sie sich wieder mit ihrem Bündel dem rettenden Dunkel entgegenlaufen, den Feuerschein hinter sich lassend, hilflos und mit klopfendem Herzen. Mit weit aufgerissenen Augen hatte sie noch einmal auf den Schauplatz zurückgeschaut, der von den Flammen erhellt war: Der Mönch schwang das Zauberbuch, Bertoul daneben, wie verloren und kopflos vor Schreck, der Anführer der Händler, der streng dreinblickte, all die anderen, erwartungsvoll gespannt.
»Verzeih mir«, sagte sie. »Ich habe nicht eingegriffen, ich hatte Angst, und in diesem Moment wusste ich einfach nicht, was ich tun sollte.«
»Es war völlig richtig von dir, dich davonzuschleichen«, fiel Bertoul ein. »Das war eine weise Entscheidung. Es hätte niemandem genutzt, wenn du versucht hättest, dich dazwischenzuwerfen. Und was ist dann passiert?«
»Danach? Ich sah, wie du deinen Sack an dich gerissen hast, dieses schöne Buch packtest, alle, die sich dir in den Weg stellten, zur Seite stießest und einfach losranntest, ohne nach links oder rechts zu blicken, hinein ins tiefste Dickicht des Waldes. Du bist schneller als ein

Hase gerannt, das kannst du mir glauben. Sie haben dich nicht lange gesucht und ich übrigens auch nicht. Der Mönch hat sie Gebete sprechen lassen, um die Geister von den bösen Einflüssen zu reinigen, die wir beide hinterlassen hätten. Dann sind alle schlafen gegangen, und morgens ist die Karawane, wie all die Tage zuvor, auf ihrem Weg weitergezogen, ohne sich um uns zu kümmern.«
»Aber du, Blanche, was hast du gemacht, nachdem du das Lager verlassen hattest?«
»Oh, ich war gar nicht weit von ihnen entfernt. Ich habe die Nacht zwanzig Schritte entfernt vom Lager verbracht, gut in meinen Umhang eingerollt, auf einem Bett aus Moos, es war ganz bequem, wirklich. Und als der Konvoi losgezogen war, habe ich mir vorgenommen, dich wiederzufinden, indem ich ungefähr der Richtung folgte, in die du verschwunden warst.«
»Aber du hättest dich hundertmal verirren können!«
»Ich habe dich laut gerufen, und du hast nicht geantwortet. Ich habe Zeichen gesucht, die mir verrieten, wo du vorbeigekommen bist, aber ich bin ziemlich ungeschickt in solchen Dingen, nicht so kundig wie die Jäger, die ihre Treibjagden veranstalten. Ich bin dahin und dorthin gewandert, ganz ziellos, und hatte das Gefühl, ich sei für immer verloren. Ich bin einfach immer weitergegangen. Nach allem, was passiert ist – jetzt auch noch verirrt und verloren. Ich wäre sogar beinahe von Eulen angegriffen worden.«
»Von Eulen?«
»Ja, sie drängten mich hier herüber, als ob sie nicht wollten, dass ich dort drüben weiterging. Das war sehr eigenartig. Mehrere Eulen haben sich mir auf diese Weise gezeigt, drei- oder viermal nacheinander. Und schließlich habe ich dich hier gefunden, mit dem Kopf auf dem Stein, verletzt. Ich habe gleich gesehen, dass du nicht tot warst, und außerdem hatte ich ja alles dabei, um dich zu behandeln. Du kannst mir glauben, ich habe dem Himmel gedankt.«
Mit einer spontanen Bewegung schlang sie einen kurzen Moment lang die Arme um Bertouls Hals und drückte ihm einen raschen Kuss auf die Wange.

»Au!«, rief er, denn sie war an seine schmerzenden Rippen gestoßen und hatte seine Stirn, die jetzt eine violette Beule zierte, berührt. Dennoch war er froh und er bedankte sich überschwänglich für alles, was sie für ihn getan hatte.
»Du bist wirklich sehr tapfer und hast viele Fähigkeiten. Bleiben wir weiter Verbündete?«
»Mehr denn je zuvor«, sagte sie lächelnd. »Ich muss nach Paris.«
»Und ich auch. Diese Karawane war ohnehin viel zu langsam für uns.«
»Viel zu langsam, das habe ich ja von Anfang an gesagt!«, bekräftigte sie fast fröhlich.
»Nun, dann haben wir ja gut daran getan, uns nicht an sie zu klammern.«
»Übrigens, wir sind noch nicht sehr weit von Flamincourt entfernt«, bemerkte sie. »Meine Brüder suchen mich sicher noch in der ganzen Umgebung. Wir müssen jetzt genau das tun, was wir uns schon vorgenommen hatten: nach Virelet gelangen, es kann nicht mehr weit weg sein. Das wäre eine gute Zwischenstation für uns, wir wären dort zumindest in Sicherheit.«
»Wie lange brauchen wir denn, um dorthin zu kommen?«
»Ich weiß nicht. Zwei bis drei Tage, nehme ich an.«
Sie erhoben sich, orientierten sich notdürftig an der Sonne und wandten sich gen Norden. Bald konnten sie einem Pfad folgen. Sie erblickten Kinder, die Reisigbündel sammelten und ihnen einen größeren Weg zeigten, der sie wahrscheinlich irgendwann nachmittags in die Richtung der kleinen Stadt Virelet führen würde, wo, wie man ihnen erzählte, gerade der große, alljährliche Markt stattfand.

Anweisung, die eigene Zukunft im Traum vorauszusehen

Stellt kleine Kugeln aus einer
Mischung von geronnenem Eselsblut
und dem Brustfett eines Wolfs her.
Verteilt diese Kugeln im Haus –
und in der Nacht werdet Ihr im Traum
sehen, was die Zukunft für
Euch bereithält.

22

»Bertoul, es gibt da etwas, das ich wissen möchte: Dieser Auftrag, von dem du mir nie erzählen willst, steht er im Zusammenhang mit diesem schönen Buch mit den merkwürdigen Anweisungen?«
Aha, sie hatte also ihre Neugier trotz all der unangenehmen Erlebnisse offenbar keineswegs verloren, sagte Bertoul zu sich.
»Du ahnst schon, dass ich dir nichts darüber sagen werde«, erwiderte er abweisend.
»Ich habe sehr wohl gesehen, dass es ein kostbares Buch ist«, fuhr sie fort. »Aber mach dir keine Sorgen, ich werde es dir nicht stehlen. Ich werde nicht einmal meine Nase hineinstecken. Übrigens, ich kann nicht lesen.«
»Wirklich? Du, ein adliges Fräulein?!«, wunderte sich Bertoul.
»Du sollst mich nicht so nennen!«
Er musste anerkennen, dass Blanche ihren Rang nicht zur Schau trug. Sie schien ihn ganz vergessen zu haben und zeigte ihm gegenüber nicht die geringste Verachtung oder Arroganz. Nie wäre sie auf die Idee gekommen, dass er ihr zu Diensten sein müsse, sie verlor kein Wort über seinen niederen Stand und klagte nie über die schwierige Situation, in der sie sich befanden. Trotz der Gefahr, von ihren Brüdern gefunden zu werden, war sie zu Bertouls großer Erleichterung nie die anstrengende Begleiterin, die er befürchtet hatte. Außerdem gab sie sich oft ironisch – Gott weiß, warum –, da die Lage, in der sie sich befanden, nicht gerade zum Spaßen war.
»Und wie stellst du es an, dass du dich an all die unzähligen Pflanzen erinnerst, wenn du nicht lesen kannst?«
»Ich kenne alle ihre Eigenschaften und ihre Kräfte auswendig, weißt du«, antwortete Blanche und zuckte mit den Schultern. »Wie jeder. Du kennst doch auch deine Musik und deine Lieder auswendig.«

»Aber ich kann lesen!«
»Wie die Mönche und die Geistlichen ...«
»... und die fahrenden Sänger«, vervollständigte er. »Und auch einige Adlige. Frau Hermelinde, sie konnte lesen.«
»Ich weiß! Oft sagte sie mir, dass ich es unbedingt lernen müsse«, erwiderte Blanche verlegen. »Denn ich sollte zahlreiche Dinge aus gewissen Büchern kennenlernen. Wenn ich ihr von meinem guten Gedächtnis erzählte, sagte sie, das sei zwar sehr gut, reiche aber nicht aus. Und wenn schon die Jungen unwissend bleiben wollen, auch wenn es ihnen noch so viel Gutes brächte, so sollten wenigstens die adligen jungen Damen lesen lernen.«
»Sie hatte recht«, sagte Bertoul belehrend.
Blanche warf ihm einen verblüfften Blick zu. Wie kam er eigentlich dazu, sich diese Kritik zu erlauben?
»Hast du das Buch von Hermelinde de Tournissan bekommen?«
»Du wirst es nicht erfahren.«
Eine längere Stille trat ein. Blanche wollte gerade eine weitere Frage stellen, da bot sich ihnen, als sie den Scheitelpunkt eines Hügels erreichten, unvermittelt ein weiter Ausblick über das Land.
»Das muss schon Virelet sein«, sagte sie überrascht und zeigte mit dem Finger auf die hellen Mauern der kleinen Stadt.
Bertoul seufzte erleichtert, als wäre das Erreichen Virelets gleichbedeutend mit dem Ende aller Gefahren.
»Ich bin froh, dass wir es bis hierher geschafft haben«, erklärte er. »Es sieht so aus, als herrsche an den Stadttoren sehr viel Betrieb. Eine Menge Menschen, die es nicht erwarten können, am Markt teilzunehmen.«
»Ich weiß nicht. Es ist zu weit weg, man kann noch nichts erkennen.«
»Doch natürlich, schau dir doch mal die Seiltänzer und die Kinder an, die überall herumlaufen!«
»Ich sehe nur undeutliche Massen von Leuten.«
»Dann schau genauer hin. Siehst du diesen Mann mit dem violetten Hut und den blauen Augen, mit seinem kleinen Jungen, der gerade einen Apfel isst?«

»Bertoul, du machst dich über mich lustig! Niemand kann aus dieser Entfernung einen Apfel oder sogar die Augenfarbe erkennen!«
Plötzlich riss Blanche die Augen auf und richtete sie nicht auf die Stadt, die er mit solcher Schärfe sah, sondern auf Bertoul selbst.
»Bertoul, es scheint mir, als verfügtest du über eine besondere Gabe! Ich glaube, du hast etwas von … von …«
Mit angehaltenem Atem hörte sie auf zu sprechen, als kreisten ihre Gedanken mit höchster Geschwindigkeit um eine ungewöhnliche Erscheinung. Dann rief sie aus:
»Bertoul, hat Frau Hermelinde dir gegenüber nie verlauten lassen, dass sie dich mit einem Zauber belegt hat?«
»Was meinst du damit?«, stammelte er.
Sie fragte ihn weiter aus:
»Siehst du irgendwelche Ameisen auf diesem Baum, zwanzig Schritt von uns entfernt?«
Er warf einen kurzen Blick darauf.
»Natürlich. Man sieht sogar ihre sechs kleinen Beine, die Spitzen ihrer Fühler, die sich bewegen, und …«
»Bertoul, du musst es mir sagen: Hat Hermelinde de Tournissan etwas an dir ausprobiert?«
Sie wirkte sehr erregt und drängte ihn zu antworten, während sie ihn am Arm schüttelte.
»Aber was redest du denn da?«, sagte er in so gleichgültigem Ton wie möglich. Dennoch war er verwirrt und wandte den Blick ab.
»Ich bin in das Geheimnis eingeweiht, weißt du«, insistierte sie.
»Welches Geheimnis? Ich verstehe überhaupt nichts von dem, was du da sagst«, versicherte er eigensinnig.
»Bertoul, du verstehst mich sehr gut, leugne es nicht. Sie hat dich mit einer magischen Fähigkeit beschenkt.«
Bertoul zuckte mit den Schultern und drehte Blanche den Rücken zu, damit sie seine Verwirrung nicht sah. Doch sie fuhr unbarmherzig fort: »Sie wusste unglaublich viele Dinge …«
»Selbstverständlich«, brummte Bertoul. »Sie war außerordentlich gelehrt.«

»Sie wusste um das, was nicht in den normalen Büchern stand. Geheimnisvolle Dinge. Wie man Wunder vollbringt und derartiges.«
»Das ist lächerlich«, sagte er wütend und drehte sich mit einem Ruck um.
»Du musst nicht zornig werden, Bertoul. Offensichtlich hast du von ihr eine besondere Gabe erhalten: Du kannst im Dunkeln sehen, du kannst Dinge, die sehr weit weg oder sehr klein sind, in allen Einzelheiten erkennen. Sie hat dir die Gabe der Scharfsichtigkeit zugutekommen lassen.«
»Ach was, ich sehe so gut wie jeder«, protestierte er.
»Nein, Bertoul, du hast eine außergewöhnliche, außerordentlich feine Sehkraft.«
»So etwas Albernes habe ich noch nie gehört«, sagte er verärgert.
»Du bist Frau Hermelinde gegenüber ziemlich undankbar«, machte Blanche weiter. »Sie hat dir eine seltene Gabe geschenkt. Ich wundere mich nur, warum sie dir nichts davon erzählt hat. Hatte sie vielleicht keine Zeit mehr dazu?«
In seiner Verwirrung begann Bertoul, mit einem Stock auf die Brombeeren und Blätter in ihrer Nähe einzuschlagen.
»Du willst es nicht hören, Bertoul. Aber das macht nichts, ich werde dir trotzdem sagen, was ich über die edle Frau weiß.«
»Sie war nichts anderes als einfach die gute Herrin von Tournissan!«
»Sie war eine Frau von großer Weisheit, in allen Künsten der Magie bewandert, und sie verfügte über geheimnisvolle Kenntnisse.«
»Du bezeichnest sie als Hexe?«
»Ich habe nicht von Hexerei gesprochen«, erwiderte Blanche scharf. »Aber die Welt ist nicht nur so, wie sie aussieht: Es gibt viele Geheimnisse um uns herum. Du weißt das, nicht wahr?«
»Ich will nicht verwünscht sein! Sprich nicht mehr davon.«
»Wie viele Bänder sind an dem violetten Hut, von dem du gerade gesprochen hast?«
»Zwei«, antwortete er prompt, nachdem er einen kurzen Blick auf den Mann geworfen hatte.
»Niemand kann das auf diese Entfernung sehen«, wiederholte

Blanche. »Du hast das besondere Glück, dass sie deine Sehkraft verbessert hat. Sie hatte ein Buch dafür, für diese Experimente und Geheimnisse.«

Und dann hatte Blanche eine Eingebung.

»Es ist *ihr* Buch, das du da hast! *Ihr* Buch mit dem Rubin!«

»Nein!«, wiederholte er, und nun schrie er fast.

Sie baute sich vor ihm auf.

»Bertoul, hat dir Frau Hermelinde irgendwann einmal etwas von Eulen oder Käuzen erzählt?«

»Gar nichts«, sagte er mit irritierter Stimme.

»Eulen sehen nachts. Sie haben die durchdringende Sehkraft der Raubvögel, auch in totaler Finsternis. Wirst du von Eulen beschützt, Bertoul? Sind es deine Freunde? Kreisen sie manchmal über dir?«

Bertoul war völlig irritiert. Woher konnte sie das wissen? Aufgeregt lief er im Kreise herum, auf dem Hügel oberhalb von Virelet, während sie ihn quälte, um einer Wahrheit auf die Spur zu kommen, die er selbst nicht akzeptieren wollte.

Er konnte kaum atmen, denn es war tatsächlich so. Blanche hatte völlig recht, er konnte es nicht länger leugnen: Er hatte nicht dieselbe Sehschärfe wie andere Menschen. Er erinnerte sich, dass er es in Tournissan spaßig gefunden hatte, die Hasen, die weit weg an den Schlossmauern herumsprangen, zu erspähen; Calament hatte eine Bemerkung gemacht, dass er eine ausgesprochen feine Sehkraft habe, Doette bat ihn, die Nadeln wiederzufinden, die zwischen die Bodendielen oder ins Stroh geglitten waren, und er fand sie jedesmal ohne Schwierigkeiten, und Nicolet behauptete, dass er quasi ohne Fackel lesen könne, nur beim Schimmer der Sterne.

»Mein Gott«, murmelte er und fuhr sich dabei mit der Hand über die Stirn.

»Ich habe recht, nicht wahr? Ja, ich habe recht. Ich sehe es dir an. Auch du zweifelst jetzt nicht mehr.«

»Ich bin verwünscht«, sagte er. »Ich bin verhext.«

»Hab keine Angst, Bertoul. Ist dir nicht klar, dass Frau Hermelinde dir ein wertvolles Geschenk gemacht hat?«

»Ich weiß nicht«, sagte er verwirrt und ließ damit erkennen, dass er im Begriff war, seine Haltung zu ändern. »Ich bin verdammt. Das ist Hexerei.«

»Nein, Bertoul, sie hat deine natürliche Sehkraft verbessert, die an sich schon ziemlich gut gewesen sein muss. Sonst hätte Gott es nicht zugelassen. Sie war eine große Weise, keine Hexe. Sie lobte Gott jeden Tag, dass er ihr so reiche Kenntnisse geschenkt hatte. Sie war eine gute Christin, und ich bin es auch.«

»Was willst du damit sagen?«

»Sie hat begonnen, mir einige Dinge beizubringen. Als Erstes über die Kräuter.«

»Also deshalb hast du sie bei dir.«

»Ich kenne mich gut mit Kräutern und ihren Eigenarten aus, ich weiß, was man mit ihnen bewirken und wie man mit ihnen heilen kann.«

»Oder vergiften oder verhexen und Unheil bringen!«

»Ja, ich weiß auch das, aber ich werde es nicht tun. Niemals, denn mein Seelenheil steht auf dem Spiel.«

»Das sagt man so.«

»Bertoul, zweifelst du immer noch daran, dass ich aufrichtig bin?«

»Nein«, sagte er schließlich. »Ich kenne dich jetzt. Ich weiß, dass du ein gutes Mädchen bist. Doch all das macht mir Angst. Du hast Macht ...«

»Nein, Kenntnisse. Sie hatte gerade begonnen, mich zu unterweisen.«

»Hat sie nicht weitergemacht?«

»Meine Mutter starb und mein Leben veränderte sich völlig durch meine Brüder. Und dann war ich nachlässig. Sie hatte mich so oft aufgefordert, mich anzustrengen. Ich bereue es jetzt, zum Beispiel dass ich unterlasse habe, lesen zu lernen.«

Bertoul war erleichtert, weil sie, auch wenn sie die Gelegenheit finden würde, einen Blick ins Innere des Zauberbuchs zu werfen, die Anweisungen darin dennoch nicht entziffern konnte – für sie würden es nichts sagende Zeichen bleiben.

»Eines Tages werde ich dich bitten, es mir beizubringen«, brachte sie im selben Moment vor.
Oh nein! Das würde die Situation allerdings ändern …
»Es ist ja nicht so, dass ich mich weigere«, sagte er, nachdem er einen Moment lang überlegt hatte, »aber glaubst du, dass wir den Kopf für solche Beschäftigungen frei haben? Wir müssen so schnell wie möglich weiterkommen. Komm jetzt, lass uns nicht länger warten und nach Virelet aufbrechen.«
»Du hast recht«, lenkte sie ohne Widerrede ein. »Und dann könnten wir uns in Virelet ein wenig auf dem Markt amüsieren.«
Er warf ihr einen verwunderten Blick zu: Hatte sie denn schon vergessen, dass dort Gefahr auf sie lauern könnte?
»Ich weiß schon, was du denkst«, bemerkte sie. »Aber um unerkannt zu bleiben, dürfen wir nicht so aussehen, als hätten wir es eilig. Wir können ja so tun, als beteiligten wir uns an all dem Trubel, wir können bei den Spielen und bei den Schaubuden herumtrödeln, du könntest singen.«
»Kommt gar nicht in Frage, ich werde mich hüten, die Aufmerksamkeit auf mich zu lenken!«
»Gut, dann singst du eben nicht. Aber wir haben in den letzten Tagen keinerlei Bedrohung erlebt. Meinst du nicht, wir können ein wenig in unserer Wachsamkeit nachlassen? Wir werden wie zwei gute Freunde sein, die den Akrobaten zuschauen, Spaß an den dressierten Tieren haben und dann ruhig weiterziehen, nachdem wir ein Pferd gekauft haben. Wenn wir so aussehen, als würden wir verfolgt, bedrängt und verdächtigt, glaub mir, wir würden früher oder später die Aufmerksamkeit auf uns ziehen und jedermann würde sich an unsere Gesichter und unser Aussehen erinnern.«
»Du hast recht«, sagte er überzeugt.
Also schulterten beide wieder ihre Bündel und stiegen dann leichten Schrittes den Hügel hinab, in den heiteren Trubel von Virelet.

Eine weitere Anweisung zur Erlangung der Liebe eines Menschen

Klebt an das Kopfende des Bettes
der Person, von der Ihr geliebt
zu werden wünscht,
dem Kopf so nah wie möglich,
ein Stück unbenutztes Pergament,
auf welches Ihr schreibt:
»Michael, Gabriel, Raphael,
bewirkt, dass .....
für mich eine ebenso große Liebe
empfinde wie ich für sie/ihn.«
Die betreffende Person wird nicht
einschlafen können,
ohne an Euch zu denken,
und bald wird die Liebe in
ihrem Herzen aufkeimen.

23

Frau Mahaut de Fougeray war eine sehr vornehme Schlossherrin, würdig und vom Adel der Umgebung äußerst geschätzt. Die freie Stadt Virelet hatte sie ehrerbietig gebeten, die Schirmherrschaft über das Turnier zu übernehmen, das am ersten Abend des großen Marktes stattfinden sollte. Und sie hatte eingewilligt. So begab sie sich mit ihrem Ehemann Audouin de Fougeray, der aufgrund seines Alters nicht mehr an den Kämpfen teilnehmen konnte, mit ihren Töchtern, ihrer Sippschaft und dem ganzen Gefolge zum Fest. Einige der jungen Leute, die alt genug waren, hatten sich als Teilnehmer am Wettkampf eingetragen. Außerdem war es ein gutes Tapferkeitstraining auch für den Krieg. Die Edelfräulein hatten sich jeweils einen Kämpfer auserwählt, dem sie ein Band, einen Schal oder ein Tuch in den zu verteidigenden Farben übergeben würden.

Das ganze Haus des Barons bereitete sich aufgeregt auf dieses Freudenfest vor, das die missglückte Hochzeit von Flamincourt vergessen machen würde, die Sache mit der nicht auffindbaren Braut und ihrem beleidigten und wütenden Bräutigam.

Raoulet fragte sich, ob ihm sein Herr wohl die Erlaubnis erteilen würde, einige Lanzen zu brechen. Er hatte mit Griffon geübt, und einige gemeine und geschickte Hiebe und Stiche konnte er sicher ausführen, was ihm vielleicht eine Handvoll Siege eintragen würde. Und als Preis, lachte er höhnisch, würde vielleicht das eine oder andere Mädchen, das so dumm war, die Waffenknappen zu bewundern, die sich so gut schlugen, für ihn schwärmen.

Im Moment war Raoulet de Mauchalgrin allerdings weniger den Damen zu Diensten als seinem Herrn. Er bereitete das Pferd seines Ritters, den Schild, seine Prunkwaffen und das Waffenhemd in den Farben derer von Fougeray vor.

Das Gefolge machte sich auf den Weg, und er hatte die Ehre, Audouin de Fougeray mit nur zwei Schritten Abstand folgen zu dürfen und somit der Erste des Geleits zu sein. Vom Rücken seines Braunen aus musterte er mit erhobenem Kopf die umliegende Landschaft, die Zügel nachlässig in der linken Hand haltend und die Stange mit dem Banner seines Herrn fest gegen den Sattel drückend. Gegen Mittag näherte sich der Zug Virelet und kam durch das Nordtor, wo er von den Honoratioren der Stadt empfangen wurde. Der Baron und seine Frau wurden zum Rathaus geführt, wo sie den Anfang des Ritterspiels erwarteten, das am Abend bei Fackelschein stattfinden sollte. Die Diener und Waffenknappen hatten freie Zeit zur Verfügung, um sich ein wenig in der Stadt zu tummeln.
Raoulet war fest entschlossen, die Gelegenheit zu nutzen. Man kann nie wissen, was man entdeckt, wenn man seinen Blick schweifen lässt. Auf ein Zeichen hin stieß Griffon le Réchin, der dem Zug der Fougerays mit dem Dienstvolk gefolgt war, zu ihm und begleitete ihn bei seinem Gang durch die Stadt.

Die Brüder Flamincourt waren bereits seit zwei Tagen Gäste einer Herberge der Unterstadt von Virelet. Sie hatten sich betrunken, hatten ihre zwölf Taler beim Spiel eingesetzt, und so viel gewonnen, bis sie hundert Taler zusammen hatten. Dann aber wendete sich das Blatt, bis ihnen schließlich nur noch acht geblieben waren. Das Geschäft lief also im Moment eher schlecht. Doch hatten sie noch zahlreiche Gelegenheiten, ihre Barschaft wieder zu vergrößern: Um sie herum fielen die Würfel mit knöchernem Geräusch auf die Tische und Holzdielen oder gar auf die blanke Erde.
Die Gebrüder hatten beschlossen, im Freien vor der Herberge zu spielen, auf dem Deckel eines leeren Fasses. Gaubert, Gauderic, Gautier und Gaudefroi umwarben die Unentschlossenen mit ihrem ansprechenden Äußeren, ihrem breiten Lächeln, ihrer guten Laune und einem Schoppen Cidre, mit dem sie darauf spekulierten, die Dummköpfe zu bewirten. Dazu ließen sie in der flachen Hand die Würfel hüpfen, um zu erkennen zu geben, worauf sie aus waren. Und

tatsächlich drängte sich bald eine kleine Schar von Spielern um sie, während der Markt in den Straßen, den Gassen und auf den großen und kleinen Plätzen von Virelet schon in vollem Gange war.

Als sie zum Südtor der Stadt, dem »Tor der Armbrustmacher«, kamen, nahm Bertoul demonstrativ seine Fidel in die Hand und Blanche das Tamburin.

»Singt doch für uns, gute Freunde«, sagten die Wachposten im Innern des Tores, »und ihr werdet, wie es Brauch ist, in unsere hübsche Stadt eintreten, ohne Zoll zu bezahlen!«

Bertoul lächelte und strich mit seinem Bogen die Saiten, Blanche machte eine kleine Verbeugung und schlug mit den Fingerspitzen auf das gespannte Fell. Sie stimmten eine mitreißende Melodie an, und Bertoul sang ein Tanzlied, dass es bald allen, die darauf warteten, in die Stadt zu gelangen, in den Beinen zuckte. Man warf ihnen sogar einige Münzen zu, die sie aufsammelten. Genug, um sich Fleisch und kleine Honigwaffeln kaufen zu können.

»Bravo!«, sagte der Hauptmann der Wache, als die Musik aufhörte. »Ihr habt euch einen schönen Tag bei uns verdient!« Er zeigte mit einladender Geste auf den Torbogen, um ihnen den Weg zu weisen.

Bertoul und Blanche hielten ihre Instrumente noch in der Hand und zogen gemeinsam durch das Tor, mit weit aufgerissenen Augen angesichts der reichen Verkaufsstände, der angebotenen Zerstreuungen, den Ständen mit Zuckerwaren, den Gerüsten und Bühnen, wo alle Arten von Vorführungen auf Kundschaft warteten.

»Hübsch ist es hier! Und so einladend!«, rief Bertoul aus, der außer den Festen von Tournissan nichts Vergleichbares kannte. Es war das erste Mal, dass er eine Stadt betrat. Er ließ seinen neugierigen Blick überall herumschweifen und genoss es umso mehr, als er nun um seine außerordentliche Sehschärfe wusste.

»Wir müssen den Pferdemarkt finden«, sagte Blanche. »Wenn wir erst einmal ein Reitpferd haben, werden wir das Fest besser genießen können.«

Bertoul probierte seine neu entdeckte Fähigkeit aus: Er ließ einen langen aufmerksamen Blick über alles schweifen, was sich ihnen darbot.
»Da drüben ist es«, sagte er und zeigte auf eine weit entfernte Ecke.
»Glaubst du?«
»Ganz sicher.«
Der Pferde- und Tiermarkt lag in einiger Entfernung fast vollständig hinter Palisaden verborgen, aber Bertoul hatte ihn in Sekundenschnelle erspäht. Er zog Blanche mit eiligen Schritten dorthin, während er ab und zu träge Passanten, unbekümmert herumirrendes Federvieh und Kinder anrempelte, die heiße Brote herumschleppten.
Blanche holte verstohlen aus dem Innersten ihres Bündels einen feinen Goldring mit einem eingefassten Topas hervor und legte ihn in ihre Handfläche. Sie zeigte ihn Bertoul, der ihn für einen Tausch viel zu schön fand, doch sie überging seine Einwände.
»Er ist nicht so viel wert. Mal sehen, was man uns dafür bietet.«
Sie schauten sich die zum Verkauf stehenden Pferde an und Blanche prüfte sie sorgfältig, bevor ihr Auge auf eine kräftige, schöne, weißgrau gescheckte Stute fiel. Es war kein feines und feuriges Ross, eher eines von der robusten Sorte, wie sie die reichen Bauern für ihre Karren oder ihre Feldarbeit kauften oder Händler mit ihren Wagen voller Wunderdinge. Bertoul fühlte sich nicht ganz wohl.
»Bist du sicher, dass du dich von diesem Schmuckstück trennen willst? Dem Verkäufer könnte es verdächtig vorkommen. Und übrigens …«
»Lass mich nur machen«, sagte Blanche.
Sie näherte sich dem Pferdeverkäufer. Der Händler machte nicht den Eindruck, als wunderte er sich, dass ein so junges Mädchen einen schönen Ring im Tausch für ein Pferd bot.
Nach wenigen Minuten war der Handel vollzogen, und Blanche führte das Pferd am Halfter zu Bertoul.
»Für den Ring habe ich sogar noch den Sattel, die Steigbügel und das Zaumzeug dazu bekommen. Bitte sehr, du kannst deinen Sack daranhängen, ich mache meinen auch daran fest.«

Sie schien sehr zufrieden zu sein. Nach anfänglichem Zögern knüpfte Bertoul schließlich seinen kostbaren Sack, in dem er die Fidel und das Tamburin wieder verstaut hatte, am Sattelknauf fest. Beide Bündel hingen schließlich dort, und niemand hätte geahnt, welche Schätze sie verbargen. Sie verließen die Einzäunung des Pferdehändlers und zogen mit ihrer neuen Errungenschaft am Halfter davon. Blanche gab ihr unverzüglich den Namen *Wolke*, wegen der Farbe ihres Fells und ihres verträumten Blickes.
»Wie kannst du sagen, dass ein Pferd verträumt aussieht?«, sagte Bertoul kopfschüttelnd.
Er streichelte es zwischen den Ohren, während Blanche begann, seinen Hals zu kraulen.
»Du brauchst nur einmal ihre sanften Augen zu betrachten ...«
»Schau, da ist ein Glücksrad!«, unterbrach Bertoul sie, als er ein großes Holzrad erblickte, das ein Gaukler am Ende der Straße zum Drehen brachte.
Sie näherten sich neugierig und brachen ihre Diskussion ab.
»Kommt, junge Damen, freundliche gnädige Herren, kommt, und versucht euer Glück am großen Rad des Lebens! Tretet näher, um das Schicksal kennenzulernen, das das Leben für euch bereithält! Schöne Jünglinge, stolze Knaben und ihr Verliebten, lasst das Rad sich drehen! Lernt eure Zukunft kennen – für nur drei Denare!«
Der Gaukler rief mit gewaltiger Stimme, während ein Helfer, der als Bär verkleidet war, das Rad mit kraftvoller Tatze in Bewegung setzte. Es war so groß wie ein erwachsener Mensch und drehte sich fast geräuschlos um eine gut geölte Achse, man hörte nur ein gleichmäßiges Schnurren.
Die riesige Scheibe mit ihren lebhaften und fröhlichen Farben war in zwölf Abschnitte unterteilt und sorgfältig mit symbolischen Szenen verziert, die die Episoden des Lebens mit seinen Freuden und Unannehmlichkeiten darstellten. Das gesamte Rad war von kleinen Löchern übersät.
»Du da, willst du wissen, ob das Schicksal dir zulächelt?«
»Ich?«, fragte Bertoul.

»Natürlich, du!«, sagte der Gaukler ironisch. »Wer denn sonst?«
»Los!«, sagte Blanche und schubste ihn nach vorn.
»Gut, nimm diesen Bogen, mein Jüngling«, fuhr der Schausteller fort. »Stell dich zehn Schritte von hier auf und schieß einen Pfeil auf die Scheibe, die Martin, der Bär, jetzt drehen wird.«
Bertoul schob seine Ärmel zurück, spannte den Bogen und schoss den Pfeil ab, sobald das Schicksalsrad eine gewisse Geschwindigkeit erreicht hatte. Er bohrte sich zitternd ins Holz. Der Gaukler hielt das Rad an. Der Pfeil war in einem nachtblauen Bereich stecken geblieben, der von Sternen begrenzt wurde. Man sah einen griesgrämigen Alten, der eine Sense schwang, einen Wald im bleichen Licht des Mondes, einen finsteren Turm mit vergitterten Schießscharten, einen schleichenden Wolf und einige fliegende Eulen.
»Wie seltsam«, murmelte Bertoul.
»Ah, ein schlechtes Zeichen, mein Junge! Dein Pfeil ist von Saturn beherrscht, traurig, einsam, ein Bote des Unheils. Das Leben hält für dich ein finsteres Turmverlies bereit oder schlaflose Nächte – auf jeden Fall Schatten und Nacht. Die Eulen ziehen das Unheil an, auch der Wolf ist ein Unglück bringendes Tier. Es sind Zeichen der Trübsal und des Unheils. Es tut mir leid für dich.«
»Nein«, fuhr Blanche dazwischen. »Die Nacht ist kein Zeichen des Unheils. In der Nacht bereitet man den nächsten Tag vor, in der Nacht wachsen die Pflanzen wieder, in der Nacht betet man in den Klöstern, in der Nacht backt der Bäcker sein Brot, nachts arbeiten die Weisen an ihren Zauberbüchern. Die Eulen befreien uns von den Ratten und die Wölfe von den Kadavern toter Tiere. Und das Gefängnis ist der Ort, an dem das Unheil, das ihm droht, eingeschlossen wird, sodass es nicht mehr herausgelangen kann. Dieses Omen ist ein gutes Zeichen!«
Na, was für ein Vortrag, dachte Bertoul, erstaunt über so viel Feuer, und dies alles um seinetwillen.
Der Gaukler lachte über ihren wonnigen Optimismus.
»Ah, da haben wir einmal ein junges Fräulein, das gut nachgedacht hat! Doch es ist, abgesehen von den Wölfen und Eulen, ebenfalls

nachts, wenn die Dämonen und Hexen erscheinen, die Räuber herumschleichen und der Verurteilte auf sein letztes Stündchen wartet.«
»Danke für die Prophezeiung«, sagte Bertoul, während er die vor kurzem gewonnenen Geldstücke in die Hand des Gauklers legte. »Ich habe keine Angst vor der Nacht. Ich liebe die Sterne. Die Weissagung wird mir zum Wohle sein.«
»Nun bin ich dran!«, sagte Blanche, während sie von einem Bein aufs andere hüpfte.
Sie ergriff Pfeil und Bogen, bat darum, das Rad zu drehen, und schoss ohne langes Zögern den Pfeil ab. Er blieb in einem Bereich stecken, in dem eine Frau mit langen, wehenden blonden Haaren in einem roten Kleid stehend eine Kiste hielt, während ihr zu Füßen ein Mann kniete, von dem man nur den Rücken sah. Man wusste nicht, wer wem die Kiste gab. Die Kulisse war die eines Saales in einem Schloss mit schwarz-weißen Dielen, schönen Möbeln und edlen Tapeten.
»Die Dame, die ihr hier seht, ist die Vorsicht«, sagte der Mann mit der gewaltigen Stimme. »Ihr seht, dass sie die Kiste, die ihr der Mann hinhält, nicht öffnet, da sie nicht neugierig ist, wie es Frauen normalerweise sind. Falls sie sie öffnen würde – wer weiß, was da an Bösem herauskommen würde? Hübsches Fräulein, das Schicksalsrad rät Euch, nie neugierig zu sein und genau das zu tun, was Euer Vater Euch rät oder was Euer Ehemann Euch befiehlt. Wenn Ihr so taktvoll und folgsam seid, werdet Ihr reich werden und in einem schönen Haus wohnen.«
»Das glaube ich nicht«, mischte sich Bertoul nun seinerseits ein. »Die Dame ist die Großzügigkeit selbst. Sie gibt dem Ritter zu ihren Füßen ihr Kostbarstes. Vielleicht ist es ja sogar ihr Herz.«
»Oder es ist so, dass der Ritter der Dame ein wertvolles Geschenk oder sein Herz gibt«, fügte Blanche hinzu.
Beide fingen sie an zu lachen.
Der Gaukler brummte verstimmt: »Wenn ihr die Zeichen des Schicksals besser deuten könnt als ich, dann weiß ich nicht, warum

ihr eure Pfeile abgeschossen habt! Doch ihr werdet ja sehen … Ihr werdet schon sehen …«
Bertoul und Blanche amüsierten sich über die betretene Miene des Mannes, als Bertoul das Lachen plötzlich im Halse stecken blieb. An einer Ecke des Platzes erschien in diesem Moment Raoulet de Mauchalgrin, ihm folgte mit zwei Schritt Abstand der stets gegenwärtige Griffon le Réchin.
»Raoulet!«, hauchte Bertoul.
Blanche war ebenfalls betroffen stehen geblieben. Vom anderen Ende des Platzes kamen die vier Brüder Flamincourt, müde vom Würfelspiel, bei dem sie bis auf eine Handvoll Münzen alles verloren hatten, mit denen sie sich gerade noch die Zukunft voraussagen lassen konnten.
»Meine Brüder!«, rief Blanche entsetzt.
Sowohl die einen als auch die anderen hatten die beiden Flüchtigen ebenfalls erblickt. Sie näherten sich ihnen von beiden Seiten, ohne zu wissen, dass sie sie dadurch in die Enge trieben. Bertoul ergriff Blanche, die ihr Pferd am Zügel festhielt, bei der Hand, um Raoulet zu entkommen, doch so liefen sie geradewegs den Brüdern Flamincourt in die Arme.
»Nicht da entlang!«, rief Blanche aus und sträubte sich. Aber es war bereits zu spät. In dem dichten Gedränge um sie herum war an ein schnelles Entkommen nicht zu denken – und im nächsten Augenblick war es um sie geschehen. Gaubert und Gauderic ergriffen Blanche bei den Armen und rissen ihr die Haube vom Kopf, während Gautier und Gaudefroi Bertoul zwischen sich nahmen.
»Was für ein Glück, dich hier wiederzufinden, hübsches Schwesterlein!«
»Trotz deiner geschickten Verkleidung!«
»Und deinem Komplizen, der dir geholfen hat …«
»… und den wir schnellstens hängen werden.«
»Ein schönes Spektakel, um dein Hochzeitsfest zu beschließen. Josce de la Bordonne, dein Bräutigam, wird diese Aufmerksamkeit zu schätzen wissen!«

Die vier Brüder nahmen ihre Gefangenen in ihre Mitte. Raoulet biss sich auf die Lippen, als er von Weitem machtlos der Gefangennahme Bertouls zusehen musste. Er zog sich leise zurück, ohne sich bemerkbar zu machen und den einen Gefangenen einzufordern. Es war ihm zu riskant, es mit diesen vier kraftstrotzenden Gegnern aufzunehmen, die sich ihre Beute nicht so leicht wegnehmen lassen würden.
»Da finde ich ihn endlich und kriege ihn doch nicht zu fassen! Ich muss mir dringend einen Vorwand ausdenken. Rasch, Griffon, sag, was soll ich tun?«
»Mmmh …«, sagte Griffon zweideutig.
»Ich könnte ihnen folgen und den Dienst bei Baron Audouin unterbrechen, doch damit würde ich mir eine Menge Ärger einhandeln. Ich werde erst morgen heimkehren und vorgeben, ich hätte mich verirrt. Was hältst du davon?«
»Mmmh«, wiederholte Griffon.
»Gut, du hast recht, wir werden ihnen aus einiger Entfernung folgen, nur schade um das Turnier heute Abend.«
Währenddessen wehrten sich Blanche und Bertoul, doch sie hatten keine Chance.
»Lasst ihn los!«, rief Blanche aus. »Ich kenne ihn nicht einmal!«
»Und er hielt dich an der Hand? Wem willst du das weismachen?«
»Du hast dich von einem Bauernlümmel entführen lassen! Du hast dein Blut und deinen Rang verleugnet!«
»Ist das eines adligen Mädchens würdig? Du gehörst bestraft.«
»Aber keine Sorge, wir werden nett und mehr als großmütig sein, trotz deines Vergehens und deiner Unverschämtheit gegenüber deinem Bräutigam.«
»Morgen wirst du verheiratet, und den Bauernflegel hängen wir zwischen der Vermählung und dem Festmahl auf. Danach reden wir nicht mehr davon.«
»Sträub dich nicht länger, es hat keinen Zweck.«
»Los, wir holen unsere Pferde. Die beiden können zu Fuß gehen. Und sie werden die Nacht in unserem Turm von Anzat verbringen, der liegt nicht weit von hier.«

»Wir werden dort schon ein Verlies finden.«
Gesagt, getan. Vier Pferde erschienen, die beiden Gefährten wurden zwischen die Reittiere gezwängt, und die kleine Schar verließ die Stadt Virelet. Raoulet de Mauchalgrin und Griffon le Réchin folgten ihnen mit einigem Abstand, ihre Pferde am Zaum führend.
Wolke war verschwunden.

Anweisung, jedes Fieber zu heilen

Tötet einen Wolf und
nehmt ihm das rechte Auge heraus.
Legt dieses Auge in ein Gefäß mit Salz.
Das Auge, so zubereitet und mit
einem Verband an den Arm gebunden,
heilt jedes Fieber.

24

Von den vier Brüdern Flamincourt in die Mitte genommen, die aufgrund ihres überraschenden Fangs plötzlich wieder recht munter waren, begann für Blanche und Bertoul ein langer und ermüdender Marsch auf holprigen Geröllwegen, auf denen sie sich mehr als einmal die Knöchel verstauchten.
»Der Bärenmann hatte recht«, schimpfte Blanche. »Wenn ich nicht so neugierig auf meine Zukunft gewesen wäre, hätten wir nicht so viel Zeit vor dem Schicksalsrad vertrödelt und wären jetzt schon über alle Berge.«
Bertoul dachte mit zusammengebissenen Zähnen und geballten Fäusten daran, dass er seinen Auftrag verfehlt hatte. Er hätte viel darum gegeben, zu wissen, wo sich das Zauberbuch jetzt wohl befand. Der alte Magier würde es nie erhalten, und somit würde der guten Frau Hermelinde nie verziehen werden. Ganz davon zu schweigen, dass er, Bertoul, sich da etwas Schönes eingebrockt hatte. Das Schicksalsrad, das ihnen durch die Stimme des Gauklers Traurigkeit und Unheil vorhersagte, hatte sich also doch nicht geirrt. Aber Bertoul hatte nicht die Absicht, sich geschlagen zu geben – jetzt allerdings galt es vor allem anderen, seine Haut zu retten.
»Fürchte dich nicht«, murmelte er Blanche zwischen den Zähnen zu. »Wir werden schon einen Ausweg finden.«
Dennoch konnte er es nicht lassen, sich von Zeit zu Zeit an die Kehle zu fassen; er glaubte, dort schon das Seil zu spüren, das man ihm um den Hals legen wollte.
»Du kennst sie nicht«, murmelte Blanche. »Sie sind Wilde.«
»Wir werden da schon irgendwie herauskommen«, versicherte Bertoul ihr im selben Ton. »Es sind schließlich deine Brüder! Vielleicht gelingt es dir ja, sie zu besänftigen.«

»Sei dir da nicht so sicher, wir haben gar nichts gemeinsam«, sagte Blanche mit einer gewissen Verachtung in der Stimme. »Wenn du wüsstest, was sie wert sind, oder vielmehr, was sie nicht wert sind! Du hast sie ja gehört.«
»Ein Grund mehr, einen Weg zu finden, so schnell wie möglich das Weite zu suchen.«
Ihre gedämpfte Unterredung zog schließlich die Aufmerksamkeit auf sich.
»Jetzt schaut euch an, wie dieser fesche Bauernlümmel so charmant mit unserer Schwester herumschäkert«, lachte Gautier de Flamincourt laut.
»Und wie nett unsere Schwester Blanche ihm antwortet«, fuhr Gauderic fort.
»Unsere Schwester? Diese Bäuerin im Leinenhemd, diese schmutzige und unfrisierte Rotznase? Ihr macht wohl Witze!«
»Sie zieht also einen einfachen Herumtreiber einem adligen Herrn vor!«
»Zum Glück haben wir mehr Verstand als sie!«
»Und wir werden ihr die Augen öffnen und sie standesgemäß verheiraten!«
Sie machten sich noch lange über Bertoul und Blanche lustig, die unablässig stolperten und sich in trotziges Schweigen hüllten. Mit ihren Späßen hörten sie erst auf, als die kleine Schar eine triste und morastige Ebene erreichte, auf der kaum erkennbare Wege wasseraderngleich ein kompliziertes Geflecht bildeten, aus dessen Zentrum der Turm von Anzat ragte. Dieses alte, verfallene Gebäude war einem einzigen bewaffneten Wachposten überlassen und gehörte seit acht Generationen der Familie Flamincourt. Beinahe ebenso lange war es weder gepflegt noch renoviert worden, Efeu überzog die Mauern mit schweren Kletterranken, die die Beschädigungen der Zinnen, die wie hohle Zähne wirkten, vertuschten.
»He, Maugier!«, rief Gaubert aus, als er am Tor, das mit einem doppelten Fallgatter versehen war, ankam. Ein Auge erschien im Guckloch.

»Ah, die jungen gnädigen Herren! Und die die junge Dame!«, antwortete eine heisere Stimme.
Das etwas wurmstichige, verwetterte Tor öffnete sich, und das Fallgatter wurde in die Höhe gezogen.
»Ich bin froh, Euch zu sehen, meine gnädigen Herren«, rief der Wachposten aus, der sich in seinem tristen Turm offensichtlich sehr langweilte.
Die Brüder Flamincourt stiegen von ihren Pferden, zogen die Handschuhe aus, gingen mit großen Schritten durch den Hof und drangen dann in den dunklen Turm ein, der völlig leer war, ohne das geringste Möbelstück.
Es war ein hohes, zylinderförmiges Gebäude, mit einem Verschlag an der Seite, der der Wache als Unterstand diente, umgeben von einem Wall, der nur von einem einzigen Tor durchbrochen wurde.
Der Turm umfasste drei Etagen mit einer Treppe, so steil wie eine Zimmermannsleiter und nur von spärlichen Schießscharten erhellt.
»Gibt es hier einen sicheren Ort, an dem wir Gefangene unterbringen können?«, fragte Gaubert.
»Selbstverständlich, gnädiger Herr«, antwortete Maugier.
»Meint ihr oben, im dritten Stock?«, fragte Gaubert.
»Da wäre möglich«, entgegnete Maugier, »aber es gibt noch etwas Besseres als das!« Bei diesen Worten stampfte er mit den Absätzen auf den Boden, um auf den Ort hinzuweisen. »Da, unter der Falltür, dort gibt es einen alten Vorratskeller.«
»Du hast recht, das Turmverlies«, erinnerte sich Gaubert.
Ein Quadrat aus Holz, mit einem breiten Eisenring versehen, markierte die Mitte einer kaum erkennbaren Platte im Lehmboden. Maugier ließ seine Hand in den Ring gleiten und hob vor Anstrengung keuchend die Platte in die Höhe, die aus dicken Bohlen zusammengezimmert war.
»Für welche Gefangenen denn?«, erkundigte er sich.
»Die beiden da«, erwiderte Gauderic und zeigte mit dem Kinn auf Blanche und Bertoul.
»Aber doch nicht das junge Fräulein!«, protestierte der Wachposten.

»Jawohl. Und wehe dir, wenn sie nicht gut bewacht wird. Besorg eine Leiter und lass uns hinuntersteigen.«
Binnen kürzester Zeit wurde eine Leiter gefunden und in die Tiefe der längst nicht mehr benutzten Getreidekammer hinuntergelassen, die offensichtlich in der Vergangenheit schon einmal als Verlies gedient hatte.
»Los, runter mit euch!«, befahl Gaubert seinen beiden Gefangenen und wies auf das Kerkerloch.
Zögernd ergriff Bertoul die ersten Sprossen und stieg in die Tiefe des Verlieses hinab. Blanche folgte ihm zitternd und mit klappernden Zähnen.
»Wir werden wiederkommen und dich zur Hochzeit holen«, schrie Gaubert seiner Schwester nach.
»Und um deinen Komplizen da aufzuhängen«, unterstrich Gautier.
Ihre Stimmen und ihr Lachen wurden von den nackten Wänden zurückgeworfen und breiteten sich in einem schauerlichen Echo aus.
Dann verschwammen die vier Silhouetten der Brüder Flamincourt zu schwarzen Schemen am grauen Rand der Öffnung, hoch über den Köpfen von Bertoul und Blanche.
Die Leiter wurde wieder hinaufgezogen und die Falltür schlug über ihren Köpfen mit einem dumpfen Geräusch zu. Absolute Finsternis umhüllte sie, und Blanche stieß einen panischen Schrei aus. Bertoul versuchte, sie zu beruhigen.
»Nur Mut! Wir werden schon einen Weg finden, hier wieder herauszukommen!«

Raoulet de Mauchalgrin und Griffon le Réchin waren der kleinen Schar gefolgt, und sahen sie schließlich in den Turm von Anzat eintreten. Sie hatten ihren Standort auf einem Grashügel gewählt, und Raoulet versuchte, sich einen Reim auf das zu machen, was er da sah.
»Wer sind all diese Leute?«, fragte er. »Und dieses Mädchen? Was ist denn da los? Und warum hat er dieses verwünschte Buch nicht dabei? Er hatte es doch nicht bei sich, was meinst du, Griffon?«

»Mmmh ...«, sagte Réchin.
»Nein, er hätte es nicht unter seinen Kleidern verbergen können. Wir müssen also mit einer List dort hineingelangen und ihn aus diesem Turm herausholen, damit wir aus ihm herauskriegen, wo er es versteckt hat.«
»Mmmh ...«
»Ich verlasse mich auf dich, dass du ihn so schnell wie möglich zum Reden bringst.«
Raoulet glaubte, eine Art befriedigtes Lächeln hinter Griffons dickem schwarzen Vollbart zu erkennen.
»Gut, warten wir die Nacht ab, ich denke, es wird einfacher, wenn alle schlafen. Schade nur um den Dienst bei den Fougerays und um das Lanzenstechen. Aber was soll´s, morgen ist es noch früh genug, dorthin zurückzukehren.«
Raoulet und sein Waffenmann ließen sich abwartend auf dem Hügel nieder, der den Sumpf und den Turm von Anzat überragte und auf dem sie zumindest eine trockene Stelle fanden.

»Morgen oder übermorgen werden wir wiederkommen«, warnte Gaubert, während er sich an Maugier wandte, bevor er in den Sattel stieg.
»Habt kein Sorge, es besteht keine Gefahr, dass sie entkommen«, sagte der Wachposten.
»Sehr gut«, sagte Gaubert. »Wirf ihnen einmal am Tag etwas zum Essen hinunter, bis wir wiederkommen.«
»Und was, wenn Ihr nicht so bald zurück seid, gnädige Herren?«
»Wir werden sehr bald wieder hier sein, um unsere Schwester zu vermählen, darauf kannst du dich verlassen. Sonst könnten sie meinetwegen gerne Jahre dort bleiben, solange du ihnen jeden Tag ein Brot und einen Eimer Wasser gibst.«
»Aber gnädiger Herr, warum diese Grausamkeit Eurer Schwester gegenüber?«, wagte Maugier einzuwenden, der zu seiner eigenen Überraschung eine zarte Seite an sich entdeckte.
»Wer seine eigene Familie hintergeht, verdient es nicht besser.«

»Und wenn ich dem Fräulein dennoch eine Öllampe oder eine Fackel geben würde?«
»Kommt gar nicht infrage, es wird ihr sehr gut tun, sich im Finstern zu besinnen. Los, auf die Pferde, ihr anderen, wir haben zu tun …«
Die vier Brüder Flamincourt verließen den Turm von Anzat im gestreckten Galopp, während Maugier nachdenklich hinter ihnen Fallgatter und Tor schloss.
»Wohin reiten wir nun, Gaubert?«
»Den Bräutigam holen und die Hochzeit vorbereiten?«
»Oder kehren wir zum Markt von Virelet zurück, um noch etwas Geld beim Spiel zu gewinnen?«
»Oder zum Turnier heute Abend? Warum eigentlich nicht?«
»Nur zwei oder drei Kämpfe und ein paar Spielchen …«
Gaubert, das Familienoberhaupt, überlegte einen kurzen Moment lang.
»Einverstanden, wir kehren nach Virelet zurück«, entschied er. »Da können wir zu Geld kommen. Und morgen begeben wir uns zu Josce de la Bordonne, um ihm die gute Neuigkeit zu verkünden. Außerdem werden wir ihm eine schöne Börse mit Talern in die Hände legen, damit er uns unser Missgeschick verzeiht.«

Von weitem sah Raoulet de Mauchalgrin, wie sie sich entfernten.
»Sie sind weggeritten. Der Weg ist frei. Es können höchstens ein oder zwei Wachsoldaten da sein, wir werden die Sache schnell zu Ende bringen, vor allem du.«
»Mmmh …«
»Aber wir müssen aufpassen, wenn wir herauskommen. Um diesen Ort herum gibt es nur Moor, unvorsichtige Angreifer werden sich schnell in diesem Sumpf verirren, wenn sie die festen Wege nicht kennen. Man sieht sie kaum.«
»Mmmh …«
»Aber egal. Das Wichtigste ist zunächst, den Musiker zu verhören und das Buch wiederzufinden. Bald wird die Nacht hereinbrechen. Und dann werden wir handeln.«

»Mmmh …«
Mit dem Kerl lässt sich auch nicht mehr reden als mit einem Rindvieh, dachte Raoulet und seufzte in sich hinein.

»Wir sind verloren!«, rief Blanche aus.
Ihre Stimme, schrill vor Schrecken, die durch den Widerhall des Gewölbes von weither zu kommen schien, verlor sich in der schwarzen Undurchdringlichkeit des Verlieses und scheuchte etliches Kleingetier auf – mochten es Spinnen, Asseln oder Ratten sein.
»Ich habe Angst. Ich habe schon wieder das Gefühl, blind zu sein, so wie neulich«, brach es aus ihr hervor, und dann schrie sie aus Leibeskräften.
»Hilfe! Hilfe! Wache, lasst uns heraus! Ich verspreche euch all meinen Schmuck zum Dank! Hilfe! Ich will nicht in dieser Finsternis bleiben! Gebt uns wenigstens eine Fackel!«
»Er hört nichts«, bemerkte Bertoul ganz gelassen. »Und was deinen Schmuck betrifft, du weißt ja nicht einmal, wo er ist. Genauso mein … mein Buch … Unsere Lage ist nicht einfach, aber wir dürfen die Hoffnung nicht aufgeben.«
»Bertoul, du bist immer so kühl und vernünftig! Wo bist du?«
»Hier, neben dir.«
Als er sie an der Schulter berührte, schrie sie vor Angst auf und schüttelte sich vor Grauen.
»Eine Ratte ist auf meine Schulter gefallen!«
»Beruhige dich, Blanche, das war nur meine Hand.«
»Ich kann mich aber nicht beruhigen, hörst du!«, regte sie sich auf.
»Ich schaffe es nicht! Was sollen wir bloß machen?«
Bertoul nahm ihre Hand.
»Hör zu, Blanche, ich kann in diesem Halbdunkel einigermaßen sehen. Ich werde dir beschreiben, wie es hier aussieht und …«
»Und dann? Was schlägst du dann vor? Sie haben uns in dieses Loch herabgelassen, sie haben die Leiter wieder hochgezogen und die Falltür geschlossen, außerdem ist sie außerhalb unserer Reichweite. Ob du hier etwas siehst oder nicht, das ändert doch nichts.«

»Doch, es ändert etwas, denn sie haben nicht darauf geachtet, was sich in diesem Verlies befindet und uns vielleicht helfen kann, hier herauszukommen.«
Bei diesen Worten schöpfte Blanche Hoffnung und hörte Bertoul aufmerksam zu.
»Wir sind in einer Art rundem Keller, etwa zehn oder zwölf Fuß lang und genauso breit«, beschrieb Bertoul den Raum. »Die Decke ist gewölbt, und in der Mitte, genau über uns, ist die Falltür. Es gibt genau genommen nichts in diesem Keller.«
»Überhaupt nichts?«
»Nichts, außer ein paar Tieren, wie du dir denken kannst. Aber es sind keine Ratten, wenn dich das beruhigt.«
»Ich pfeife auf Ratten. Und weiter?«
»Gar nichts. Keinen Nahrungsvorrat, keine alten Kornsäcke, keine zurückgelassene Fackel mit einem Zündholz, nicht den kleinsten Schemel, nicht die kleinste alte Kiste, mit der wir näher an die Falltür herankämen.«
»Also, dann siehst du ja, dass es keine Hoffnung gibt, hier herauszukommen«, stöhnte sie niedergeschlagen und verzweifelt.
»Vielleicht doch, sei mal still!«
Er ließ sie los und entfernte sich drei oder vier Schritte von ihr. Völlig unerwartet in dieser bedrückenden Stille erklang ein schweres, metallisches Geräusch. Es hatte etwas Erschreckendes.
»Bertoul! Was ist das?«, sagte Blanche und wagte nicht einmal mehr, zu atmen.
»Warte, ich mach es noch einmal.«
Das metallische Geräusch erklang noch einmal, schien sich bis in die Höhe des Gewölbes fortzusetzen und wurde dabei immer stärker.
»Was ist denn das?«, beharrte Blanche.
Sie hatte die Hände nach vorn gestreckt und drehte sich hierhin und dorthin, ohne den kleinsten Schritt zu wagen, aus Angst, sich zu stoßen oder in ein Loch zu fallen.
»Los, denk ein wenig nach. Es ist unsere Rettung.«
»Ich weiß wirklich nicht ...«

Er hielt einen Moment lang inne und sagte dann triumphierend:
»Eine Kette!«
»Eine Kette?«
Sie schien enttäuscht, jedenfalls skeptisch.
»Gut, ich erkläre es dir: Die Kette endet in einem Ring gleich neben dem Gewölbe, das an die Falltür anschließt. Es ist wohl eine alte Vorrichtung, um Kornsäcke und Fässer herabzulassen. Ich werde daran hinaufklettern und versuchen, die Platte aufzustemmen. Dann hole ich die Leiter und du folgst mir.«
»Und wenn die Kette zerbricht, Bertoul? Wenn sie zu verrostet ist und dein Gewicht nicht aushält?«
Er näherte sich ihr und ergriff ihren Arm, um sie zu der Schicksalskette zu geleiten, die eine glückliche Fügung für sie bereitgehalten hatte.
»Wir werden schon sehen.«
Er führte Blanches Hand zu den dicken Eisengliedern.
»Siehst du, sie macht einen stabilen Eindruck. Wenn unser guter Stern uns diese Kette in die Hände gelegt hat, dann deshalb, dass wir sie verwenden. Also, ich klettere jetzt hinauf.«
Es schien, als sei Bertouls Müdigkeit und Kraftlosigkeit völlig verflogen. Die schwierigen Momente, die sie beide durchstanden hatten, verliehen ihm vielmehr Auftrieb.
»Du bist schon ein komischer Musiker«, sagte Blanche zu ihm, wobei sie in die Finsternis hineinsprach, dorthin, wo sie ihn vermutete. »Es hat den Anschein, als hättest du eine Vorliebe für solche Arten von Unannehmlichkeiten.«
»Sei nicht töricht«, warf ihr Bertoul zu.
Am Klang seiner Stimme erkannte sie, dass er bereits auf dem Weg nach oben war. Wie kam er, ein Junge aus dem Volke, dazu, sie als töricht zu bezeichnen, fragte sie sich. Es stimmte, ihre Brüder waren ausgemachte Dummköpfe, die hatten zusammen so viel Hirn wie drei Hühner! Dieser Bertoul Beaurebec war so völlig anders als sie, anders als alle Jungen, die sie bisher kennengelernt hatte. Blanche fühlte sich mit ihm … wie sollte sie es ausdrücken? Wie in einem

Land des Wissens. Durch einen großen Zufall hatte Bertoul Beaurebec ihren Weg gekreuzt. Und manchmal kommt es vor, dass der Zufall die Dinge zum Guten fügt …
»Geht es, Bertoul?«, rief sie ins Ungewisse hinein.
»Ich bin jetzt oben angelangt, ich werde versuchen, die Falltür zu bewegen.«
Sie spürte, wie die Kette hin und her schwang und gegen die Wand schlug, während er sich bemühte, die schwere Holztür aus ihrer Einfassung zu heben. Und dann gab es ein lautes Geräusch, die Falltür klappte zur Seite und ein Lichtstrahl fiel bis in die Tiefe des Verlieses.
Blanche sah, wie Bertoul durch die Öffnung kletterte, dann beugte er sich vom Rand des Loches aus zu ihr herunter.
»Ich werde jetzt eine Leiter holen«, rief er.
»Pass aber auf! Maugier ist vielleicht noch in der Nähe.«
»Ich weiß«, sagte Bertoul, dann machte er sich auf die Suche.
Blanche war froh, zumindest wieder etwas Licht zu haben. Sie wickelte sich ihren Rock so um die Beine, dass er wie eine Hose aussah und fragte sich, ob es ihr nicht auch gelingen könnte, die Kette heraufzuklettern.

Während sich all dies um den Turm von Anzat herum ereignete, irrte auf dem Marktplatz von Virelet ein herrenloses Pferd herum, das niemand beachtete. Nachdem Bertoul und Blanche abgeführt worden waren, stand es zunächst noch eine Weile bei dem Gaukler und seinem Glücksrad, dann setzte es sich mit seiner kostbaren Fracht auf dem Rücken langsam in Bewegung
Niemand störte sich daran, dass es reiterlos seine Kreise zog. Und dann erschienen plötzlich, unerwartet mitten in der Stadt, zwei große Uhus, die majestätisch ihre Kreise über dem Markt drehten.
»Schaut, da: Eulen!«, rief ein Kind und zeigte mit dem Finger nach oben.
»Mitten am Tag? Das ist nicht möglich!«
»Doch, schaut nur.«

Ein Raunen ging über den Marktplatz.
»Das ist kein gutes Zeichen!«
Passanten, den Blick zum Himmel gerichtet, fürchteten, diese Unheil bringenden Nachtvögel seien ein schlechtes Omen, die Ankündigung eines kommenden Unglücks. Einige bekreuzigten sich, andere murmelten ein Gebet. Ein Schmiedegeselle hob einen Stein auf, um damit nach den Vögeln zu werfen, doch der Wurf misslang und traf eine Bürgersfrau. Ihr Mann, um seine bessere Hälfte zu verteidigen, erhob seinen Stock gegen den jungen Schmied, und binnen kürzester Zeit war ein kleiner Tumult im Gange. Als wieder Ruhe eingekehrt war, hatte jeder die Eulen vergessen – und auch die grauweiß gescheckte Stute war nirgends mehr zu sehen.
Die Raubvögel begannen, Wolke auf ihre Art durch die belebten Straßen zu lotsen, sie verhinderten, dass sie sich verirrte, und leiteten sie bis zur Stadtmauer, zum Tor der Armbrustmacher. Noch immer kamen Ritter, Händler und andere Neugierige durch das Tor, und die Wachen waren mit dem Kontrollieren der Eintretenden und dem Bezahlen der Zollabgaben vollauf beschäftigt und kümmerten sich nicht um ein reiterloses Tier, das die Stadt verließ.
Das Pferd lief zunächst durch die Außenbezirke Virelets, überquerte dann eine kleine Brücke und setzte in gelassenem Trab seinen Weg ins freie Land fort. Die Eulen wachten in großer Höhe darüber, dass es dem Weg folgte, den sie vorgesehen hatten. Sie flogen dicht an seinen Augen vorbei und brachten es mit ihren langen flaumigen Flügeln dazu, seinen Kopf zu drehen und die gewünschte Richtung einzuschlagen. Von Zeit zu Zeit hielt Wolke an, um Gras zu knabbern oder zu schnauben. Sie schien es nicht eilig zu haben, und die Eulen beobachteten sie geduldig, während sie wachsam ihre großen Kreise über ihr drehten. Als der Tag sich dem Ende entgegenneigte, gelangte das Pferd endlich an den Rand eines weitläufigen Sumpfgebietes, das einen Turm umgab, der sich in der Ferne erhob. Wolke blieb stehen und begann, langsam an dem ledrigen Blatt eines Schilfrohrs zu knabbern.

»Was ist das für ein Pferd, das ich da in der Ferne sehe, auf der anderen Seite des Turms?«, wunderte sich Raoulet.
»Mmmh …«, antwortete Griffon le Réchin.
»Was tut das hier? Wahrscheinlich ist es nur ein dickes schweres Bauernpferd, dumm wie ein Esel, das sein Halfter zerrissen hat. Kümmern wir uns nicht weiter darum. Pass auf, Griffon. Wenn wir gleich zum Tor gehen, geben wir uns als Adlige aus, die sich verirrt haben und um Gastfreundschaft bitten. Mit den Wachen werden wir keine großen Schwierigkeiten haben, wir schließen sie ein oder töten sie. Das ist deine Aufgabe. Danach werden wir alles durchkämmen und den Burschen finden, den wir suchen.«
»Mmmh …«
»Wenn wir ihn haben, überlasse ich ihn dir. Ich denke nicht, dass du viel Zeit benötigst, um das in Erfahrung zu bringen, was wir wissen wollen – und bald darauf wird das Buch endlich in unseren Händen sein.«
»Mmmh …«
»Im Morgengrauen kehren wir zurück nach Virelet und ich sage meinem Herrn, dass ich mich bei Einbruch der Dunkelheit in der Nähe eines Moores verirrt und in diesem Turm Schutz gesucht habe, was ja der reinen Wahrheit entspricht. Ja, alles fügt sich eindeutig zum Guten. Ich werde das Buch haben und der alte Fougeray wird nichts ahnen.«
Raoulet de Mauchalgrin rieb sich die Hände. Alles schien unter den besten Vorzeichen zu stehen.

Anweisung zur Herstellung eines Mittels, welches das Nachlassen der Liebe verhindert

Stellt an einem Freitag, wenn das erste Viertel des Mondes zu sehen ist, ein Säckchen aus grünem Stoff her und legt eine Rosmarinblüte und eine Prise Salz hinein.
Bindet es mit einem grünen Band zu und legt es an das Fußende Eures Bettes.
So wird die Liebe zwischen Euch und der Person, die dieses Bett mit Euch teilt, niemals abnehmen.

25

Blanche zog sich mit Ellenbogen und Händen in die Höhe und stieg vor Erschöpfung stöhnend aus dem Loch heraus. Sie richtete sich auf, rieb sich die rostbeschmierten Hände sauber und wickelte ihren Rock wieder aus. Im selben Moment kam Bertoul zurück, eine Leiter auf der Schulter.

»Ich bin herausgekommen«, verkündete Blanche, nicht ohne Stolz. »Und zwar ganz allein!«

Nun, das war eindeutig eine junge Dame, die ganz gut allein zurechtzukommen wusste, dachte Bertoul.

»Du würdest eine gute Akrobatin abgeben! Wir zwei könnten eine hübsche Vorführung auf die Beine stellen, die wir dann auf den Märkten und in den Schlössern zeigen würden …«

Was für ein amüsantes Kompliment!

»Wie, in den Schlössern, ich …?«, begann Blanche mit erhobenem Kinn, sich wieder ganz ihres Standes bewusst.

»Ich weiß, was du aufgeben musstest«, schnitt Bertoul ihr das Wort ab. »Es war nur ein Spaß. Verzeih mir!«

»Nein, du hast ja recht«, erwiderte sie und senkte den Kopf. »Wer weiß, ob ich je wieder meinen Adelstitel tragen werde. Ich muss zu allem bereit sein.«

»Du wirst deinen Stand wiedererlangen«, versicherte Bertoul. »Allerdings nur, falls es uns gelingt, heil von hier wegzukommen.«

»Also los!«

Sie wollte sich nicht den leisesten Gedanken daran erlauben, dass die beste Art, ihren Stand wiederzuerlangen, darin bestand, sich mit der geplanten Vermählung abzufinden, die ihr so zuwider war. Es wäre ein Leichtes, und dennoch war diese Vorstellung grauenhaft.

Sie warfen die Leiter in das Verlies und schlossen die Falltür. Dann wagten sie einen vorsichtigen Blick durch das Tor des Turms und erblickten einen mit Unkraut bewachsenen Hof, der von einem mehr oder weniger gut erhaltenen Schutzwall umgeben war. Wie ein Verbindungsstück lag zwischen dem Wall und dem Turm die Unterkunft des Wachtpostens, dem Tor gegenüber, wo Fallgatter und Querstange wieder an ihrem Ort waren.

»Es wird schwierig sein, da vorbeizukommen«, bemerkte Bertoul mit gedämpfter Stimme. »Siehst du den Posten? Er steht genau gegenüber dem Tor.«

Blanche erkannte nichts im Halbschatten, der immer dichter wurde, doch das war einerlei.

»Ich könnte versuchen, an sein Mitleid zu appellieren«, schlug sie vor.

»Zu riskant«, sagte Bertoul. »Wir werden ausbrechen, indem wir über den Schutzwall klettern. Er ist nicht sehr hoch und zudem ist er an zwei oder drei Stellen zur Hälfte eingestürzt. Es gibt herausgefallene Steine, die so etwas wie eine Treppe bilden.«

»Aber wir wissen nicht, was wir auf der anderen Seite vorfinden.«

»Wir wissen aber, was wir riskieren, wenn wir hier bleiben! Wir haben keine Wahl.«

»Also gut«, sagte Blanche.

Sie rollte ihren Rock wieder um die Beine, dann huschten die beiden zu der Stelle des Walls, die am leichtesten zu erklettern war und glücklicherweise im Rücken des Wachtpostens lag. Sie begannen hinaufzuklettern, und Bertoul konnte feststellen, dass Blanche keineswegs unbeholfen war, wenn es darum ging, sich an den Mauersteinen festzuhalten oder die Spitze ihres Fußes günstig zu platzieren. Bald waren sie oben angelangt und setzten sich rittlings auf den Kamm, von wo aus sie die weite Landschaft rundherum betrachten konnten.

Die Nacht brach schon herein, der Himmel war lila und dunkel mit rosafarbenen und orangeroten Streifen; lange dunstige Nebelschwaden breiteten sich über dem Moor aus wie duftige Schleier von Geisterbräuten.

In den letzten Strahlen des Sonnenlichts konnten sie gerade noch ein kompliziertes Netz gewundener Wege erblicken, das sich durch die trügerischen, metallisch glänzenden Brackwassertümpel des Moors zog. Man hätte meinen können, es sei ein Labyrinth, matt und glänzend, das abwechselnd von den vorüberziehenden Nebelschwaden enthüllt und wieder verschleiert wurde.
»Wir müssen uns beeilen«, sagte Blanche, »sonst werden wir uns verirren.«
Bertoul zeigte mit dem Finger auf einen hellen Punkt auf der rechten Seite.
»Was siehst du da?«, fragte er.
»Ein Tier. Etwas Dickes. Glaubst du, es ist ein Wolf?«
»Schau besser hin. Selbst du müsstest es erkennen können, es ist unser …«
»… Pferd!«, vervollständigte Blanche mit einem Triumphschrei. »Kann das sein? Ist das wirklich unsere Wolke?«
»Ganz ohne jeden Zweifel«, antwortete Bertoul. »Ich erkenne ihre verträumten Augen von hier aus!«
Sie warf ihm einen ungläubigen Blick zu.
»Und vor allem den Sattelknauf. Zumindest hoffe ich es. Der Sattel sieht jedenfalls bepackt aus: Unsere beiden Säcke scheinen noch da zu sein. Los, wir steigen hinunter, damit wir zu ihr kommen.«

»Aha!«, rief Raoulet de Mauchalgrin und sprang auf die Füße, während Griffon ebenfalls auf die Beine kam, wenn auch schwerfälliger. »Da bewegt sich etwas, dort oben auf dem Mittelwall! Er ist es! Er ist dabei zu fliehen, auf mein Wort! Mit dem Bauernmädchen!«
»Mmmh …«
»Komm, wir laufen los, um sie unten am Wall abzufangen. Das Mädchen ist mir egal, aber ihn erwischen wir, wir quetschen ihn aus und dann ist der Fall erledigt.«
Raoulet und Griffon machten sich auf zum Fuß des westlichen Walles, wo Bertoul und Blanche herunterkommen mussten. Ihre Pferde ließen sie angebunden stehen.

Die Farben des Himmels veränderten sich mit ziemlicher Geschwindigkeit. Rosa und Orange waren erloschen; nur noch um den Punkt herum, wo die Sonne verschwunden war, blieb ein dunkel-purpurner Schein, der in ein dunkles Blau überging. Ein Stern funkelte.
»Das ist die Venus«, verkündete Bertoul.
»Woher weißt du das?«
»Ich weiß es eben.«
Weitere Sterne erschienen der Reihe nach am Himmel. Bald blieb nur noch im Westen ein unbestimmtes, veilchenblaues Licht. Der Nebel aber wurde immer dichter. Tief hängend und dick breitete er sich über das aus, was einen Augenblick vorher noch eine spiegelnde Wasserfläche gewesen war.
Bertoul begann, die Mauer herabzuklettern. Es gab hier nur wenige Steine, die einen Absatz bildeten, aber der Efeu war so dicht, dass die dicken Ranken es möglich machten, den Fuß bequem aufzusetzen und sich auf diese Weise einen Weg nach unten zu bahnen.
»Wie sollen wir nur den richtigen Weg finden in dieser Milchsuppe?«, murmelte Blanche, die immer noch oben auf dem Kamm saß. Der Nebel war so dicht geworden, dass sie das Moor überhaupt nicht mehr sah.
»Steig schnell herab«, riet Bertoul und wandte ihr sein Gesicht zu. »Es ist ganz leicht, du kannst den Efeu als Leiter benutzen.«
Als sie gerade ihre ersten Schritte auf dieser Leiter aus Pflanzen machte, vernahm sie Stimmen, die eine bedrohlich, die andere ein tiefer, steter Brummton: »Mmmh«, und dann das Geräusch von Stiefeln, die im Morast ein saugendes Schmatzen verursachten.
»Verwünschter Musiker! Endlich hab ich dich! Du wirst mir sagen, wo das Zauberbuch ist!«, ertönte, noch ziemlich weit entfernt, Raoulets Stimme.
»Blanche, komm schnell runter!«, schrie Bertoul aufgeregt, ja fast panisch.
Blanche gehorchte, sie gönnte sich kaum Zeit, sicheren Halt zu suchen und riss sich die Handflächen an den Efeuranken auf. Jetzt hatte sie es fast geschafft.

»Schnell, schnell!«, drängte Bertoul sie.
In diesem Moment verhakte sie sich mit dem Absatz unglücklich in einer Efeuranke und stieß einen kleinen Schrei aus. Sie war gar nicht mehr weit vom Boden entfernt, aber es gelang ihr nicht, sich zu befreien.
»Schneller!«, schrie Bertoul.
»Ich kann nicht! Ich hänge im Efeu fest!«
»Um Himmels willen!«, stieß Bertoul zwischen den Zähnen hervor. Er ergriff ihren Fuß und zerrte unsanft so lange an ihm, bis er aus dem Efeu befreit war.
»Au!«
»Spring runter, und dann nichts wie weg!«
Die durchdringende Stimme war nun ganz nah.
»Du kannst mir nirgendwohin entkommen, unglückseliger Musiker.«
Raoulet war nicht mehr als fünfzehn Schritte von ihnen entfernt. Der Nebel war gerade so durchsichtig, dass sich die beiden jungen Männer noch erkennen konnten.
Raoulet rief Griffon und stürzte auf Bertoul zu.
»Ich krieg dich, ich krieg dich! Endlich werde ich das Zauberbuch wieder erlangen! Gib mir mein Eigentum zurück, du Dieb!«
Ohne sich beeindrucken zu lassen und Zeit mit irgendwelchen Antworten zu vergeuden, nahm Bertoul mit festem Griff Blanches Hand und warf sich unvermittelt in eine dichte und wattige Nebelwolke. Sofort umhüllte sie die undurchsichtige Masse ganz und gar.
»Das ist Raoulet de Mauchalgrin, nicht wahr?«, fragte Blanche atemlos.
»Wo bist du?«, bellte Raoulets Stimme. »Wo ist er hin, Griffon? Finde ihn mir, sofort!«
»Raoulet, natürlich«, antwortete Bertoul mit gedämpfter Stimme. »Wer denn sonst? Schnell, weiter!«
»Aber wir sehen doch nichts!«
»Hab keine Angst«, beruhigte sie Bertoul. »Im Nebel sind wir in Sicherheit. Er kann uns nicht folgen.«

»Aber wir werden uns verirren und im Moor versinken!«
»Keine Angst«, sagte Bertoul unerschütterlich.
Und Blanche begriff, dass seine Augen nicht nur im Dunkeln hervorragend sehen konnten, sondern auch den Nebel so durchdrangen, als herrschte schönstes Wetter. Sie vertraute sich ihm ganz an.
»Bemerkst du den Nebel eigentlich, wenn du so gut sehen kannst?«, fragte sie.
»Ja, alles ist leicht grau«, erklärte er knapp. »Ich erinnere mich, wie so etwas einmal in Tournissan geschah. Niemand konnte mehr etwas sehen, nur ich.«
»Na, und dann vorzugeben, nichts von dieser Gabe bemerkt zu haben …«
Nicht weit von ihnen geriet Raoulet in Rage. Bertoul amüsierte sich, indem er kleine spöttische Rufe ausstieß, um ihn noch mehr zu verwirren.
»Wo bist du, verdammter Musiker, zeig dich, damit ich dir die Augen ausstechen kann!«
»Hierher!«, rief Bertouls Stimme, jetzt weiter entfernt. Die Situation bereitete ihm sichtlich Vergnügen.
»Der macht sich über uns lustig! Los, beweg dich, Réchin!«
Griffon brummte etwas Unverständliches.
»Was? Was sagst du? Warum gehst du nicht los? Hast du etwa Angst vor dem lächerlichen Nebel? Du! Vor einem Moor? Du, mein Waffenmann? Dir werde ich auch die Augen ausstechen lassen, wenn du dich nicht sofort aufmachst und ihn suchst.«
Ausnahmsweise hörte man Réchin etwas sagen, das entfernt an einen Satz erinnerte:
»Nicht möglich … Zu viel Nebel … Man sieht nichts … Zu gefährlich …«
»Weiter! Wir sind doch nicht so nahe ans Ziel gekommen, damit er uns jetzt entwischt. Los, vorwärts! Zieh die Pferde. Wo sind wir? Wo ist der verfluchte Weg?«
»Messire, was wollt Ihr von mir?«
Die Stimme Bertouls war weder nah noch weit entfernt, es war

schlichtweg unmöglich auszumachen, ob sie von rechts oder von links, von vorn oder hinten kam.

»Nun, Messire Raoulet?« Wieder schien die Stimme aus einer anderen Richtung zu kommen.

»Er ist dort, ich bin sicher. Komm, Réchin.«

»Wisst Ihr nicht mehr, wo Ihr seid?«

»Verfluchter Fidelschrubber, hör auf, mich zu verspotten!«

Ploff!

»Beim Blut aller Hexen! Ich bin gestürzt.«

Raoulet beschimpfte abwechselnd den Himmel, den Fidelspieler und seinen Waffenmann, während er im dunklen und eisigen Moor dahinstolperte.

»Wo bist du, Griffon? Komm doch und hol mich … Wo ist Bertoul? Aaah … Nein, nicht dorthin, da ist der Boden nicht fest! Wir sind verloren! Oh, ich werde diesem verdammten Bertoul die Augen ausstechen! Wo ist bloß der Ausgang aus diesem Labyrinth?«

»Mmmh ...«

Bertoul und Blanche vernahmen die zunehmend entsetzten Stimmen der beiden scheinbar dem Tod geweihten Männer. Sie kamen aus immer größerer Ferne, gedämpft durch die dichte, feuchte Watte der Nebelschwaden.

»Eine Weile haben wir jetzt wohl Ruhe«, sagte Bertoul.

»Ich vertraue dir«, kam es Blanche über die Lippen. Sie fühlte sich in ihrer Haut überhaupt nicht wohl.

Bertoul ging mit sicherem und schnellem Schritt auf den verästelten Wegen voran, schlug manchmal unerwartete Richtungen ein und machte merkwürdige Umwege. So umging er die Schlammteiche, die widerlich und schlüpfrig waren. Er zog Blanche energisch hinter sich her und machte keine Pausen. Blanche hatte ihre freie Hand nach vorn gestreckt. Ab und zu versank ihr Fuß im Schlamm, aber Bertoul half ihr unverzüglich wieder auf die Beine.

»Pass auf«, riet er ihr. »Die Ränder des Weges sind nicht fest, du kannst hier leicht im Matsch einsinken.«

Es war eine dickflüssige, eisige Masse, und Blanche hatte schon vier- oder fünfmal beinahe ihren Schuh verloren, weil er im Schlamm steckenblieb, sodass sie ihn mit einem saugenden Geräusch herausziehen musste. Sie fühlte sich plötzlich erschöpft, und dieses blinde Dahinstolpern in der Nebelnacht kostete sie ihre letzten Kräfte.
Sie versuchte das Tempo zu verlangsamen, aber ihr Gefährte ließ es nicht zu.
»Ich kann nicht mehr, Bertoul.«
»Schnell, wir haben keine Zeit zum Stöhnen. Los, nur Mut. Wir haben einen Vorsprung und können die beiden abhängen. Aber wir dürfen nicht denken, dass wir jetzt schon ein für allemal gerettet sind.«
Blanche begann zu humpeln, und Bertoul hielt einen Moment an, damit sie Atem schöpfen und ihr Schuhband festschnüren konnte. Aber die Pause dauerte nur wenige Sekunden, und schon setzte Bertoul erbarmungslos seinen verworrenen Weg durch das Moor fort.
»Ich hätte Josce de la Bordonne heiraten sollen ...«
»Wenn du das willst«, sagte er ernsthaft, »bringe ich dich zum Turm zurück, da kannst du auf deine Brüder warten.«
»Nein«, seufzte sie, völlig außer Atem. »Du weißt, dass ich es nicht ernst meine.«
»Wir sind bald außer Gefahr. Noch einige Umwege und wir haben das Moor hinter uns. Der Ausgang des Labyrinths ist dort, noch drei- bis vierhundert Schritte.«
Aber sie hatte keine Ahnung, wohin er zeigte, sah sie doch nicht einmal ihre eigene Hand, so schwarz war die Nacht, so dicht der Nebel.
Sie fragte sich, ob Frau Hermelinde nicht versucht hatte, auch ihr gewisse Fähigkeiten zu verleihen. Wenn sie doch nur beispielsweise die Gabe hätte, keine Müdigkeit zu spüren! Während Bertoul sie energisch weiterzog, merkte sie, dass sie vor Erschöpfung und Verzweiflung weinte. Bertoul verlangsamte seinen Schritt und drehte sich zu ihr um.
»Nanu, was ist los? Tränen in deinen Augen?«

Sie trocknete sich die Wangen mit der Handfläche, ohne zu antworten.
»Sind wir weiter Verbündete?«, fragte er.
»Natürlich«, sagte sie, während sich ihre Augen von Neuem mit Tränen füllten.
»Schau mal, hier winkt die Belohnung für deine Ausdauer!«
Er nahm ihre Hand und führte sie einige Schritte weiter. Sie stieß unerwartet gegen eine raue und warme Masse – ein weißgrau gescheckte Pferd.
»Wolke?«
Sie lehnte sich an das Tier, drückte ihr Gesicht an seinen Hals und glaubte, sie müsse gleich wieder anfangen zu schluchzen. Es war einfach zu albern, aber sie konnte nichts dagegen tun.
»In dem Labyrinth des Moors haben wir Wolke wiedergefunden!«, verkündete Bertoul mit breitem Lächeln.
Welche Bescheidenheit – er sagte nicht: »*Ich* habe unser Reitpferd wiedergefunden.«

Er schien nicht sehr besorgt, dennoch blieb er auf der Hut, und sein Blick musterte unablässig die nahe Nebelwand. Blanche und er waren den Brüdern Flamincourt und Raoulet entkommen. Niemand wusste, wo sie waren, und jetzt hatten sie sogar ihr Pferd wieder. Blanche konnte nicht ablassen, ihre Stirn an Wolkes Hals zu drücken, sie weinte noch einige Tränen, während Bertoul sich mit wenigen knappen Handgriffen am Sattel zu schaffen machte.
»Ich habe nachgesehen: Unsere beiden Bündel hängen tatsächlich noch an den Sattelknöpfen. Mit all deinen Kräutern und meinen Musikinstrumenten und … vor allem dem Zauberbuch. Wir können unseren Weg fortsetzen.«
»Was, mitten in der Nacht?«, schniefte Blanche kraftlos.
»Natürlich nachts. Wir können gar nicht anders.«
»Und die bösen Geister?«
»Die können uns nichts anhaben. Komm, wir entfernen uns so schnell wie möglich von diesem Ort, denn wir sind noch nicht in

Sicherheit. Der junge Mauchalgrin oder deine Brüder werden bestimmt versuchen, uns einzuholen.«
»Ich habe keinen Mut und keine Kraft mehr«, sagte Blanche erschöpft.
»Das brauchst du auch nicht, wir haben ja unsere Wolke wieder. Lass dich einfach tragen, das ist alles.«
Er verschränkte die Hände, damit Blanche sich darauf stützen konnte, um in den Sattel zu gelangen.
»Ich führe Wolke, hab keine Angst. In einer Nacht können wir weit kommen.«
»Und du, Bertoul, bist du nicht müde? Hast du keine Lust, dich auszuruhen?«
»Nein, es wird schon gehen.«
Er nahm Wolkes Zügel in die Hand.
»Wie ist sie bloß hierher gelangt? Wolke meine ich«, fragte Blanche mit schon ganz schläfriger Stimme.
»Ich weiß es nicht. Vielleicht ist es ja ein verzaubertes Pferd. Es wird unsere Fährte gefunden haben.«
»Ich verstehe gar nichts mehr von all dem«, sagte sie, während ihr der Kopf schon auf die Brust sank.
Bertoul zog Wolke und entfernte sich schnellen Schrittes vom Sumpfgebiet und dem Turm von Anzat. Er wusste nicht, wohin er sich wenden sollte, und begann einfach geradeaus zu gehen. Bald schwebte ein Eulenpaar vor ihm am Horizont. Da zögerte er nicht lange und folgte ihm.

Anweisung zur Behandlung von Warzen

Legt in eine kleine Kiste so viele Erbsen,
wie Ihr Warzen habt.
Stellt diese Kiste an einen gut sichtbaren Ort.
Die erste Person, die so neugierig ist,
die Kiste zu öffnen und die Erbsen erblickt,
wird Eure Warzen auf sich übertragen.
Das Übel geht auf den Neugierigen über.

26

In Wolkes gleichmäßigem Schrittrhythmus war Blanche schon bald eingeschlafen, ihr Kopf war auf die Mähne herabgesunken. Bertoul selbst nickte von Zeit zu Zeit auf seinem gleichförmigen Marsch selbst ein und stieß dann gegen die Flanke oder den Kopf des Pferdes, was ihn für einige Momente weckte. Wolke folgte dem Weg, der ihnen von den Eulen gezeigt wurde, das Pferd ging die Strecke wie von allein.
Der Turm von Anzat, der aus den Nebeln des Moores ragte, war seit langem verschwunden. Wolke schritt in flottem Tempo dahin, und als die ersten Zeichen der Morgendämmerung den Himmel im Osten rosa färbten, hatten die Flüchtigen ein gutes Stück Weg hinter sich gebracht.
»Wo sind wir?«, fragte Blanche mit leicht glasigem Blick.
»Ich weiß nicht«, antwortete Bertoul. »Wir kommen voran, das ist das Wichtigste. Und wir werden nicht verfolgt«, fügte er hinzu, »jedenfalls soweit ich es sehen kann, wenn ich mich umschaue.«
Die Landschaft, die sie umgab, veränderte sich, sie durchquerten ein hügeliges, von grünen Wiesen und Feldern bedecktes Land, hier und da in der Ferne von einem Dorf unterbrochen.
»Erkennst du diese Landschaft?«, fragte Bertoul.
»Überhaupt nicht.«
»Wir müssen versuchen, so weit wie möglich durch die Wälder zu ziehen, dann fallen wir weniger auf.«
Blanche ließ Wolke anhalten und stieg ab. Noch ganz steif von der Nacht zu Pferde, reckte und streckte sie sich.
»Ich habe überall Muskelkater«, bemerkte sie. »Und außerdem habe ich Hunger.«
»Ich auch, aber wir haben keine Zeit, anzuhalten!«, rügte Bertoul sie, während er die Zügel nahm und weiterlief.

»Wir müssen trotzdem irgendetwas essen«, sagte Blanche und beeilte sich, Bertoul, der unermüdlich zu sein schien, zu folgen.
»Nicht bevor wir da drüben angekommen sind«, befahl er, während er mit dem Finger auf ein dichtes Gehölz zeigte.
Erst als sie sich durch den Wald geschützt fühlten, schöpften sie ein wenig Atem. Bertoul legte sich erschöpft aufs Moos und wäre beinahe eingeschlafen. Blanche machte sich auf die Suche nach einem Bach, um Wolke zu tränken und sich ein wenig zu waschen.
Die Morgenröte färbte den Himmel in schillernden Farben. Der Morgen war schon jetzt wunderschön. Wie schade, dass sie auf der Flucht waren! Das Leben könnte so einfach sein, so herrlich, so angenehm!
Blanche hatte sich wieder hergerichtet, die Wangen waren rot und frisch, der Rock glatt gebürstet, die Haare gekämmt und mit einem Tuch zurückgebunden. Sie hielt Wolke am Zügel.
»Sie hat gut getrunken«, verkündete sie.
Bertoul stützte sich auf einen Ellbogen.
»Ich mag dich lieber mit wehenden Haaren«, sagte er.
Dann errötete er, als habe er etwas Dummes gesagt.
»Gut, wir werden weiterziehen«, fuhr er rasch fort und stand mühsam auf, denn auch seine Muskeln waren nach all den Tagen und dem nächtlichen Gewaltmarsch steif geworden.
»Es gibt dort einen Bach«, wies ihm Blanche. »Du wirst dich frischer fühlen.«
Er gehorchte der Weisung. Die Mädchen schienen es immer sehr genau mit der Sauberkeit zu nehmen, und vielleicht hatten sie ja letztlich sogar recht. Er zog Umhang und Hemd aus, übergoss sich mit Wasser, bis er eine Gänsehaut bekam, kämmte sein dichtes Haar mit den Fingern und zog sich wieder an.
Als er zurückkam, sagte Blanche zu ihm:
»Nun bist du dran mit Reiten.«
»Nein!«, rief er entsetzt und wich einen Schritt zurück.
»Es ist nicht so schwer, das kann jeder Dummkopf.«
»Ich will aber nicht.«

»Hast du Angst?«
»Natürlich nicht.«
»Dann werde ich dir jetzt zeigen, wie man es macht.«
Trotz seiner Einwände und aller Versuche, sich zu entziehen, wurde Bertoul gezwungen, sich dieser unerwarteten Entscheidung zu beugen. Und kurz darauf saß er so hoch über dem Boden, dass es ihm fast schwindelte.
»Hab keine Angst«, sagte Blanche lächelnd.
»Ich habe kei… ich … ich habe keine … keine Angst … Überhaupt nicht.«
»Dann ist ja alles gut.«
Sie ergriff die Zügel und Wolke trabte los.
»Halt!«, schrie er. »Ich falle gleich runter.«
»Um nichts in der Welt. Dieses Mal laufe ich und du darfst unser Reitpferd genießen. Das ist nur gerecht.«
»Au, au, au …«
Er klapperte einen Moment lang mit den Zähnen und hatte ständig das Gefühl, auf die Seite oder nach vorn zu rutschen.
Am Ende des Vormittags hatte er ein schmerzendes Hinterteil und einen verkrampften Kiefer, aber er hielt sich etwas sicherer im Sattel.
»Siehst du, so schwer ist es doch gar nicht«, stichelte Blanche.
»Hm, na gut. Aber ist es nicht langsam Zeit, dass ich mal wieder absteige?«
»Wir kommen gut voran, wir können noch lange so weiterziehen.«
»Hab Mitleid!«, rief Bertoul aus. »Ich will runter!«
»Nein, du hast von da oben einen viel besseren Blick über die Umgebung. Siehst du unsere Verfolger?«
»Nein«, antwortete Bertoul. »Ich schaue mich aber unablässig um, so sehr befürchte ich, Raoulet wieder auftauchen zu sehen.«
»Und meine Brüder?«
»Die genauso. Aber es ist niemand zu sehen.«
Gegen Mittag gestand Blanche ihm zu, ein wenig anzuhalten, damit er sich die Beine vertreten konnte. Sie teilten miteinander, was ihnen von den Einkäufen auf dem Markt von Virelet übrig geblie-

ben war. Dann zwang Blanche Bertoul wieder aufzusitzen, und zu seinem großen Erstaunen setzte sie den Fuß in den Steigbügel und schwang sich mit einer gekonnten Hüftbewegung vor ihm in den Sattel.

»Aber … aber was machst du denn da?«

»Du siehst es doch. Ich sitze auf.«

»Dann werde ich absteigen, es ist besser so.«

»Kommt gar nicht in Frage«, unterbrach sie ihn und ergriff die Zügel. »Halt dich an meiner Taille fest.«

»Aber … aber …«, stotterte er.

»Komm schon, stell dich nicht so an.«

»Zu zweit sind wir doch zu schwer für Wolke.«

»Überhaupt nicht. Auch zu zweit sind wir noch viel leichter als diese dicken Ritter, ganz zu schweigen von ihren Rüstungen. Los, drück dich gut an mich, ich werde dir jetzt etwas zeigen …«

Sie gab Wolke einen Hackenstoß und das Pferd verfiel in einen leichten, ruhigen Galopp.

»Ich will absteigen!«, schrie Bertoul, aber Blanche strahlte vor Vergnügen, ein wenig zu galoppieren.

»Wir werden viel schneller vorankommen«, sagte sie und ihre Worte verloren sich im Wind.

Bertoul krallte sich hilflos fest, einerseits aus der Notwendigkeit, nicht herunterzufallen, und andererseits, weil es ein Mädchen war, an dem er sich festklammern musste – und was für eins!

Das Problem begann schon damit, dass sie ein adliges Fräulein war. Welcher Bauernlümmel durfte schon ungestraft die Taille eines adligen Fräuleins umschlingen? Und das Schlimmste war, dass er anfing, sie, nun, sagen wir: ziemlich anziehend zu finden. Sehr anziehend sogar.

Achtung, Bertoul Beaurebec! Begeistere dich nicht für das erste junge Mädchen, das deinen Weg kreuzt und zudem eine Gefahr darstellt, weil sie adlig und verlobt ist und außerdem verfolgt wird! Drei gute Gründe, die Finger davon zu lassen. Also, nicht die geringste zutrauliche Geste!

»Ich will absteigen«, wiederholte er, weniger aus Angst, herunterzufallen als aus Angst, sie zu fest zu umklammern.
»Sei still, Bertoul, wir sind auf diese Weise viel schneller. Sie werden nach uns suchen und davon ausgehen, dass wir zu Fuß unterwegs sind. Auf diese Weise erhalten wir einen beachtlichen Vorsprung.«

Den ganzen Tag lang führte Blanche ihr Reitpferd, mal im Galopp, dann wieder im Schritt.
Als es Abend wurde, hielten sie, wie die Abende zuvor, im tiefsten Wald an und entfachten ein kleines Feuer, um die wilden Tiere fernzuhalten. Sie aßen die letzten Reste vom Vorabend. Der Markt von Virelet lag nun schon weit hinter ihnen und die Landschaft hatte sich deutlich verändert.
»Mir fällt es schwer zu glauben, dass meine Brüder mich erst vor zwei Tagen als Gefangene zum Turm von Anzat gebracht haben«, sagte Blanche nachdenklich und starrte ins Feuer. »Ich denke, wir sind jetzt weit genug weg von ihnen.«
»Hast du keine Angst mehr?«
Sie antwortete nicht, dann sagte sie träumerisch:
»Wenn ich sie wäre … Nun, an ihrer Stelle hätte ich eine genaue Vorstellung davon, was zu tun ist. Entweder würde ich den Bräutigam benachrichtigen und die Hochzeit vorbereiten – das bedeutet zwei Tage Verzögerung, die Zeit, die es braucht, zum Schloss von La Bordonne zu reiten und alles zu erklären. Oder ich würde zum Markt von Virelet zurückkehren, um mich dort aufgrund des Glücksfalles zu betrinken und einige Würfelpartien zu spielen, um so endlich einige Taler zu gewinnen. In diesem Fall wären es drei Tage Verzögerung. Sie sind sich ihrer Sache sicher und haben nicht viel Grips. Sie werden nicht daran gedacht haben, eine Garnison zu schicken, um uns besser zu bewachen. Ich glaube, sie können sich nicht einmal vorstellen, dass wir entkommen und schon so weit weg sind. Von dieser Seite her droht also keine Gefahr. Wenigstens hoffe ich das. Und wie steht es mir dir, Bertoul?«

»Ich weiß nicht«, sagte Bertoul nachdenklich. »Jedenfalls haben Raoulet de Mauchalgrin und dieser ungehobelte Klotz, der ihn begleitet, noch eine ganze Weile im Moorlabyrinth festgesessen. Und dann? Ich weiß es nicht. Der junge Mauchalgrin wird nicht so schnell aufgeben. Das Zauberbuch interessiert ihn mehr als sonst irgendetwas. Ich stelle mir vor, dass er darauf brennt, die geheimen Formeln ausprobieren zu können. Mich zu foltern ist für ihn eine … sagen wir, angenehme Begleiterscheinung.«

Stille trat zwischen ihnen ein. Das Knistern des Feuers übertönte nicht die Geräusche des Waldes, und die beiden hörten hier und da Tiere herumschleichen, die sich aber nicht näher heranwagten.

»Ich verstehe nicht«, sagte Blanche, »wenn du das Zauberbuch nicht für dich gebrauchen willst – selbst wenn du lesen kannst –, warum hast du es dann bei dir? Du könntest es seinem Schicksal überlassen, du könntest es hier, in diesem Wald zum Beispiel, in der Nähe eines Baumes vergraben, niemand würde es jemals finden.«

Bertoul war aus dem Konzept gebracht. Er musste sich daran erinnern, dass er ihr noch kein Wort von dem vertraulichen Auftrag Hermelindes verraten hatte, der ihn nach Paris trieb. Zögernd enthüllte er ihr: »Dieses Buch kann ich weder öffnen noch lesen. Nicht, dass ich keine Lust dazu hätte … «

»Warum?«

»Ich habe es versprochen …«, seufzte er. »Und dann glaube ich auch, dass die Eulen es nicht so gerne sehen würden.«

»Und du würdest das, was drinsteht, gerne kennen?«

»Nur aus reiner Neugier«, rief Bertoul aus.

»Ich verstehe …«, murmelte Blanche. »Wie sehr bedaure ich es, dass ich nicht lesen kann.«

»Du könntest es wahrscheinlich auch nicht öffnen, also bedaure es lieber nicht.«

»Du hast mir nicht gesagt, was du in Paris tun wirst.«

»In Paris werde ich den letzten Willen meiner Herrin erfüllen, die mich gebeten hat, das Zauberbuch an einem geheimen Ort abzugeben.«

Blanche merkte, dass es besser wäre, ihn nicht weiter auszufragen. Sie saß auf der anderen Seite des Feuers, die Arme um die Beine geschlungen, das Kinn auf den Knien, in ihren Umhang gehüllt. Sie verströmte einen frischen Duft von Kräutern, und Bertoul sah aus den Augenwinkeln ihr Profil, das ihm sehr gut gefiel. Aber er hatte nicht den Mut, sie zu bitten, die Haare wieder zu öffnen.

Er ergriff seine Fidel und spielte eine langsame Melodie. Blanche blickte weiter ins Feuer. Er erfand eine Melodie und summte Worte, die er jedoch nicht zu artikulieren wagte, denn sie handelten von einem sehr fernen jungen Mädchen …

Ach, es kommt überhaupt nicht infrage, dass dieses Fräulein mein Herz berührt, sagte er sich in Gedanken und bemühte sich, vernünftig zu bleiben. Es würde zu nichts Gutem führen. Überdies sind wir Reisegefährten, und die Reise ist alles andere als angenehm, da wir verfolgt werden und erschöpft sind. Es wäre ziemlich unvorsichtig, in dieser Lage an Herzensdinge zu denken, statt uns um unsere Sicherheit zu kümmern, darum, wie wir nach Paris kommen und wie ich meinen Auftrag ausführe.

Und er bemühte sich, sein Verlangen, Blanches Profil im Feuerschein zu bewundern, zu zügeln.

Sie waren so müde, dass sie schnell einschliefen.

Anweisung, Mädchen zum Lachen zu bringen

Nehmt drei kleine schwarze Bohnen, klemmt sie zwischen die einzelnen Finger der rechten Hand und legt diese auf Euer Herz.
Zieht den Blick des Mädchens, das Ihr zum Lachen bringen wollt, auf Euch, und wenn sie ihren Blick auf Euch ruhen lässt, sagt dann:
»Ego ago et superago et consummatum est.«

27

Gaubert, Gautier, Gauderic und Gaudefroi de Flamincourt verbrachten zwei Tage auf dem Markt von Virelet, in der Hoffnung, ihre wenigen verbliebenen Taler vermehren zu können; doch es war vergebens, so leidenschaftlich und zuversichtlich sie auch ans Werk gingen. Obwohl sie jede Gelegenheit zu einer Partie nutzten und auch wenn sie nicht ihren ganzen Einsatz verspielten, so gewannen sie doch nichts Wesentliches hinzu.

Der Jüngste warf dem Mann am großen Schicksalsrad einige Taler zu. Der Pfeil blieb auf einem Feld stehen, auf dem ein Seiltänzer zu sehen war, der in rot-weiß kariertem Kostüm auf dem Kopf stehend Kunststücke vollführte, während er mit Äpfeln jonglierte und kleine Teufel versuchten, ihn aus dem Gleichgewicht zu bringen.

»Oh, mein junger Herr«, rief der Gaukler fröhlich aus, »dies bedeutet, dass Euer Leben voller Zufälle ist! An einem Tag haltet Ihr den Kopf hoch, am anderen Tage gesenkt. An einem Tag jongliert Ihr meisterlich, an einem anderen wie ein blutiger Anfänger! Dieser Zug besagt: Alles ist unsicher, was erworben scheint, was man für sicher hielt, schwindet dahin, es zerrinnt Euch zwischen den Fingern. Doch verliert man zumindest nicht seine Zeit mit Lamentieren, man amüsiert sich …«

Die drei Brüder zogen den jungen Gaudefroi auf und scherzten zufrieden. Sie hatten sich von den Worten des Orakels lediglich die Aussicht auf Vergnügungen eingeprägt.

Sie begaben sich zunächst nach Flamincourt, um dem dortigen Verwalter ihre Instruktionen zu erteilen: Vieles von dem abgeblasenen Festmahl sei noch zu retten, die Gäste könnten wiederkommen, das Fest sei nur um einige Tage verschoben worden. Dann machten sie sich auf zu Josce de la Bordonne, um ihm die gute Neuigkeit zu verkünden: Blanche war wiedergefunden worden, und diesmal waren sichere Vorkehrungen getroffen worden, um jegliche Fluchtgelüste zu vereiteln.

Dann zogen alle fünf, die vier Brüder Flamincourt und der Bräutigam, in Richtung des Turms von Anzat, vier Tage, nachdem sie Blanche und ihren Verbündeten dort eingeschlossen hatten, um ihre Schwester aus dem Verlies zu holen und sie auf die Hochzeit vorzubereiten und, da man schon einmal dabei war, ebenso das Aufhängen des Bauernlümmels zu arrangieren.
Doch als sie entdeckten, dass Blanche verschwunden war und der Bauernflegel ebenfalls, nahm Josce de la Bordonne es ihnen sehr übel, ein zweites Mal für nichts und wieder nichts belästigt worden zu sein und nicht einmal seine Braut vorzufinden, in deren Gesellschaft er sich über die verlorene Zeit hinwegtrösten könnte. Er schwor den Brüdern Flamincourt, es diesmal nicht ohne Folgen abgehen zu lassen, und kehrte dann wutschnaubend auf seine Güter zurück, wo er einen jener Kleinkriege vorbereitete, wie man sie sich unter Nachbarn so gerne lieferte.

Raoulet de Mauchalgrin hingegen setzte nach seinem Sturz in den schwarzen Morast durchnässt und nach Schlamm stinkend unverzüglich die Suche nach dem verwünschten Musiker fort, der ihm das Zauberbuch geraubt hatte. Er folgte den Geräuschen, die er da und dort in der Finsternis vernahm und für Bertoul hielt, statt erst einmal abzuwarten, bis der Nebel sich lichtete. Doch als der Morgen anbrach und die dicke Nebelschicht sich erhob, entdeckten Raoulet und Griffon le Réchin, dass sie sich nicht weiter als zwanzig Schritte vom Turm von Anzat entfernt hatten. Sie waren die ganze Zeit über nur im Kreis gelaufen.
»Worauf wartest du? Los, finde mir eine Lösung, wie wir hier wieder herauskommen«, befahl Raoulet seinem Diener.
Der zeigte mit seinen dicken, behaarten Fingern in eine Richtung, die ihm sicher erschien. Dort war ein etwas erhöhter Sandweg über

dem brackigen Wasser: derselbe Weg, auf dem sie gekommen waren. Die geduldigen und wie versteinert wirkenden Pferde standen noch immer an ihren Baum gebunden da. Schlammwasser lief an den beiden Reitern herab, als sie aufsaßen und durchgefroren und wütend den Weg nach Virelet einschlugen.

Nachdem Raoulet am Stadttor vergeblich einen Aufruhr veranstaltet hatte, weil er für zwei Eintritt bezahlen musste, hatte er es eilig, sich wieder dem Gefolge des Barons Audouin de Fougeray anzuschließen. Le Réchin begab sich mit zusammengebissenen Zähnen zu den anderen Dienern der Schar. Raoulet de Mauchalgrin wurde bei seiner Ankunft zuerst vom Aufseher der Truppe, dann von Frau Mahaut und schließlich vom Baron selbst derb dafür gerügt, dass er seinen Posten verlassen, den Diensten, die man von ihm erwartete, entflohen und in einem solch verdreckten und stinkenden Zustand zurückgekehrt war, der ihn auf eine Stufe mit dem einfachsten Schweinehirten stellte.

»Geh mir aus den Augen!«, warf ihm sein Herr zu. »Und komme nicht auf die Idee, dich in diesem Aufzug den adligen Herren, Rittern oder Waffenträgern unserer Schar zu nähern – und noch weniger den Damen. Selbstverständlich ist es völlig ausgeschlossen, dass du dich vergnügst und am Lanzenstechen teilnimmst. Wenn wir nach Beendigung des Marktes wieder zurück in Fougeray sind, werde ich mich um deinen Fall kümmern, junger Mauchalgrin. Denn denke daran, dass dein Vater dich mir anvertraut hat, damit ich aus dir einen Ritter mache, und ich bin fest entschlossen, meine Zusage einzuhalten, ganz gleich, was es dafür an Züchtigungen, Wiedergutmachungen, Frondiensten, Strafen und Bußen braucht. Das Rittertum lässt sich durchaus durch Hiebe mit Steigbügelriemen bis in die Knochen einbläuen, glaube mir, du wärst nicht der Erste, der das erfahren muss.«

»Sobald ich das Buch habe«, sagte Raoulet zu sich, während er diese Strafpredigt über sich ergehen ließ, »wird es mir nicht schwerfallen, dem einen Riegel vorzuschieben und die dämlichen Frondienste mit Leichtigkeit zu erfüllen. Wenn Ihr glaubt, mir Angst zu machen, mein verehrter Baron, so irrt Ihr Euch gewaltig, und Ihr könntet irgendwann dasselbe Schicksal erleiden, das ich meinem würdigen Vater zugedacht habe, der immer noch glaubt, ich sei nur ein Kind, das man noch zurechtstutzen kann. Ich weiß, was Rache ist, und die Zeit dafür wird noch kommen.«

»Senke den Blick, du ungehobelter Kerl!«, brüllte Audouin de Fougeray, indem er ihn mit dem Zügel, den er in der Hand hielt, züchtigte. Raoulet führte seine Hand zu dem roten Striemen, der sich auf seiner Wange abzeichnete.

»Man blickt seinen Herrn nicht dreist an, wenn er einen züchtigt«, fügte Sire Fougeray hinzu. »Und nun geh dich waschen. Du wirst deinen Dienst hier wie ein Knecht im Stall zu Ende führen und dich um die Pferde des Ritterspiels kümmern. Du wirst bei ihnen auf dem Stroh übernachten. Du wirst nur Brot zu essen bekommen. Hast du mich verstanden?«

»Gewiss, gnädiger Herr«, sagte Raoulet, nachdem er seinem Herrn einen raschen, wutentbrannten Blick zugeworfen hatte, bevor er umgehend die Augen niederschlug.

Er überwand sich und verbeugte sich sogar, das einzige Mittel, um einen weiteren Ausbruch zu verhindern. Dabei dachte er sich seinen Teil. Er würde schon einen Weg finden, all den Frondiensten bei den Pferden zu entkommen.

»Ich werde natürlich jemanden schicken, der dich bewacht«, ergänzte Audouin de Fougeray.

Raoulet verbeugte sich nochmals, um die Grimasse zu verbergen, die sich auf seinem Gesicht abzeichnete.

Als der Baron de Fougeray verschwunden war, um sich vergnüglicheren Tätigkeiten zuzuwenden, ließ Raoulet seiner trockenen und bitteren Wut freien Lauf und stieß Flüche und Verwünschungen zwischen den Zähnen hervor, die sich hauptsächlich gegen Bertoul, den Dieb, Audouin de Fougeray, den raunzenden Alten, Raoul de Mauchalgrin, seinen spröden und starrköpfigen Vater, und Griffon, den Unfähigen, richteten. Dann verfiel er in die wüstesten Beschimpfungen Bertouls und malte sich die Rache aus, die er ihm angedeihen lassen wollte. Er würde es allen schon zeigen. Er würde Baron Audouin in ein Schwein verwandeln, dann Frau Mahaut in eine Ratte und ihre Töchter in Geflügel. Er würde Hagelstürme über den Gütern seines Vaters entfesseln. Er würde sich unsichtbar machen, um alle, die ihm missfielen, auszuspionieren. Er würde hier einige Krankheiten und da Heimsuchungen verhängen. Dann würde er sehen, dass er zu Geld käme.

Doch für all das war das Zauberbuch unentbehrlich. Wo hatte Bertoul es nur versteckt? Das Zauberbuch, das Zauberbuch, das Zauberbuch!

»Ich werde es kriegen. Und ich werde ihm die Augen ausstechen. Und danach werde ich ihn hängen, keine Frage.«

Seit zwei Stunden rieb er nun schon die Pferde trocken, und diese Gedanken drehten sich wirr, hastig und ungeordnet in seinem Kopf.

»Deine Bösartigkeit wird dich noch einmal ins Unglück bringen«, rief Audouin de Fougeray aus, der ihn schon eine Weile beobachtet hatte, ohne dass er es bemerkt hatte. »Sie spricht ständig aus deinen Gesten, deinem Brummen. Sogar dein Schweiß riecht danach. Was sollen wir nur mit dir anstellen, du armer Junge?«

Raoulet antwortete nicht, er empfand nur Verachtung für die mitleidigen Worte des alten Ritters, der jedoch unbeirrt fortfuhr:

»Ich kann dich nicht auf dem Schloss behalten, solange du nicht ein wenig höflicher geworden bist und zeigst, dass du den ernsthaften Wunsch hegst, ein echter Ritter zu werden.«

Da hielt Raoulet kurz inne. Würde sein Herr ihn nach Hause zurückschicken? Das wäre eine gute Neuigkeit. Er bräuchte einfach nicht zu den Ländereien seines Vaters zurückzukehren und könnte sich stattdessen endlich ernsthaft auf die Suche nach Bertoul und dem Zauberbuch begeben. Einen kurzen Moment lang hellte sich sein Gesicht auf.

»Ich werde dich also«, sagte Audouin de Fougeray, »in die Obhut eines meiner alten, bewährten Waffenträger geben. Er lebt jetzt zurückgezogen in einem kleinen Fort an den Randbezirken meiner Güter. Du wirst ihm Gesellschaft leisten. Und er wird dir die un-

entbehrlichen Grundkenntnisse eindrillen, damit wir danach deine Ausbildung als Ritter in Angriff nehmen können.«
Raoulet de Mauchalgrin erfasste nicht sofort, was diese Worte bedeuteten.

Drei Tage später, als Markt und Ritterspiele zu Ende waren, machten sich Audouin de Fougeray und seine Gefolgschaft auf den Rückweg zum Schloss. Raoulet, der unausstehlicher Laune war, blieb die ganze Zeit über eingekreist und bewacht. Keine Möglichkeit, zu entkommen, es gelang ihm nicht einmal, in die Nähe von Griffon le Réchin zu gelangen.
Am Abend der Rückkehr rief ihn Audouin zu sich. Der hohe Herr saß auf seinem Katheder, in der Nähe des monumentalen Kamins. Neben ihm wartete ein in Leder gekleideter Mann mit strenger Miene und eiskalten blauen Augen, mit stahlgrauen, rund geschnittenen Haaren. Er stand breitbeinig mit gekreuzten Armen da und lauschte aufmerksam den Worten Audouins.
Als Raoulet eintrat, sagte sein Herr zu ihm:
»Ah, junger Mauchalgrin, tritt näher. Hier ist der Mann, mit dem du die nächste Zeit verbringen wirst. Er war der beste meiner Knappen und mein bester Waffenmann. Theuderig, das ist dein neuer Schüler. Er ist zwar ein wenig störrisch, doch ich weiß, dass du ihn verwandeln kannst.«
»Ja«, antwortete der Genannte.
Genauso wortkarg wie Réchin, bemerkte Raoulet. Und es war nicht einmal ein Adliger! Ein ganz gewöhnlicher Grenzwächter!
»Ihr werdet euch morgen auf den Weg machen«, entschied Sire de Fougeray.
»Bestens«, stimmte Theuderig zu.
Audouin de Fougeray wies Raoulet die Tür, behielt Theuderig aber noch für einige vertrauliche Worte bei sich.
»Versuch ihn baldmöglichst so zu formen, dass man ihn präsentieren kann. Ich muss in wenigen Monaten nach Paris, und es wäre gut, wenn er mich dabei begleiten könnte.«

»Verlasst Euch auf mich«, sagte Theuderig, bevor er selbst den Raum verließ.
Sie zogen im Morgengrauen los. Raoulet hatte weder die Erlaubnis erhalten, Griffon mitzunehmen, noch ihn vor seiner Abreise ein letztes Mal zu sprechen.

Er ritt hinter seinem Bewacher auf ausgefahrenen, holprigen Wegen dahin, die sie nach einem langen Tagesritt in eine steinige, menschenleere, windgepeitschte Landschaft führten, wo ein einsames steinernes Gebäude stand, das einzige im weiten Umkreis.
»Hier ist es also, wo wir uns im Beruf des Ritters üben werden«, verkündete Theuderig.
Raoulet verzog das Gesicht. Nie hatte er ein so ungastliches und menschenleeres Land gesehen. Das Zauberbuch und Bertoul rückten mit großer Geschwindigkeit in unerreichbare Fernen. Raoulet hauchte einen erstickten Schwur aus. Sein Bewacher stieß ihn brutal vom Pferd.
»Ein Ritter schwört nicht. Niemals, um keinen Preis. Und nun geh und kümmere dich um die Pferde.«
»Aber wir sind viele Stunden geritten! Ich bin müde!«
Ein weiterer heftiger Stoß kommentierte seine Worte.
»Gehorche!«

Anweisung, wie man Halluzinationen hervorruft

Gießt in das Öl Eurer Lampe
ein wenig Blut vom weiblichen Wiedehopf.
Und alle Anwesenden im Raum
werden Halluzinationen bekommen.

28

Die sechste Nacht brach an, seit Bertoul und Blanche das Moor verlassen hatten und ihren Verfolgern entkommen waren. Es war ihnen gelungen, zweimal in einer Kirche zu übernachten, auf Strohballen, mitten unter Pilgern, Reisenden und Vaganten. Sie mussten auch Wolke unterbringen, die natürlich die heiligen Stätten nicht betreten durfte. Das Geld dafür verdiente Bertoul durch Spielen und Singen, während Blanche in den Dörfern, die sie durchquerten, anbot, kleinere Leiden zu kurieren oder zu mildern. Mehrmals halfen sie auch bei landwirtschaftlichen Arbeiten, und ihr Pferd musste dreimal hintereinander Lasten tragen oder einen Karren aus dem Dreck ziehen. Man gab ihnen häufig Speise und Trank für ihre Mühe, sodass sie nie wirklich Hunger leiden mussten.

Dann wieder rasteten sie im Wald, wo sie wie jede Nacht ein Feuer entzündeten, in dessen Nähe sie lagerten. Durch puren Zufall tötete Bertoul mit einem Steinwurf einen unvorsichtigen Hasen; an jenem Abend aßen sie mit großem Appetit gegrilltes Hasenfleisch, eine angenehme Abwechslung zum üblichen Schwarzbrot, dem zähen Kohl und den rohen Rüben. Blanche hatte sogar etwas Thymian aus einem ihrer Säckchen darübergestreut.

»Es ist köstlich«, beglückwünschte Bertoul sie und leckte sich die Finger, während sie sich zufrieden aufplusterte. »Aber wenn wir in Paris sind«, fuhr er fort, »wirst du dich an den Hof begeben und unsere glücklichen Mahlzeiten rasch vergessen haben.«

»Ich werde sie nie vergessen!«, sagte sie energisch. »Ich habe das Gefühl, dass ich gerade die abenteuerlichsten Momente meines Lebens erlebe!«

Bertoul spürte eine leichte Enttäuschung darüber, dass sie nicht »die *schönsten* Momente« gesagt hatte.

»Und ich bedaure es nicht«, vervollständigte sie.
»Trotz der Müdigkeit und der Strapazen?«
»Nein, trotz aller Furcht und Angst, all dem Schmutz und der Unsicherheit, was uns der nächste Tag bringen wird.«
»Was morgen ist, weiß ich nicht, doch wenn sich die Pilger, die wir vorhin getroffen haben, nicht geirrt haben, sind wir nur noch vier oder fünf Tage von Paris entfernt. Und es drängt mich, endlich dort anzukommen. Ich habe es wirklich eilig, das lästige Zauberbuch loszuwerden, vor allem aber will ich endlich Absolution für Frau Hermelinde erlangen und dann frei sein von allen Aufträgen und Bindungen, sodass ich mich als fahrender Sänger engagieren lassen kann.«
Ihre Verfolger mussten ihre Spur verloren haben, denn sie hatten weder die einen noch die anderen wiedergesehen. Jeder Tag, der verging, verstärkte ihr Gefühl, in Sicherheit zu sein.
Bertoul öffnete sein Bündel, um seine kleine Flöte herauszuholen, und spielte eine wohlklingende, melancholische Melodie, denn nun würde die gemeinsame Reise, die er an Blanches Seite verbrachte, bald zu Ende sein. Er würde sie nicht mehr sehen, und schon im Voraus krampfte sich sein Herz zusammen. Nie würde er ihr natürlich etwas davon verraten; nie würde er sie auf andere Art berühren, als die, wenn sie beide auf Wolke ritten, aber er gab sich einfach gern diesen angenehmen Erinnerungen hin.
»Was du da spielst, ist zu traurig«, bemängelte Blanche.
Er warf ihr von der Seite einen Blick zu, spielte aber weiter. Sie rollte sich unter ihrer Decke zusammen und schlief bei dieser durchdringenden Musik schließlich ein.
Als Bertoul zu spielen aufhörte und seine Flöte einpackte, erblickte er ganz unten in seinem Sack das Zauberbuch mit dem Rubin, der leuchtete und glänzte und irgendwie zu zucken schien. Versuchte das Zauberbuch ihn zu warnen?
Bertoul warf einen Blick in die dunkle Nacht und sah nichts, keine wilden Tiere, keine Menschen, die ihnen Böses wollten, keine Eulen. Er berührte das Buch in seinem Sack und verweilte mit der Hand auf dem Rubin. Er fühlte sich fast warm an unter seiner Handfläche.

Dann holte er das Zauberbuch heraus und legte es in seinen Schoß. Lange bewunderte er den schönen Einband und bedauerte, dass die vier Tücher, in die es gehüllt war, in den Händen des Mönchs geblieben waren, der sie wahrscheinlich verbrannt hatte, weil er sie als Teufelszeug ansah. Bertoul betrachtete das Licht, das von dem Rubin ausging. Es erschien ihm wie eine eingeschlossene, zusammengedrängte Flamme in einer Glasbirne. Dann schlug er plötzlich das Buch in der Mitte auf. Doch ihm blieb nicht die Zeit, viel zu erblicken, er erfasste nur das Bild eines zahmen Drachen und eine Überschrift: »Anweisung zur …« Nichts weiter. Wie von Geisterhand berührt schloss sich das Buch.

Plötzlich waren Eulen da, es waren acht bis zehn. Sie stürzten sich weder auf ihn noch auf Blanche, sie kreisten ihn nur ein, indem sie sich auf die niederen Ästen der Bäume der Lichtung setzten, blass, mit braunen Flecken und gesträubten Federn. Sie starrten ihn mit ihren riesigen und unbeweglichen Augen an.

»Was soll ich tun?«, fragte er laut. »Was wollt ihr von mir? Seid ihr meine Freunde oder meine Bewacher?«

Blanche erwachte halb und murmelte in schläfrigem Ton:

»Sprichst du mit dir selbst oder träume ich gerade?«

»Schlaf nur weiter, es ist nichts«, murmelte er.

Die Eulen heulten und verließen dann der Reihe nach die Äste, auf denen sie sich niedergelassen hatten.

»Sie wollen nicht vergessen werden, das wird es sein«, überlegte Bertoul. »Falls sie mir etwas klarmachen wollten, so habe ich es nicht verstanden.«

Doch während er das Buch wieder in seinen Sack verstaute, waren die Eulen wieder an seiner Seite, diesmal noch viel näher, zwei von ihnen kreisten über seinem Kopf, so nah, dass sie leicht die Flammen des Feuers berührten.

»Also? Was wollt ihr von mir?«, fragte er.

Das Schauspiel hörte nicht auf, und er erhob sich unschlüssig. Bald darauf begaben sich die Vögel zu Wolke und kreisten über ihr, die an einen Baum gebunden war und friedlich schlief.

»Wir müssen weiter«, schloss er. »Sie versuchen mir zu zeigen, dass wir nicht hierbleiben sollen.«
Bertoul sammelte seine Sachen zusammen, trat das Feuer aus und weckte Blanche.
»Wir ziehen weiter. Wach auf!«
»Ist es schon Morgen?«
»Nein, aber wir brechen trotzdem auf.«
»Mitten in der Nacht? Aber warum denn?«
»Eine Eingebung. Komm, wir dürfen uns nicht länger hier aufhalten.«
Er half ihr in den Sattel, wo sie gleich wieder einschlief. Dann ergriff er die Zügel und versuchte sich zu orientieren. Als er den Schutz des Waldes verließ, erforschte er den wolkenlosen Himmel und fand den Polarstern. Er folgte der Bahn des Sterns, genauso schläfrig wie damals, während der Nacht im Moor. Er hatte keinerlei Verfolger erspäht und fragte sich im Halbschlaf, warum die Vögel ihn wohl gedrängt hatten, die Rast abzubrechen. Der nächtliche, stille Marsch führte sie beim Morgengrauen auf eine breite Ebene, die weit, sehr weit entfernt, eine Erhebung erkennen ließ, die die Landschaft überragte. Bertoul unterschied mit Zinnen versehene Mauern, Türme und Glockentürme und sehr viel Betrieb für diese frühe Morgenstunde. Doch selbst für seine außergewöhnlich scharfe Sehkraft war das Ganze zu weit weg, als dass er Einzelheiten der Festung und ihrer Bewohner unterscheiden konnte.
Blanche wachte auf.
»Schau, da hinten, eine Festung.«
»Ich sehe nichts«, sagte sie und kniff die Augen zusammen. »Es ist ganz grau, es ist noch nicht Tag, und es ist zu neblig.«
Wieder hatte Bertoul sich nicht klargemacht, dass sie nicht über seine besondere Fähigkeit verfügte.
»Ich sehe eine große Festung«, sagte er. »Es ist alles ziemlich weit weg. Es sind viele Leute dort. Vielleicht ist es sogar eine Stadt, wer weiß.«
»Aber welche?«

»Wie soll ich das wissen? Im ersten Dorf werden wir an der Kirche anhalten und den Pfarrer fragen.«
Das nächste Dorf hieß Saint-Victor-en-Hurepoix. Auf dem Vorplatz der Kirche hofften einige arme Leute darauf, dass die guten Christen ihnen nach der Messe ein Almosen geben würden.
Bertoul öffnete sein Bündel und holte einige trockene Reste Nuss- und Speckbrot heraus, das man ihnen geschenkt hatte. Er teilte es zwischen drei Kindern von vier oder fünf Jahren auf, die dunkle Ringe unter den Augen und sicher einen leeren Magen hatten.
»Danke, guter Herr«, sagte eine Frau, wahrscheinlich ihre Mutter. Sie schien sehr schwach zu sein und es fehlten ihr einige Zähne.
Bertoul griff noch ein wenig tiefer in den Sack hinein und es gelang ihm, noch ein Stück eines geschrumpften Apfels zu finden, auf den sie sich mit Dankbarkeit stürzte.
»Es gibt wirklich arme Leute«, murmelte Blanche teilnahmsvoll. »Sagt das Zauberbuch vielleicht etwas darüber, wie man ihnen helfen könnte?«
Bertoul warf ihr einen warnenden Blick zu. Sie sprach zu laut und zu frei darüber. Und außerdem glaubte sie, dass die Rezepte des Zauberbuches alle Probleme der Unglücklichen lösen könnte …
Als die Messe zu Ende war, suchten Bertoul und Blanche den Pfarrer im Innern der Kirche auf. Nach der gebräuchlichen Begrüßung und den Segnungen erkundigten die beiden sich nach dem Weg nach Paris.
»Oh, das ist mindestens noch eine Tagesreise entfernt. Wenn man gut zu Fuß ist, könnt ihr vor der Vesper dort sein. Ihr habt ein Pferd? Nun, in diesem Fall noch etwas eher.«
Der Pfarrer verließ die Kirche und zeigte mit dem Finger in die Richtung der befestigten Stadt, die Bertoul schon im Morgengrauen erblickt hatte.
»Ihr werdet nach Paris kommen, wenn ihr dieser Richtung folgt.«
Diese schöne und weitläufige Festung, die Bertoul schon von weitem erspäht hatte, war also tatsächlich Paris. Der Pfarrer fuhr fort.
»Wenn ihr euch dort entlang haltet, kommt ihr durch eine reiche

Ebene, in der die Straßen immer häufiger von Klöstern, Pilgerunterkünften und Gotteshäusern gesäumt sind. Diese Straßen führen alle nach Paris, dorthin, wo unser guter König residiert. Es ist eine schöne, von starken Mauern umgebene Stadt, voller Kirchen und Klöster, in der es von reichen und armen Menschen nur so wimmelt. Ich selbst bin schon sechsmal dort gewesen«, fügte er stolz hinzu. »Mit meinen eigenen Augen habe ich die Kathedrale, die aus Liebe zu Gott und Unserer Lieben Frau gebaut wurde, gesehen.«

»Kennt Ihr die Straße der großen Gaunerei?«, erkundigte sich Bertoul.

Der Pfarrer sah ihn streng an und erteilte ihm eine Lektion.

»Junger Mann, nie habe ich mich in Straßen verirrt, die einen so anrüchigen Namen tragen. Gewiss gibt es in Paris Strolche und Beutelschneider, falsche Pilger und Bettler von zweifelhaftem Ruf. Doch, dem Himmel sei Dank, ich habe nie ihren Weg gekreuzt. Und wenn ihr in Paris seid, solltet ihr Orte mit solchen Namen tunlichst meiden.«

Bertouls Miene verfinsterte sich. Diese Straße war also tatsächlich so schlecht angesehen, wie ihr Name es vermuten ließ. Was war demnach ein Magier wert, der an einem solchen Ort lebte? War es gefährlich, sich dort aufzuhalten?

»Ich werde sie also nicht so leicht finden«, bemerkte er wie zu sich selbst.

»Das dürfte tatsächlich schwer werden«, sagte der Pfarrer, »da Paris Hunderte von Straßen besitzt, wahrscheinlich sogar Tausende, und von denen ist die Hälfte nicht zu empfehlen. Passt gut auf, ihr jungen Leute. Was wollt ihr denn in dieser Stadt?«

»Oh … ein Besuch … bei unserem alten Onkel«, antwortete Bertoul.

»Unsere Mutter schickt uns, damit wir den Beruf des Händlers erlernen, denn es gibt keine Erben«, malte Blanche die Situation aus und bewies damit unerwartet eine lebendige und rege Fantasie. »Unsere sechs Brüder und Schwestern sind im Dorf geblieben, in Rochefontaine, aber wir waren einverstanden, diesen Beruf zu erl…«

»Sei still, Aveline«, sagte Bertoul, während er ihr mit dem Ellbogen einen Rippenstoß versetzte. »Unsere Familienangelegenheiten interessieren den Herrn Pfarrer nicht.«
In Gesellschaft nannte er sie wieder bei diesem eher bäuerlichen Namen.
»Ja, verzeih mir.«
»Nun, ihr jungen Leute, wenn ihr schnell geht, seid ihr noch vor Einbruch der Nacht dort. Doch seht euch vor, denn bei Sonnenuntergang werden die Tore geschlossen und dann müsst ihr in einem Armenhaus in einer der Vorstädte schlafen.«
Blanche und Bertoul verabschiedeten sich und bedankten sich ausgiebig beim Pfarrer für seine guten Ratschläge. Dieser versprach, für sie zu beten, damit ihre Reise ohne Drangsal, unangenehme Begegnungen und Versuchungen durch den Teufel verlaufen möge.

»Nicht einmal mehr einen Tag! Ich dachte, es wären noch vier oder fünf Tage bis dorthin«, wunderte sich Blanche.
»Die Leute können sich irren«, kommentierte Bertoul philosophisch. »Einige Pilger hatten mir am Anfang meiner Reise gesagt, dass es zwei oder drei Monate bis Paris seien, und ich glaube, dass es noch nicht einmal drei Wochen her ist, seit Frau Hermelinde mir ihren Auftrag erteilte.«
»Glaubst du«, fragte sie leise, »glaubst du, dass die einfache Tatsache, das Zauberbuch zu besitzen …«
»Es *bei sich zu haben*, nicht zu besitzen«, verbesserte sie Bertoul.
»… dass es reicht, das Zauberbuch bei sich zu haben, damit die Zeit schneller verstreicht und die Entfernungen sich verringern?«
»Nein, ich glaube nicht, dass das möglich ist«, sagte Bertoul und schüttelte den Kopf. »Wir waren einfach tüchtig und sind gut marschiert. Und Wolke hat uns geholfen, sie ist mindestens zwei- oder dreimal so schnell wie wir. Ich glaube, das alles ist ganz normal, und die Leute, die uns Auskunft gaben, konnten die Länge der Reise nicht immer richtig einschätzen, das ist alles. Wo bist du vor dieser Wanderung schon überall gewesen?«

»Nun … Ich habe das Schloss Flamincourt nie verlassen, außer um zu den Ländereien meiner Mutter zu reisen, nach Vauluisant, die Grundstücke, die an mich fallen, weniger als ein Tagesritt. Ich bin noch nicht einmal in Tournissan zu Besuch gewesen. Es war immer Hermelinde de Tournissan, die uns von Zeit zu Zeit besucht hat.«

»Das erklärt, warum ich dich nie gesehen habe, obwohl du sie kanntest. Frau Hermelinde zögerte nie, ihren Zelter zu besteigen und Reisen zu machen, aber leider hat sie mich nie mitgenommen«, bemerkte Bertoul. »Ich musste lernen, auf meinen Instrumenten üben, unablässig studieren, die langen Lieder mit den entsprechenden Gesten untermalen, an meinem Repertoire feilen. Ich habe Tournissan auch nie verlassen, höchstens, um ab und zu in die Dörfer der Umgebung zu gehen. Ich habe nie eine Stadt oder einen Markt gesehen, nie eine Nacht im Wald verbracht und ich bin nie mehr als eine halbe Meile auf einmal gewandert.«

»Dann hast du dich gut abgehärtet«, lachte Blanche, »und ich übrigens auch.«

Sie erreichten bei schönster Maisonne gegen Nachmittag die Tore von Paris. Wie bei allen Gauklern üblich, ließen die Wachposten sie im Tausch gegen eine Kostprobe ihres Könnens ein, die beiden bedauerten nur, dass sie keinen kleinen Affen besaßen, der Luftsprünge und lustige Grimassen machte, sodass sie ihren Beitrag in Form von »Affengeld« entrichten könnten.

»Wir sind gerettet«, sagte Blanche, als sie die Stadtmauer, die Paris umgab, durchschritten. »Hierher werden meine Brüder niemals kommen, um mich zu suchen!«

»Und Raoulet ebenso wenig, da bin ich mir sicher«, stimmte Bertoul zu.

»Ist es nicht wunderbar?«

Blanche schenkte ihm ein strahlendes Lächeln. Bertoul erwiderte es von ganzem Herzen.

Sie waren endlich am Ende ihres mühseligen Weges angelangt.

Anweisung, Lästerzungen
zum Schweigen zu bringen.
An einem Sonntag auszuführen.

Entzündet eine schwarze Kerze und
schreibt auf einen frischen Pergamentbogen
den Namen der Person, die über Euch lästert.
Zündet ein Lavendel-Räucherstäbchen an.
Führt den Pergamentbogen durch die
Kringel des Rauches, während Ihr
sieben Mal den Namen der betreffenden
Person nennt und dann die Formel sprecht:

»Es ist Zeit, dass du schweigst!
Hör auf mit dem Lästern!
Hör auf mit deinen Lügen!
Deine Worte, die so voller Gift sind,
sollen keinen Ausdruck mehr finden!
So sei es!«
Dann verbrennt den Pergamentbogen
und vergrabt die Asche.

29

Blanche und Bertoul betraten die große Stadt und führten Wolke am Zügel. Schulter an Schulter nebeneinander gehend, schauten sie sich staunend um. Es gab hier so viele Menschen in den engen ungepflasterten Straßen, so viele Tiere, Geflügel, Schweine, so viele hohe Häuser, dass sie einander das Licht raubten, so viele Geräusche, Schreie, Glockengeläut, dass die beiden nicht mehr wussten, wo ihnen der Kopf stand. Einige Male wurden sie angerempelt, die Pariser riefen, sie sollten zur Seite treten und nicht den Weg versperren.

»Bertoul, ich habe das Gefühl, dass wir hier noch viel verlorener sind als auf dem Land oder im Wald! Wie soll ich herausfinden, wo meine Patin wohnt?«

»Hast du mir nicht gesagt, dass sie in der Umgebung des Königs lebt?«

»Vermutlich in der der Königin, ja.«

»Unser Sire wird wohl in einem Palais leben, nehme ich an. Da können wir jeden fragen.«

Gesagt, getan. Schnell hatte Bertoul einen Passanten ausgefragt und die Antwort erhalten, dass der König normalerweise im Palais auf der Île de la Cité lebte, mit seinem Hofstaat, seiner Sippe, seinem Personal, seinen Wachen, seiner Staatskanzlei, seinen Grafen, seinem Schatzmeister, seinen Kammerherren, von den Dienern, Waffenträgern und Stallknechten ganz zu schweigen. Und dann die Damen: die Königin, die adligen Damen, die Zofen, Mägde, Köchinnen, Zimmermädchen …

»Bitte nicht noch mehr!«, rief Bertoul aus. »Wo können wir dieses Palais finden?«

Der Passant zeigte ihnen den Weg, dem sie folgen sollten. Sie erblickten einen großen Fluss, übersät mit Schiffen und Barken, die phänomenale Mengen an Nahrungsmitteln transportierten. Sie erblickten eine Brücke und Fährleute, die einen auf die andere Seite des Wassers setzten, sahen gepflasterte Straßen, viel sauberer als die in den anderen Vierteln, die voller Staub und Unrat waren, sie gewahrten eine Kirche, die Cathédrale Notre-Dame genannt wurde und so riesig war, dass sie eine Zeit lang sprachlos stehen blieben. Und dann erblickten sie das Palais des Königs.

Sie wagten es nicht, sich in ihrem armseligen Aufzug den Wachen am Eingang zu zeigen und schauten einander an. Ihre Kleidung war schmutzig und sie selbst sahen nicht viel besser aus.

»Niemals kann ich mich so meiner Patin zeigen«, sagte Blanche verwirrt. »Ich muss mich zuerst waschen. Wo können wir einen Unterschlupf für arme Leute finden, eine Herberge, ein Gotteshaus, irgendeinen Ort, wo wir uns waschen und neu einkleiden können?«

Da standen sie, während die Abenddämmerung schon hereinbrach, nicht weit vom Eingang des Palais entfernt, und überlegten, was sie am besten tun konnten.

»Lass uns die Straße der großen Gaunerei suchen«, schlug Bertoul vor, »denn dort muss ich hin … Vielleicht kann uns da jemand weiterhelfen.« Er wagte nicht, von dem Magier zu sprechen.

Im selben Augenblick lief ein sechs oder sieben Jahre altes Kind an ihnen vorbei und schrie mit lauter Stimme, damit alle Passanten es hörten:

»Ein heißes Bad für vier Sous! Ein heißes Bad für vier Sous! In den öffentlichen Bädern »Zur Schönen Müllerin«, Straße zum Spinnrocken! Wer will ein heißes Bad in den öffentlichen Bädern? Nur vier Sous!«

»Genau das brauche ich«, rief Blanche lebhaft aus.

Bertoul hielt den kleinen Jungen an, indem er ihn am Ärmel fasste. Das Kind war sauber und duftete nach Lavendel, seine Haare glänzten. Gab es ein besseres Aushängeschild für das Geschäft seines Meisters?

»Führ uns dorthin«, sagte Bertoul zu ihm.

»Wie viel gibst du mir?«, fragte der Kleine geradeheraus.

»Das werden wir sehen, wenn wir angekommen sind«, antwortete er. »Ich lasse dich nicht los.«
So gelangten der kleine Andriet, von Bertoul fest am Ärmel gehalten, und Blanche in wenigen Minuten zu den öffentlichen Bädern »Zur Schönen Müllerin«, ungefähr in der Mitte der engen Straße zum Spinnrocken, in der eine seltsame Überschwemmung geherrscht haben musste, da es sonst nirgends geregnet hatte. Blanche gab dem Jungen einige Heller, damit er das Pferd irgendwo unterstellte, und dann betraten die beiden das öffentliche Bad, jeder mit seinem kostbaren Gepäck.
Man führte sie in einen großen, von Dampf erfüllten Raum, in dem acht riesige, mit einem Tuch behängte und mit Wasser gefüllte Waschkübel – vier für die Männer und ebenso viele für die Frauen – standen, in denen sich jeweils zwei oder drei Personen befanden.
Ein großes Feuer knisterte im Kamin, und Diener schafften pausenlos sauberes Wasser herbei, Dienerinnen erhitzten es, um die Kübel damit aufzufüllen, andere schütteten Krüge mit dem schmutzigen Wasser aus den Fenstern. Ein großer weißer Vorhang trennte in mittlerer Höhe den Teil, der den Männern vorbehalten war, von dem, der für die Frauen bestimmt war. Nur die Köpfe der Menschen waren zu sehen.
Sehr bald wurde Blanche von einer Dienerin mitgenommen und Bertoul von einer anderen. Man bot ihnen an, ihre Kleider zu reinigen, während sie sich entkleideten, um in die Wannen zu steigen. Bertoul fand sich mit zwei weiteren Gefährten wieder, Blanche mit zwei Gefährtinnen. Ihre Rucksäcke blieben immer gut in Sichtweite, nicht weit von den Holzkübeln, und sie achteten gut darauf, sie nicht aus den Augen zu verlieren.
Die Dienerinnen seiften sie ein, ließen Wasser zum Spülen über ihre Schultern laufen, wuschen ihre Haare und beendeten die Waschung mit einem Schuss Essig, damit sie glänzten.
Um sie herum wurden rege Gespräche geführt, Geschäfte wurden getätigt, man raspelte Süßholz, bahnte Freundschaften oder Liebesdinge an und tauschte Klatschgeschichten aus. Aber die beiden

waren viel zu eingeschüchtert, als dass sie gewagt hätten, sich in die Unterhaltungen einzumischen. Dennoch war es ein sehr angenehmes Gefühl, so frisch und sauber zu sein.

Als sie sich wieder anziehen mussten, wählte Bertoul das Hemd und die Hose, die er zum Wechseln mitgenommen hatte und die er seit Beginn der Reise nicht benutzt hatte.

Blanche, die in ein Badelaken eingewickelt war, um sich abzutrocknen, beugte sich über ihr Bündel und zog etwas heraus, das Bertoul nie vermutet hätte: ein zartes Hemd mit gesticktem Kragen und ein Seidenkleid in so leuchtendem Grün wie Wiesen im Frühling, mit einer Borte an den Ärmeln und am Halsausschnitt, auf die mit Blüten durchflochtene Äste und Vögel gestickt waren.

Bertoul, der mit seinem einfachen Hemd und seinen Beinkleidern zwar sauber, aber sehr einfach, ja fast grob wirkte, war wie gelähmt. Das Ah! und Oh!, das ihm auf der Zunge lag, blieb ihm fast im Halse stecken, als er sie so edel gekleidet erblickte.

Sie hatte über ihrem Körper einen mit Iris parfümierten Puder verteilt und, nachdem sie sich auf einem Schemel gesetzt hatte, eine Dienerin des Bades gebeten, sie mit ihrem eigenen Elfenbeinkamm zu frisieren.

Es war das erste Mal, dass Bertoul sie als adliges Fräulein erblickte, und er traute sich nicht, sich ihr zu nähern. Jetzt fühlte er sich neben ihr noch elender als ein Maultier oder ein Wurm.

Die Dienerin entwirrte Blanches Haare, während diese noch etwas in der Tiefe ihres Bündels suchte. Einer der Badegäste wandte sich, ziemlich leise und scherzend, an seinen Nachbarn und bemerkte:

»Schau mal, dieses Fräulein, wäre das nicht ein schöner Leckerbissen, falls …«

Doch Bertoul hatte nicht nur eine außergewöhnliche Sehkraft, sondern auch ein feines Ohr. Das Blut stieg ihm in den Kopf. Er tauchte den Kopf des Spaßmachers ins Wasser, bis dieser panisch um sich schlug.

Als er prustend wieder auftauchte und protestierte, wies ihn Bertoul zurecht:

»Es ist Euch geraten, höflich mit den Damen umzugehen.«
»Danke, Bertoul«, sagte Blanche mit einem Lächeln.
»Verzeiht mir, Fräulein«, sagte der Spaßvogel in beschämtem Ton. »Ich war äußerst ungehobelt, ich bitte Euch …«
Blanche unterbrach seine Entschuldigung mit einem kurzen Handzeichen, und der Mann setzte, etwas beschämt, die Unterhaltung mit seinem Kumpanen fort.
Blanche ähnelte kaum mehr der Vagabundin, die sie in den letzten Tagen gewesen war. Und Bertoul war äußerst beeindruckt! Schließlich hatte sie ihren Schmuck in ihrem Sack gefunden und legte nun ein Stück nach dem anderen an. Ein silberner Reif, der einen kleinen Granat trug, hielt ihre Haare zurück, dann folgten eine goldene, mit Türkis versehene Kette und sieben Ringe, die sie sich an die Finger beider Hände steckte. Der Mittelfinger an ihrer rechten Hand trug das Siegel derer von Vauluisant, er war der wichtigste, denn er bewies ihre Legitimität als Edelfräulein.
Die Dienerin schnürte aus ihren getragenen Kleidern ein kleines Paket, das Blanche in ihrem Bündel verstaute.
»Hilf mir, mich zu erheben«, sagte sie zu Bertoul.
Er hielt ihr seine Faust hin und sie stützte sich leicht ab.
»Danke«, sagte sie.
»Ich werde es kaum noch wagen, dich anzusprechen«, stammelte er.
Sie lächelte ein wenig distanziert, zurückhaltend, fast aristokratisch. Es kam ihm vor, als stünde vor ihm nicht mehr das Mädchen, das er einst gekannt hatte.
»Sei nicht dumm. Du bist mein Reisegefährte; wir haben doch beschlossen, dass wir Verbündete sind, und unsere Abenteuer sind noch nicht zu Ende. Ich bin kein anderer Mensch geworden, das weißt du.«
»Oh doch …«, murmelte er.
Er bezahlte die Wirtin der öffentlichen Badeanstalt, dann verließen sie die Straße zum Spinnrocken, nachdem sie Wolke abgeholt hatten. Bertoul half Blanche in den Sattel, breitete ihr grünes Kleid über das Fell des Apfelschimmels und führte das Pferd durch die Straßen bis

zum Palais auf der Île de la Cité. Er hatte seinen Sack wieder über die Schulter gehängt, um nicht den schönen Anblick des Fräuleins auf ihrem Reitpferd zu stören.
Sie gelangten schnell zum Ziel. Blanche wurde bei der Wache vorstellig, während diese sie prüfend musterte, trotz ihres graziösen Lächelns.
»Ich bin das Edelfräulein Blanche de Vauluisant, Tochter von Jehan de Flamincourt und Maguelonne de Vauluisant. Ich möchte gerne eine Person aus dem Umkreis der Königin sprechen mit Namen Tiphaine de Fontegrive …«
Und ohne die geringste Schwierigkeit ritt Blanche auf Wolke in den Hof des Palais ein, während Bertoul auf der anderen Seite der Mauer zurückbleiben musste. Die Wache hatte ihn als nicht vertrauenswürdig genug eingestuft, um in den Hof des Palais einzutreten, selbst wenn er eine adlige Dame begleitete. Hier trugen sogar die Kammerdiener und Bediensteten schöne Kleider und begleiteten ihre Herren zu Pferd.
Blanche drehte sich um und sagte zu Bertoul, während sie ihm ein kleines Zeichen mit der Hand machte:
»Ich komme zurück, um dich zu holen, geh nicht fort.«
Eine ranghohe Persönlichkeit kam ihr entgegen, ließ sie absteigen, hörte ihr aufmerksam zu, betrachtete ihren Ring und ließ sie dann in das Palais eintreten, während ein Stallknecht Wolke mit sich nahm.

Der Abendhimmel über dem Palais war ganz rosa und violett und verdunkelte sich immer mehr. Blanche kam nicht zurück. Schließlich kehrte die wichtige Persönlichkeit, die ein Verwalter oder Kammerherr sein musste, zurück, um mit Bertoul zu sprechen, der unauffällig gewartet hatte.
»Ich habe eine Botschaft des Edelfräuleins Blanche de Vauluisant für den Musiker Bertoul Beaurebec.«
»Das bin ich«, sagte Bertoul und trat drei Schritte vor.
»Das Edelfräulein Blanche de Vauluisant bittet Euch zur Kenntnis zu nehmen, dass sie im Palais die Person, die sie suchte, gefunden hat

und dass Ihr Euch nicht um sie zu sorgen braucht. Sie dankt Euch, dass Ihr sie bis hierher begleitet habt, und hofft, dass Euer Aufenthalt in Paris fruchtbar sein wird.«

Bertoul biss sich auf die Lippen. Hatte sie ihm wirklich nichts anderes zu überbringen? Vielleicht eine Möglichkeit, sich wiederzusehen? Er wartete darauf, dass der Mann ihm noch weiteres mitteilte. Aber es kam nichts. Sein Herz war so enttäuscht und gekränkt, dass er sich einredete, der Mann habe nicht alles verstanden, was Blanche ihm hatte sagen lassen wollen. Er selbst verstand die formellen und trockenen Worte ja kaum.

Der Kammerherr drehte sich um, um in das Palais zurückzukehren.

»Nun gut«, seufzte Bertoul, »ich bin nicht ihretwegen nach Paris gekommen, sondern um meinen Auftrag auszuführen.«

Das Manuskript schien ihm von Neuem entsetzlich schwer auf den Schultern zu lasten. Er musste so schnell wie möglich die Straße der großen Gaunerei und den öffentlichen Schreiber Magnus Gurhaval finden.

Anweisung, sich gegen Feuer zu schützen

Zündet drei rote Kerzen an und brennt
ein Räucherstäbchen mit Drachenblut ab.
Wendet Euch gen Süden und ruft in
Eurem Herzen die Gefahren des Feuers wach,
denen Ihr entkommen wollt.
Hebt die Arme über Euren Kopf
und ruft in dieser Stellung den Wächter an:
»Ich rufe dich an, o großer heiliger Löwe,
Wächter der ewigen Flamme, der du
über das Element des Feuers herrschest,
der du die Feuersbrünste dirigierst
wie auch das Herdfeuer, deren Geist sich in
jeder Flamme findet, die in der Welt entsteht.
Sei mit mir,
damit keinerlei Gefahr aus deinem Reich
mich und die Meinen erreicht.
Beschütze uns vor jeglicher Gefahr,
die aus dem Süden kommt.«

30

»Guter Herr, sagt mir doch, wo sich die Straße der großen Gaunerei befindet.«
»Auf der anderen Seite der Seine, junger Mann.«
»Der Seine?«
»Der große Fluss natürlich.«
Bertoul ging weiter, er überquerte den Fluss. Jetzt war es Nacht geworden, das Gewühl verlor sich und die Straßen leerten sich rasch.
»Guter Herr, schöne Dame, wo finde ich die Straße der großen Gaunerei?«
Es gab offenbar auf dieser Seite des Flusses immer weniger ehrliche Menschen, die ihm Auskunft gaben, dafür umso mehr verstohlene Schatten im Geflecht der Gassen, die oberhalb der Seine das Herz der Stadt bildeten. Es stimmte, was der Pfarrer von Saint-Victor-en-Hurepoix von Räubern und Beutelschneidern gesagt hatte: dass der Name der Straße, die er suchte, nicht zu ihren Gunsten sprach und dass sie schwer zu finden sei. Lange lief er in einer anrüchigen Gegend im Kreis, wo liederliche Jungen herumlungerten und er sein Bündel eng an sich presste. Endlich wies ihm ein verspäteter ehrlicher Passant eine bestimmte Richtung und sagte: »Dort ist es.« Dann entfernte er sich, ohne weitere Fragen zu stellen.
Bertoul bog in die besagte Straße ein und suchte nun nach dem Haus, das die Bleibe des Magiers sein könnte, der sich für einen öffentlichen Schreiber ausgab. Er durchschritt sie und betrachtete aufmerksam jedes Haus, jeden Vorbau. Die meisten dieser Häuser waren Holzbuden, aber sie waren nachts zugesperrt, man sah nicht einmal den roten Schimmer eines Feuers oder den gelblichen einer Kerze durch die Fensterläden. Feuer war nachts ausnahmslos verboten, um die Gefahr einer Brandkatastrophe zu vermeiden.

Gegen Mitte der Straße erblickte Bertoul ein Schild in Form einer langen angespitzten Feder, die auf einem entrollten Pergamentbogen lag.

»Vielleicht ist es das«, sagte er sich hoffnungsvoll.

Bertoul ging darauf zu. Der Besitzer des Hauses war immerhin reich genug, dass er keine hölzernen Fensterläden brauchte, sondern Fenster mit in Blei gefassten Scheiben besaß. Innen brannte Licht. An der Tür des Hauses befand sich ein Klopfer in Form eines Rings. Den Türsturz zierten links und rechts zwei geschnitzte Tierfiguren. Bertoul wäre beinahe rückwärts auf sein Hinterteil gefallen: Es waren Eulen!

Im selben Augenblick, als er noch mit weit aufgerissenen Augen dastand, öffnete sich plötzlich die Tür, ohne dass er geklopft oder gerufen hätte, und ein Lichtstrahl ergoss sich auf die finstere Straße. Ein Mann mit weißen Haaren, einem langen, wallenden Bart, tief in den Höhlen liegenden und erschöpften Augen, der einen dunkelroten weiten Mantel trug, erschien auf der Schwelle und sprach zu ihm:

»Tritt ein, ich habe dich erwartet.«

Fast hätte sich Bertoul vor Überraschung noch einmal hingesetzt:

»Mich?«, stammelte er. »Ihr habt mich erwartet? Aber warum?«

»Komm schnell herein. Ich bin müde.«

Der Mann ging rasch zurück ins Haus und Bertoul folgte ihm.

»Schließ die Tür gut zu und schieb den Riegel vor«, empfahl ihm der alte Mann.

Bertoul gehorchte, es war ihm unbehaglich, dass er die Tür verriegelt hatte. Der Mann setzte sich in einen hohen Stuhl, der mit zahlreichen Kissen gepolstert war, und lehnte sich mit einem Seufzer zurück. Sein Gesicht war von tiefen Falten gezeichnet und er schien sehr schwach zu sein.

»Wer … wer seid Ihr?«

»Du weißt es genau. Warum sonst hast du diese lange Reise unternommen, wenn nicht mit dem Ziel, mich zu treffen?«

»Ich … ich suche jemanden. Einen öffentlichen Schreiber.«

»Das bin ich.«
»Nichts beweist mir das.«
»Das ist wahr. Und wenn ich dir sage, dass Hermelinde de Tournissan dich zu mir schickt?«
»Wie … wie könnt Ihr das wissen?«
»Ist es nicht der Beweis, dass ich derjenige bin, den du suchst? Wer, wenn nicht ich, könnte diesen Namen nennen?«
»Ihr … Ihr seid also Messire Magnus?«
»Ja, Magnus Gurhaval. Ist es dieser Name, den du aus meinem Munde hören wolltest?«
»Ja«, sagte Bertoul.
Dennoch war er alles andere als beruhigt.
Das Haus des alten Schreibers war mit einem Durcheinander von Büchern und Pergamentbögen auf Regalen angefüllt, die sämtliche Wände bedeckten. Auf einem breiten Tisch aus poliertem Holz thronten ein Stapel unbenutzter Pergamentbögen, ein Tintenfläschchen, Federn, Federmesser, Pulver, Lineale und andere Objekte aus Metall, die kompliziertesten, die Bertoul je gesehen hatte. Ein Feuer brannte und ein Kerzenhalter aus Schmiedeeisen trug fünf Kerzen aus weißem Wachs. Zwei Wassereimer standen in der Nähe bereit.
»Ich arbeite jede Nacht. Sorge dich nicht, ich habe eine amtliche Erlaubnis, nachts Feuer zu verwenden.«
Er war ein wenig außer Atem. Etwas weiter entfernt erblickte Bertoul in einem durch einen Vorhang abgetrennten Winkel Behälter, Fläschchen, Mörser mit Stößeln, Glasbehälter mit farbigen Flüssigkeiten und Schälchen, die Blöcke aus unbekannten Materialien enthielten. In einem Schmelztiegel kochte bei kleiner Flamme eine Mixtur vor sich hin, die nicht das Geringste mit Nahrung zu tun hatte.
»Nun sag mir, warum dich meine gute Hermelinde zu mir schickt. Zu allererst: Wie heißt du?«
»Bertoul«, sagte er. »Bertoul Beaurebec.«
»Du bist also Musiker.«
Bertoul bestätigte es mit einem Kopfnicken.

»Komm, setz dich neben mich auf diesen Hocker. Dann kann ich dich besser verstehen. Und nun …«
Er hielt einen Moment inne und rang nach Atem, bevor er fortfuhr: »Und nun, was will die alte Schwatzbase Hermelinde von mir?«
Bertoul zuckte unangenehm berührt zusammen. Würde dieser Mann sie auch mit so verachtungswürdigen Namen belegen wie Raoulet? In diesem Fall zog Bertoul es vor, das Weite zu suchen und das Zauberbuch in die Seine zu werfen.
»Schon gut«, sagte der Schreiber. »Ich will sie keineswegs beschimpfen, es ist ein alter Kosename. Los, sag mir alles.«
Bertoul beugte sich über seinen Sack und öffnete ihn. Feierlich holte er das kostbare Zauberbuch heraus.
»Ich soll Euch dies hier zurückbringen«, sagte er und hielt es dem alten Mann hin.
Der Rubin glänzte im Schein der Flammen, doch diesmal zuckte er nicht. Magnus Gurhaval nahm das Buch in seine alten, pergamentenen Hände mit den hervortretenden dicken, blauen Venen. Er lächelte zart in seinen Bart.
»Ah, mein schönes Zauberbuch … Endlich kehrt es zu mir zurück, nach so langer Zeit! Genau im richtigen Moment, an der Schwelle meines Todes …«
»Was?«, rief Bertoul aus.
»Ja, ich werde sterben, Bertoul Beaurebec. Ich habe die Geduld aufgebracht, mit meinem Ableben zu warten, bis mein Zauberbuch zurückgekehrt ist. Jetzt hat alles seine Ordnung.«
»Habe ich also die ganze Reise für nichts und wieder nichts unternommen, nur um das Zauberbuch einem Sterbenden zu übergeben?«, fragte sich Bertoul. Dies war eindeutig der Tag aller nur denkbaren Enttäuschungen. »Ich hätte genauso gut sofort auf den letzten Seiten, die an mich gerichtet sind, mit dem Lesen anfangen können.«
Der Magier öffnete den Einband des Zauberbuches. Er fuhr mit der Hand über das Schutzpentagramm auf der ersten Seite. Dann blätterte er es Seite für Seite durch.

»Ah ja, die geheime Formel für einen langen Marsch, ohne zu ermüden! Und jene, die Leute im Schlaf zum Reden zu bringen! Und dann diese, hör nur, um einen Schatz in einer Nussschale einzuschließen. Und die Anfertigung des Seils mit drei Knoten, um einen Sturm ausbrechen oder innehalten zu lassen. Ja, das sind schöne magische Geheimnisse, mein junger Freund. Hast du nie Lust verspürt, sie kennenzulernen? Aber, ich bin töricht! Die Eulen haben das Buch bewacht, nicht wahr? Sie werden dieses schöne Werk rasch wieder geschlossen haben.«

»Ihr … ihr wusstet das?«, stammelte Bertoul.

»Die Eulen? Natürlich. Der Schutz auf diesem Zauberbuch ist sehr mächtig.«

»Der Schutz?«

»Glaubst du, dass ein Buch wie dieses von irgendjemandem geöffnet werden kann?«

»Ein Mönch hat einige Überschriften gelesen.«

»Ja«, sagte der alte Mann. »Wir haben noch gewisse Schwierigkeiten damit, vollkommenen Schutz zu gewährleisten, jedenfalls bei gewissen Personen. Seltsamerweise sind es die, die unserer Kunst gegenüber am wenigsten aufgeschlossen sind, nicht wahr?«

»Ja«, bestätigte Bertoul. »Der Mönch stand dem Buch sehr feindselig gegenüber. Und dadurch auch mir.«

»Für mich ist es ein sehr kostbares Buch«, sagte Magnus Gurhaval gerührt und fast zärtlich. »Ich habe es mit meinen eigenen Händen geschrieben, damals. Ich habe den Einband selbst entworfen. Ich habe die Tinte, mit der die Zauberformeln geschrieben sind, hergestellt. und jetzt bin ich sehr froh, es wiederzuhaben. Ich werde sterben und meine Seele wird in Frieden ruhen. Es wäre sehr schade gewesen, wenn es verbrannt oder verloren gegangen wäre.«

Er konnte gar nicht aufhören, ein Blatt nach dem anderen umzuwenden, und zum ersten Mal konnte Bertoul seine Augen auf den geöffneten Seiten ruhen lassen. Viele waren mit Zeichnungen versehen, wie der des Drachens, die er kurz erblickt hatte, doch es gab auch ganz andere, zum Beispiel Figuren oder geheimnisvolle Symbole.

Andere Seiten waren ganz und gar mit Schrift bedeckt, wieder andere mit etwas, was wie Listen aussah.
»Wie habt Ihr gewusst, dass Frau Hermelinde mich zu Euch geschickt hat?«, wagte Bertoul zu fragen. »Wie konntet Ihr wissen, dass ich vor Eurer Tür stand? Warum habt Ihr mich erwartet?«
Ein breites Lächeln zeigte sich zwischen den Falten und dem Bart des Alten, aber er reagierte nur mit Gegenfragen.
»Warum hat Hermelinde mir mein Zauberbuch zurückgegeben? Hat sie es wenigstens für einen guten Zweck verwendet? Oder hat sie es unbenutzt eingeschlossen, zwischen ihrem Stundenbuch und ihrem Zahlungsregister?«
Plötzlich dachte Bertoul daran, dass er beinahe den zweiten Teil seines Auftrags vergessen hätte.
»Frau Hermelinde bittet Euch, ihr den Raub Eures Zauberbuches zu verzeihen«, sagte er und erhob sich aus Respekt vor dem letzten Willen der alten Dame. »Sie würde gern Eure Verzeihung erlangen, damit sie ihren Frieden finden kann in der Ewigkeit.«
»In der Ewigkeit?«
»Frau Hermelinde ist zu Gott heimgegangen«, sagte Bertoul mit gesenktem Kopf. »Sie wurde in der Kapelle von Tournissan beigesetzt.«
»Ich wusste es, natürlich«, murmelte der Magier. »Glaubst du, dass ich in Unkenntnis bleiben könnte, wenn es um etwas geht, was sie betrifft?«
Die Neugier drängte Bertoul zu fragen, welche Mittel der Zauberer dafür eingesetzt hatte, doch er konzentrierte sich auf seinen Auftrag.
»Gewährt Ihr ihr Absolution für diesen Diebstahl, Messire Gurhaval?«
»Diebstahl! Du weißt nicht, welches Wort du da benutzt! Sie hat mir meine gesamte Arbeit gestohlen, mein Lebenswerk! Fünfzig Jahre lang hat sie aus meinen Erfindungen Nutzen gezogen und mich daran gehindert, sie selbst anzuwenden! Und nun willst du, dass ich ihr verzeihe?«

»Sie selbst bittet Euch darum. Sie war eine sehr gutherzige Frau. Sie bittet nur darum, dass Ihr ihr verzeiht.«
»Sie wird die Absolution nicht erhalten!«
»Ich flehe Euch an«, sagte Bertoul und warf sich vor dem alten Schreiber auf die Knie. »Was kann ich tun, damit Ihr die Bitte annehmt? Wollt Ihr, dass ich Euer Diener werde? Euer Schüler?«
»Für einen Tag? Vergiss nicht, dass ich morgen sterben muss. Es ist ein ziemlich kleines Opfer, das du da bringen willst.«
»Sie fleht Euch an. Ich war bei ihr, kurz bevor sie starb. Und ich schwöre Euch, dass sie sich sehr grämte, Euch dieses Buch gestohlen zu haben, und nur auf eines hoffte – Eure großzügige Vergebung. Und ich flehe Euch in ihrem und meinem Namen an, diese wenigen Worte zu sagen. Sie werden Euch nicht viel kosten und Frau Hermelindes Seelenfrieden bewirken. Und auch Ihr werdet eine schönere Ewigkeit haben, wenn Ihr in Euren letzten Stunden gnädig ihr gegenüber seid.«
»Oh, es fehlt dir nicht an Argumenten, junger Bertoul! Du bist ein hartnäckiger Verteidiger für ihre Sache! Was hat sie dir versprochen, falls es dir gelingt, mich zu überzeugen?«
»Aber … gar nichts, Messire. Ich tue es aus Liebe zu ihr.«
»Aus Liebe zu ihr …«, murmelte der Mann. »Oh, wieder die Liebe! Was weißt du von der Liebe?«
Bertoul dachte ganz kurz an Blanche, die ihn wie einen Diener weggeschickt hatte, doch dann verbot er sich, weiter diesen bitteren Gedanken nachzuhängen.
»Du kennst bisher nur die Verbitterung und die Enttäuschung, nicht wahr?«
Wie konnte der Magier so unvermittelt seine flüchtigen Gedanken erraten? Es musste also wirklich wahr sein, dass Zauberer in den Gedanken und Herzen anderer Menschen lesen konnten.
»Das ist Hexerei«, sagte Bertoul mit matter Stimme.
»Nichts als gesunder Menschenverstand, mein Freund. Es genügt, dein niedergeschlagenes Gesicht zu sehen, wenn du von Liebe sprichst. Liebtest du Frau Hermelinde?«

»Von ganzem Herzen«, antwortete Bertoul. »Sie hat mir viele Wohltaten erwiesen. Sie hat über mich gewacht, sie hat mir eine gute Erziehung zuteil werden lassen.«

»Hat sie dir nichts anderes gewährt?«

»Doch. Zwölf Silberstücke, die in meinen Schuhsohlen versteckt sind; es ist mir gelungen, sie während der ganzen Reise nicht auszugeben.«

»Sieh an. Aber davon spreche ich nicht. Stell dich nicht dümmer als du bist. Denn du bist nicht dumm, sonst hätte dich Hermelinde nicht zu mir geschickt. Also?«

Bertoul musste plötzlich gähnen, er hatte keine Kraft mehr, es war für ihn schon die zweite Nacht ohne Schlaf. Er hatte das Gefühl, gleich im Stehen einzuschlafen.

»Schlaf nicht! Ich habe dir noch viele Dinge zu sagen und dich sagen zu lassen, bevor ich sterbe. Du musst wach bleiben.«

Bertoul rieb sich die Augen und schickte sich darein, weiter wach zu bleiben. Er würde den Schlaf dann eben später nachholen.

Magnus Gurhaval stand mühsam auf und kramte im Wirrwarr eines Schrankes herum, bis er einen Glasflakon ausfindig gemacht hatte, der mit einer schwärzlichen Flüssigkeit gefüllt war.

»Bitte«, sagte er und hielt Bertoul das Fläschchen hin. »Trink dies, und du wirst diese Nacht nicht einschlafen.«

Bertoul nahm misstrauisch das Fläschchen. Er konnte sich nicht entschließen, es zu entkorken und den Inhalt zu trinken. Die im Licht dunkelbraun schimmernde Flüssigkeit war ihm höchst verdächtig.

»Los, trink, es ist kein Gift, wenn es das ist, was du befürchtest. Ein Mann, der in Afrika herumgereist ist, hat mir einige Samen dieser Pflanze geschenkt, die, als Tee zubereitet, den Schlaf vertreibt. Die Mönche des Orients machen viel Gebrauch davon, heißt es, damit sie ohne Ermüdung die Nacht durchwachen und singen können!«

Aber Bertoul war ganz und gar nicht entschlossen, diese Mixtur seinem Körper einzuflößen, selbst wenn sie möglicherweise von Mönchen gesegnet worden war.

Er war jung und voller Pläne, er hatte das Zauberbuch seinem Eigentümer zurückgebracht, der Alte wollte ihm die erbetene Vergebung nicht gewähren – es hielt ihn nichts mehr in diesem Haus. Mit einem Satz sprang er auf, lief zur Tür und schickte sich an, den Holzriegel zur Seite zu schieben. Doch plötzlich fühlte er sich wie gelähmt, unfähig, auch nur die kleinste Bewegung auszuführen. Dann wurde er unaufhaltsam von hinten her gezogen, als packte ein riesiger unsichtbarer Mensch ihn beim Kragen, um ihn dort hinzusetzen, wo er herkam.

»Ach, bist du tatsächlich so dumm, dass du versuchst, dich aus dem Staub zu machen? Das wird dir nicht gelingen. Meine Kräfte sind noch stark genug, dass du es nur weißt, auch wenn ich an der Schwelle des Todes stehe. Los, trink dieses Elixier, dann wird es dir besser gehen.«

Bertoul, gezwungen zu gehorchen, entkorkte das Fläschchen und goss den Inhalt geradewegs in seine Kehle, ganz gleich, was geschehen würde. Er verzog angewidert das Gesicht. Die schwarze Mixtur war bitter und trocknete den Gaumen aus.

»Ja«, sagte Magnus Gurhaval, »es schmeckt ziemlich unangenehm. Und man sagt, dass manche diesen Trunk dennoch zum Vergnügen zu sich nehmen. Aber das sind Ungläubige, das erklärt alles, nicht wahr?«

»In der Tat«, pflichtete Bertoul bei, mit heiserer, halb erstickter Stimme.

»Gut, und nun, da du wieder wach bist, wirst du mir von dem anderen Geschenk erzählen, das Hermelinde de Tournissan dir gemacht hat. Und versuche nicht, um den heißen Brei herumzureden.«

In der Tat, was gewann er schon, wenn er verbarg, was er erfahren hatte? Der Alte wusste ohnehin mehr darüber als er.

»Ich kann im Finstern sehen …«, stieß Bertoul hervor.

»Ah, die Gabe der scharfen Sehkraft. Und ich denke, du wirst auch im Nebel gut sehen, auch ganz kleine, sehr weit entfernte Dinge, sowie die Gesten anderer Menschen, mit einigen Sekunden Vorsprung …«

»Nein, das nicht«, sagte Bertoul. »Ich sehe die Bewegungen dann, wenn sie ausgeführt werden.«
»Mmh … Du wirst noch sehen. Und weiter?«
»Nun, alles ist so, wie Ihr gesagt habt.«
»Gut, gut«, sagte der alte Mann. »Da hat sie dir eine schöne Gabe verliehen. Wusstest du, dass ich ihr beigebracht habe, wie man das macht?«
»Sie war also Eure Schülerin«, murmelte sich Bertoul.
»Meine Schülerin, pah!«
Plötzlich begann Magnus Gurhaval zu husten und zu zittern. Er versuchte sich zu erheben, doch seine Glieder waren zu schwach und er sank in seinen Sessel zurück.
»Was habt Ihr, Meister Gurhaval?«, fragte Bertoul bestürzt. »Sagt mir, was ich tun soll. Soll ich Euch ein Mittel bringen? Wie kann ich Euch helfen?«
»Du bist ein guter Junge, Bertoul. Komm, hilf mir beim Aufstehen und führ mich zu meinem Bett. Dort drüben, es ist im Nebenzimmer.«
Bertoul stützte den Alten, der nicht mehr viel wog, so mager war er, und führte ihn, wobei er ihn fast trug, in das angrenzende Zimmer, in dem ebenfalls ein kleines Feuer brannte.
»Mir ist immer so kalt, jetzt, da ich alt bin«, entschuldigte sich der Magier.
Bertoul zog ihm seinen weiten Mantel aus und brachte ihn zu Bett, lehnte ihn gegen einige Kissen und deckte ihn zu.
»Auf dem dritten Regal ist eine kleine Flasche mit einer gelb-grünlichen Flüssigkeit. Das ist meine Arznei. Kannst du lesen?«
»Ja.«
»Gut, du wirst ein Etikett sehen, auf dem *Theriacum* steht, bring es mir rasch.«
Bertoul half dem alten erschöpften Mann daraufhin, die Arznei einzunehmen. Die Augen des Zauberers fielen immer stärker ein, und seine Augenränder färbten sich violett. Dann faltete er die Hände über seiner Decke und sagte:

»Du bist ein guter Junge, Bertoul. Meine alte Freundin Hermelinde hatte recht, dir zu vertrauen.«
Bertoul war ein wenig verwirrt. War Frau Hermelinde nun eine Räuberin oder eine Freundin des Alten? Er verstand allmählich überhaupt nichts mehr.
»Nun setz dich neben mich und hör mir zu!«

Anweisung zur Herstellung eines Zauberspiegels

Nehmt eine glänzende, gut polierte und leicht gewölbte Stahlplatte und schreibt mit dem Blut einer männlichen Taube in alle vier Ecken des Spiegels die Namen Jehowa, Elohim, Mitraton, Adonai.
Die besagte Stahlplatte schiebt Ihr zwischen neue, völlig saubere und weiße Wäsche.
Wenn Ihr den Neumond zur ersten Stunde nach Sonnenuntergang erblickt,
geht zu einem Fenster, betrachtet den Himmel mit Ehrfurcht und ruft den Ewigen an, damit er geruhe, Euch seinen Engel Anael zu senden.
Nehmt glühende Kohlen und träufelt darauf das angemessene Parfüm, das da ist Safran, und ruft den Ewigen nochmals an.

Räuchert den Spiegel, indem Ihr ihn
auf einen neuen, noch unbenutzten Ofen
aus Ton oder Eisen legt, sodass er von dem
Rauch des Parfüms durchdrungen wird.
Dabei haltet ihn mit der rechten Hand fest
und sprecht dreimal das Gebet.
Nachdem Ihr es gesprochen habt, pustet
Ihr dreimal auf den Spiegel, und ruft
dann Anael an.
Wenn Ihr diese Dinge getan habt,
vollführt das Kreuzeszeichen
über Euch und dem Spiegel,
am ersten Tag und auch am folgenden,
achtundvierzig Stunden lang, bis am Ende
Anael in Gestalt eines schönen Kindes
erscheinen wird.
Er wird Euch grüßen und seinen Begleitern
befehlen, Euch zu gehorchen.

31

»Ich habe dich erwartet, Bertoul. Ich wusste, dass du kommen würdest, von Hermelinde de Tournissan gesandt, und dass ich dann leichten Herzens diese Welt verlassen könnte. Ich habe dich sogar mit Ungeduld erwartet. Ich habe deine Ankunft beschleunigt, da ich spürte, dass ich immer schwächer wurde.

Hast du es nicht bemerkt? Durch die Wirkung gewisser Prozeduren habe ich die Zeit verkürzt, du hast die zurückgelegten Meilen gar nicht wahrgenommen, aber du bist auf diese Weise sehr viel schneller als ein Wanderer, ja selbst schneller als ein Reiter vorangekommen. In dieser Nacht haben dich die Eulen zur Eile gedrängt. Du durftest nicht länger säumen.

Ich werde morgen sterben, ich werde vielleicht nicht mehr die Sonne aufgehen sehen. Sicher verstehst du nicht alles, was geschehen ist, aber du wirst eine Erklärung erhalten, Bertoul.

Du wirst dich fragen, warum Hermelinde dich zu mir geschickt hat, um mir dieses Zauberbuch zurückzubringen, wenn ich nicht mehr die Gelegenheit habe, es zu verwenden. Du fragst dich sicher auch, wie diese edle und würdige Dame eine Diebin gewesen sein kann, die viel von einem Zauberer und Alchimisten wie mir gelernt hat, eine gewandte Zauberin, die die geheimen und verbotenen Künste praktizierte. Ach, wir waren so jung zu jener Zeit, und voller Begeisterung für unsere Studien und das geheime Wissen, voller Neugier, was die Magie anging, und wir haben hart gearbeitet, das darfst du mir glauben.

Nun hör gut zu, Bertoul.

Hermelinde ist nicht immer die etwas spröde alte Dame mit dem faltigen Antlitz gewesen, die du kennst. Hast du sie nicht manchmal für eine Hexe gehalten, mit ihrer Hakennase, ihren glänzenden Augen und ihrem Gesicht, dem jede Sanftheit fehlte? Du musst wissen, dass sie in ihrer Jugend ein stolzes junges Mädchen war, ihre damals schon leicht gekrümmte Nase verstärkte ihre adlige Erscheinung, ihre schwarzen Augen glühten so intensiv, dass man ihrem Blick kaum standzuhalten vermochte. Sie war von großer Schönheit. Hättest du das gedacht? Eine edle Schönheit, alles andere als fade oder ordinär.

Sie war achtzehn Jahre alt. Ihre Weisheit und ihre großen Kenntnisse machten schon damals aus ihr ein Mädchen, das anders war als die anderen, und ihre Verehrer trauten sich nicht, sie anzusprechen. Die jungen Ritter mochten keine Ehefrauen, die allzu gelehrt waren – eine solche ist nur immer dann gut genug, wenn es darum geht, die Haushaltskasse des Gutes zu führen. Doch eine Braut, die die Wissenschaft von den Pflanzen, den Sternen, der Erde und sogar die Philosophie beherrscht – das wünscht sich kaum ein Ritter!

Hermelinde de Loigny war nicht verlobt und hatte auch keine Eile damit, dass ihre Eltern für sie einen Bräutigam fanden. Sie zog es vor, ihr Wissen noch zu vergrößern, als hätte sie gewusst, dass sie später, mit einem Mann, den Kochtöpfen, der Verwaltung des Gutes und der Sorge für die Armen, keine Zeit mehr dafür haben würde.

Ihre Eltern waren mit ihren Studien einverstanden, und als sie einen Lehrer für sie suchten, habe ich mich vorgestellt.

Als ich sie kennenlernte, war ich siebenundzwanzig Jahre alt, also ebenfalls noch ziemlich jung. Doch war ich schon fünfzehn Jahre lang bei einem Meister in die Lehre gegangen, der sich in allen geheimen Wissenschaften und der Alchimie auskannte.

Ich hatte bei diesem Meister alles gelernt, was er mich lehren konnte, und studierte, um meine Kenntnisse zu vervollständigen, noch bei einigen verborgenen und nicht sehr empfehlenswerten Männern und Frauen in Paris. Einige von ihnen hielten es mit dem Teufel, ihr Laboratorium stank nach Schwefel und nach verwestem Fleisch. Dort sah man widerliche Tiere, tot und lebendig, Kröten, in Weingeist eingelegte Vipern, verstümmelte Katzen. Es ging mir darum, von ihnen einzig und allein ihre Techniken zu erlernen. Es ist nicht

immer leicht, die Prozeduren der Magie von denen der Hexerei zu unterscheiden. Aber ich habe bei diesen Brüdern des Schattens, die viel Unheil verbreiteten, einiges gelernt.
Nie bin ich in die Hexenkunst eingedrungen. Aber in die Magie durchaus. Oh, die Magie ist wirklich etwas ganz anderes als die Hexenkunst. Die Magie erlaubt es einem – nur ein wenig, aber es genügt –, sich der natürlichen Gesetze des Universums zu bedienen. Die Ergebnisse sind überraschend. Es genügt zu wissen, was man tun muss und zu welchem Zeitpunkt und mit welchen Zutaten, Worten und Zauberformeln. Es ist nicht schwer, die Reihenfolge der Dinge zu ändern; Voraussetzung ist, dass man der verborgenen Richtung des Weltenlaufs folgt. Und man muss vorsichtig sein und darf sich nie willkürliche Freiheiten in der Durchführung der Prozedur herausnehmen. Alles ist möglich: sich unsichtbar zu machen, ja sogar sich in die Luft zu erheben und zu fliegen, das Leben unbegrenzt zu verlängern oder sich aus schwer bewachten Gefängnissen zu befreien. Alles ist möglich. Es genügt, die Verfahren zu kennen und sie präzise auszuführen, nachdem man sich durch Fasten vorbereitet und sich durch äußerste Reinheit des Körpers, der Kleidung und der Seele geläutert hat.
Diese Verfahren sind sehr schwer auszuführen, und es ist sehr schwer, sie im Gedächtnis zu bewahren. Jeder Magier hat ein Buch, das nur ihm gehört und das er eigenhändig herstellt. Jeder Magier hat sein Zauberbuch, sein ›Buch der Geheimnisse‹. Meines ist dieses da, das du in den Händen hältst und das mir Hermelinde entwendet hat.
Ein Magier von großer Weisheit hat mich gelehrt, es herzustellen und es mit dem Schutz eines Pentagramms, eines Rubins und mit eingravierten Zeichen aus feinem Gold auszustatten. Er hat mir gezeigt, wie man die Pergamentbögen herstellt, Blatt für Blatt, wie man sich nach den Mondphasen und den Planeten richtet, wie man die Tinte anfertigt, indem man den Saft gewisser Pflanzen und das Blut bestimmter Tiere hinzufügt. Er hat mir gezeigt, wie man das Buch so schützt, dass nur diejenigen es öffnen können, die über die richtigen Voraussetzungen verfügen.

Ich war noch nicht älter als dreißig Jahre und mein Buch war schon angefüllt mit zahlreichen Zaubergeheimnissen. Da begegnete ich Hermelinde de Loigny, die wünschte, noch mehr von den geheimen Wissenschaften zu erfahren, als sie schon wusste. Das stolze Fräulein war unersättlich. Und ihre Neugier machte nicht an den Grenzen der erlaubten Wissenschaften halt. Es wurde ein langsames Herantasten, wie ein Tanz: Sie wollte mich bitten, ihr von den magischen Verfahren zu erzählen, da sie bemerkt hatte, dass ich darüber Bescheid wusste, doch wagte sie es nicht, den ersten Schritt zu tun. Und ich hatte den Wunsch, sie zu meiner auserwählten Schülerin zu machen, denn sie war begabt und würde eine eifrige Anhängerin der geheimen Kunst werden, die ich praktizierte. Und schließlich haben wir es gewagt. Ich habe sie in der Zubereitung der Pflanzen unterwiesen, ich habe ihr mein kostbares Zauberbuch gezeigt, das uns beiden als Studientext diente, ich habe sie das Geheimnis der Alraune gelehrt, des Blutes des Wiedehopfs, der schwarzen Kerzen, der Katzenknochen, der Anrufungen und der Zaubersprüche.
Doch all dies war wenig gegenüber der viel größeren Leidenschaft, die uns ergriff: Liebe entstand zwischen uns, in unseren Herzen, und glaube mir, Bertoul, ich habe keine einzige meiner Künste dafür eingesetzt. Ich hätte es leicht tun können … Ich kenne viele Verfahren, die bewirken, dass ein Mensch sich in einen anderen verliebt. Hermelinde war von mir in diesen Geheimnissen geschult worden, doch auch sie hat sie nicht gebraucht.
Unsere Zuneigung war ganz natürlich. Und wir haben in jenem Sommer viel mehr Zeit mit zarten Erklärungen verbracht, als uns in der Magie zu üben. Die Liebe hatte von meinem Herzen Besitz ergriffen und sie ist nie wieder daraus gewichen, welches Verfahren ich auch angewandt habe, um sie auszutreiben. Denn solche Verfahren gibt es ebenso. Aber ich greife zu weit vor.
Im Herbst kam Hermelinde eines Morgens zu mir, um mir mitzuteilen, dass sie auf ihre Güter zurückkehren würde, denn ihre Eltern hätten einen Bräutigam für sie gefunden. Er hieß, glaube ich, Guillaume de Tournissan.

Damit hatten wir rechnen müssen. Ich war kein Adliger, und wenn wir einander auch mit Hingabe anhimmelten und uns zwischen zwei Experimenten oder Zaubersprüchen küssten, wussten wir doch nur zu gut, dass diese Idylle dazu verurteilt war, ebenso heimlich wie vorübergehend zu sein. Doch es ging uns nicht um unser Vergnügen, sondern zwischen uns lebte ein so intensives und tiefes Gefühl, dass man es nicht beschreiben kann.
Ich weiß, du wirst lächeln, weil du denkst, dass eine alte, faltige und strenge Frau wie Hermelinde und ein alter, weißhaariger Graubart wie ich doch keine intensiven Liebesmomente gekannt haben können. Doch urteile nicht zu früh, junger Mann. Die Liebe kennt kein Alter und man vergisst sie nicht. Niemals. Und nicht einmal die reinste Magie kann gegen sie etwas ausrichten: Was mit Ernst ins Herz eingegangen ist, kann nie wieder daraus verschwinden.
Wir haben uns in den letzten zehn Tagen bis zu ihrer Abreise und Hochzeit so häufig wie möglich gesehen. Hier, in diesen zwei kleinen Räumen, wo ich schon meine Tätigkeit als Schreiber begonnen hatte. Du ahnst wohl, dass niemand etwas von meinen geheimen Arbeiten und meinen Entdeckungsreisen im Reich der Magie wusste. Niemand, außer dem Meister, bei dem ich studiert hatte, und sie, Hermelinde de Loigny, die künftige Herrin von Tournissan.
Auf meine Anweisung hin hatte sie begonnen, ihr eigenes Zauberbuch zu schreiben. Doch war es bei weitem noch nicht so reichhaltig wie meines.
Wir haben uns für immer Lebewohl gesagt, eines Abends, zu Beginn des Herbstes. Und am Morgen darauf war mein Zauberbuch verschwunden und durch ihres ersetzt, das nur ungefähr zwölf Anweisungen enthielt.
Natürlich hätte ich mir mein Zauberbuch leicht wiederbeschaffen können. Ich kannte Verfahren, mit denen man die Leute zwingen kann, gestohlenes Gut wieder zurückzubringen, sie zu zwingen, etwas zu tun, was sie nicht wollen, oder die Zeit anzuhalten und sie rückwärts laufen zu lassen, um das Zauberbuch aus ihrem Einflussbereich zu holen. Ich habe es nicht getan.

Ich hätte das Buch für immer versiegeln können, sogar aus der Ferne, damit sie es nicht benutzen könnte. Ich hätte die Texte aus der Entfernung verwandeln können, um daraus meinetwegen Marmeladenrezepte, Liebesgedichte oder ein Lehrbuch über Schafzucht zu machen. Ich habe all das nicht getan.
Ich habe immer gewusst, wo mein Zauberbuch war. Ich habe immer gewusst, dass sie es benutzte. Und ich habe immer gewusst, dass sie guten und ehrlichen Gebrauch davon machte, dass sie den Armen zu Hilfe kam, nur die, die es verdienten, mit magischen Mitteln bestrafte und es nie für niedrige Zeremonien nutzte.
Ich habe sie im Geiste vor mir gesehen, Tag für Tag, Jahr für Jahr, als junge Frau, dann als reife Frau und schließlich als alternde Frau. Ich habe gesehen, dass keine der Anweisungen es vermochte, ihr die Kinder, die sie sich wünschte, zu schenken. Ich habe gesehen, dass es ihr Gewissen belastete, mir das Buch gestohlen zu haben – doch ich sah auch, dass sie es nicht bedauerte. Das Bedauern kam ihr erst auf dem Sterbebett.
Ich wusste, dass du kommen würdest, um es mir wiederzubringen. Mit Ungeduld habe ich diesen Moment erwartet, und ich habe dir geholfen, hierher zu gelangen. Ich habe die Eulen geschickt, damit sie dich im Auge behalten und dir beistehen. Ich habe dich ungeduldig erwartet, da es für mich unerträglich ist, weiterzuleben, nun, da sie nicht mehr auf dieser Erde weilt. Ich habe dich erwartet, um dir mitzuteilen, dass dein Auftrag erfüllt ist.
Nicht nur, dass ich ihr den Raub verzeihe, ich bin auch glücklich darüber, dass sie ihr Leben lang in der Gesellschaft meiner kostbarsten Arbeit gelebt hat. Ich habe ihr immer schon verziehen, gleich nachdem ich den Diebstahl entdeckt hatte. Ich verzeihe ihr nicht nur, sondern ich liebe sie.
Und noch bevor der Morgen graut, werde ich die Freude haben, ihr endlich wiederzubegegnen.«

Eine weitere Anweisung, jemanden verliebt zu machen

Steht vor Sonnenaufgang auf,
an einem Venustag.
Betretet einen Obstgarten
und pflückt die schönste Goldparmäne,
zerschneidet den Apfel in vier Teile,
löst das Kerngehäuse heraus
und steckt an diese Stelle
ein kleines Zettelchen mit Symbolen
und heiligen Namen.
Auch sollen mystische Worte unter die
abgelöste Schale der Frucht, die dann wieder
daraufgelegt wird, geschoben werden.
Durchstecht die Frucht mit zwei
gekreuzten Nadeln und sagt dabei:

»Nicht dich durchsteche ich,
sondern es geschehe, auf dass Asmodeus,
der Dämon der Lust und der Liebe,
das Herz derjenigen durchdringe,
die ich liebe.«

Werft alles ins Feuer und murmelt dabei:

»Nicht dich verbrenne ich,
sondern es geschehe, auf dass Asmodeus
meine Liebe in der betreffenden Person
entzünden möge,
so wie ich jetzt diesen Apfel
dem Feuer übergebe.«

32

Bertoul wagte es nicht, die intime Erzählung des alten Magiers auch nur durch das leiseste Geräusch, die geringste Bewegung, ein Wort oder einen Ausruf zu unterbrechen. Wer hätte das je gedacht! Frau Hermelinde verliebt! In einen Magier aus Paris! Sie hatten einander fünfzig Jahre lang nicht gesehen und dennoch nie vergessen!

Es war nicht nur ein Vertrauensauftrag, den er erfüllt hatte. Er war ein Liebesbote gewesen, wie die Kinder, die zwischen einer Dame und einem Ritter hin und her laufen, um das, was weder gesagt noch geschrieben werden kann, zu überbringen.

Bertoul, ein Bote der Liebe! Es war kaum zu glauben.

Viele Dinge wurden ihm nun verständlich, insbesondere die ständige Anwesenheit der Eulen und die kurze Dauer seiner Reise.

Jedenfalls war es wirklich so, dass Frau Hermelinde, die gute Herrin von Tournissan, mit ihrem strengen Gesicht unter dem weißen Kopftuch, ihrem herben Auftreten, ihrem bohrend-intelligenten Blick, eine Wissende in Sachen Magie und anderer geheimer Künste gewesen war und Bertoul nun daraus Nutzen ziehen konnte, er, das Waisenkind.

Wer außer ihm besaß in Tournissan wohl noch eine besondere Gabe oder andere Fähigkeiten, die durch die magischen Eingriffe der Herrin entstanden waren? Wer weiß, vielleicht konnte ja Herbert, der Hausmeister, mit seinen Fingerspitzen sechs Monate lang die Rosenstöcke blühen lassen? Vielleicht spürte Gauberte aus der Küche nie ihre Verbrennungen, die sie bei der Arbeit erlitt. Konnte sich der Kammerherr vielleicht unsichtbar machen? Oder konnte Emmeline, die Amme, wilde Tiere zähmen? Wer konnte wissen, ob die Genannten vielleicht gar nichts von ihrer besonderen Gabe wussten? Oder glaubten sie, dass alle anderen es genauso konnten?

Doch was nutzte es, sich jetzt solche Fragen zu stellen? Das waren alles Leute, die er nie wiedersehen würde.

Der alte Zauberer begann wieder zu keuchen. Er fasste Bertoul am Ärmel, um ihm die letzten Anordnungen zu erteilen.

»Ich muss dir nun einige Anweisungen geben, mein Junge. Zunächst, hol mir die Pergamentrolle, die dort auf dem Pult liegt. Bring mir auch jenes Brettchen da. Und tauche die Feder in die Tinte und reiche sie mir.«

Magnus Gurhaval entrollte das Pergament. Ein langer Text stand bereits darauf.

»Wie, sagtest du, war dein Name?«

»Bertoul«, antwortete der Musiker. »Bertoul Beaurebec.«

Der alte Mann setzte den Namen an mehreren Stellen auf dem Pergamentbogen in schöner Schrift ein, überall dort, wo der Text weiße Stellen aufwies.

»Das ist mein Testament«, erklärte er. »Ich vermache dir alles, was ich mein Eigen nenne.«

»Mir?«, rief Bertoul aus. »Aber Ihr kennt mich doch gar nicht!«

»Oh doch«, sagte der Magier. »Und außerdem hat meine gute Hermelinde dich gesandt. Ich vertraue ihr. Nun hör mir weiter zu. Morgen gehört alles, was sich hier befindet, dir. Noch in dieser Nacht werde ich dich vor Tagesanbruch wegschicken, um den Notar und den Pfarrer zu holen. Ich werde dich vor Zeugen als meinen Erben einsetzen, und ich werde die heiligen Sakramente erhalten, bevor ich in christlicher Erde auf dem Friedhof der Unschuldigen hier in der Nähe bestattet werde.«

»Aber … was soll ich mit all dem machen?«, fragte Bertoul besorgt. »Ich bin Musiker! Ich bin kein Schreiber, auch kein Alchimist oder sonst etwas dieser Art! Ich muss eine Herrin finden und mich bei ihr als Sänger und Spielmann verdingen, das ist mein Beruf!«

»Handle wie du willst«, sagte Magnus Gurhaval leise, doch bestimmt. »Du kannst lesen und schreiben, du könntest meine Werkstatt eines öffentlichen Schreibers übernehmen. Du kannst sie auch verkaufen,

wie auch meine Bücher und meine ganze Habe. Es wird dir einiges einbringen.«
Dann wies er mit den Fingern in eine Ecke des Raumes, in der zahlreiche Glasgefäße und Schalen in Regalen standen. »Ich werde dir sagen, wem du diese Gegenstände überlassen sollst – sie dürfen nicht in falsche Hände geraten!«
Bertoul war verblüfft, es gelang ihm nicht, zu begreifen, was ihm da gerade widerfuhr und welch radikale Veränderung seines gesamten Lebens sich in diesem Augenblick vollzog.
»Wir haben noch die ganze Nacht Zeit zum Reden«, fuhr Magnus fort. »Zunächst muss ich mit dir über das Zauberbuch sprechen. Schlag einmal die erste Seite auf.«
Bertoul gehorchte. Das Zauberbuch wog schwer auf seinem Schoß. Der Rubin schimmerte nicht, es erschienen keine Eulen.
»Was siehst du?«, fragte ihn der Magier.
»Einen fünfzackigen Stern, der an jeder Spitze eine Inschrift trägt und von zwei Kreisen umgeben ist.«
»Das nennt man ein Pentagramm«, sagte Magnus. »Jedes magische Zauberbuch steht unter diesem Schutz. Was siehst du noch?«
»Eine Inschrift: ›Magnus Gurhaval hat dieses Zauberbuch hergestellt, hat es Frau Hermelinde de Tournissan zum Gebrauch überlassen, und dann, als diese im Reich Gottes angekommen war, besagtes Zauberbuch dem Musiker Bertoul Beaurebec übergeben.‹«
Bertouls Stimme versagte, als er diese Worte las.
»Wie ist das möglich?«, stammelte er. »Mein Name auf der ersten Seite dieses Buches …«
»Ohne Feder und ohne Tinte zu schreiben, ist eines der Geheimnisse in diesem Buch, Bertoul«, sagte Magnus leicht amüsiert. »Du kannst jetzt weiterblättern.«
Bertoul zögerte nicht lang, von dieser Erlaubnis Gebrauch zu machen. Er blätterte hier und dort, ohne Reihenfolge oder System, und entdeckte dabei lange Texte und geheimnisvolle Worte wie: »Melchiadel, Bareschas, Zazel, Tiriel Malcha. Im Namen von Samael, verschwindet vor Adramelek, Sachabiel.«

Er erblickte ganz einfache Anweisungen, wie zum Beispiel jene: »Damit Euch die Bienen nicht stechen, nehmt drei Blätter vom Breitwegerich und steckt einige davon in den Mund, bevor Ihr Euch den Tieren nähert.« Daneben gab es andere Geheimnisse, die sich über mehrere Seiten erstreckten.

»Konnte Frau Hermelinde all das ausführen?«, fragte er beeindruckt.

»Ja, Hermelinde wusste, wie man das Buch gebraucht«, antwortete der Magier. »Es liegt nun an dir, es genauso zu machen. Alles steht darin, so wie du es brauchst, wenn du es wünschst. Ich habe alles hineingelegt. Es enthält so viel Material, wie man in zwölf Bibliotheken finden kann. Du musst nur suchen und du wirst finden, was für dich notwendig ist.«

»Aber … warum gerade ich?«

»Hermelinde hat ihr Vertrauen in dich gesetzt, sie wusste, was sie tat. Was mich betrifft, so kann ich darüber nicht urteilen. Du verdienst es offenbar, das ist alles.«

Bertoul blieb eine lange Zeit still, nur damit beschäftigt, in den Seiten des Buches zu blättern, die Worte, die auf ihnen standen, zu entziffern, die Zeichnungen, mit denen sie versehen waren, zu bewundern, ohne dass er auch nur versuchte, irgendetwas davon zu verstehen. Der alte Mann, der die Hände vor sich auf die Decke gelegt hatte, schien zu schlafen.

»Du kannst auch all das ungenutzt lassen, wenn es dir lieber ist«, sagte Magnus Gurhaval nach einiger Zeit. »Du kannst dieses Buch vergessen. Dann bitte ich dich, es in drei Tücher in den alchimistischen Farben Rot, Weiß und Schwarz und zuletzt in einen naturfarbenen Stoff einzuwickeln. Vergrab es am Fuße einer Eiche. Die Eulen werden verhindern, dass es entdeckt wird. Wenn du dich aber dafür entscheidest, es zu behalten, dann halte es in Ehren und enthülle niemandem seine Existenz und seine Geheimnisse.«

»Selbstverständlich«, stimmte Bertoul zu.

»Das Buch hilft dir im Falle von Schwierigkeiten, Bertoul. Es kann dir in schwierigen Momenten sagen, welche Entscheidungen du treffen sollst. Aber glaube nicht, dass es die Dinge für dich erledigt.

Du selbst bist der Herr deines Lebens, deiner Entscheidungen, deiner Wünsche. Und nichts wird sich tun, wenn du nicht an dir arbeitest, damit du die Ratschläge und Geheimnisse dieses Buches verdienst. Selbst wenn es auch einige amüsante und nützliche Anweisungen enthält, ist es doch dafür geschaffen worden, dass derjenige, der es benutzt, sich in Harmonie mit den Kräften des Universums, sogar mit den unbekanntesten, stellt; und man muss mit Geduld und Ernsthaftigkeit studieren, um im Einklang mit diesen Kräften zu handeln. Es sind die Kräfte der Planeten, der Steine, der Pflanzen und der vier Elemente. Man geht mit ihnen nicht so um, wie man mit Würfeln spielt, nur um sich zu vergnügen. Übrigens, man kann auch beim Würfelspiel die Kräfte des Universums benutzen, und in diesem Fall verliert man nie … Doch wird ein Spiel dadurch befriedigender, wenn man sicher weiß, dass man gewinnt? Ich bezweifle es. Das Geheimnis, bei allen Spielen zu gewinnen, existiert durchaus. Aber vielleicht ist es gar nicht das, was dich interessiert.«

»Ich singe gern und mache gern Musik«, sagte Bertoul. »Und ich komponiere gern Lieder und verfasse Gedichte. Brauche ich das Buch dafür?«

»Hast du wirklich keine anderen Wünsche, keine anderen Sehnsüchte?«

»Doch«, sagte Bertoul, und er dachte daran, wie gern er Blanche wiedersehen und sich vielleicht in ihre Dienste stellen würde.

»Bring mir diese mit Wasser gefüllte Trinkschale«, sagte Magnus. »Und schiebe diese Kerze etwas näher heran.«

Bertoul meinte, dass er Durst hätte, und hielt ihm die Schale an die Lippen. Doch der alte Magier weigerte sich, er stützte sich fester auf seine Kissen und beobachtete aufmerksam die dunkle Oberfläche des Wassers in der Zinnschale.

»Dein Schicksal zeigt sich im Wasser dieser Trinkschale«, sagte er bedächtig. »Ich sehe dich, deine Fidel in der Hand, in einem schönen Schlosssaal. Oh, die Szene verschwindet. Nun ist da ein Fräulein in einem grünen Seidenkleid …«

Bertouls Herz vollführte einen Sprung. Hatte Blanche einen Platz in seinem Schicksal?
»Nun sehe ich Tournissan. Wirst du dahin zurückkehren?«
»Ich glaube nicht«, sagte Bertoul.
»Vielleicht doch. Aber vielleicht sehe ich auch nur deine Vergangenheit in Tournissan, mit deiner Fidel und dem Fräulein in Grün. Ich hatte eigentlich mehr an die Zukunft gedacht. Ich bin mir nicht mehr sicher. Ich sehe schlecht und bin müde.«
»Ach«, hauchte Bertoul mit klopfendem Herzen.
»Nun, Bertoul, sei nicht allzu besorgt um deine Zukunft. Das Buch wird dir immer helfen.«
Anweisung, jemanden verliebt zu machen. Den Titel hatte er wirklich gelesen. Was sollte man damit nur anstellen, mein Gott?
»Bertoul, mir scheint, du bist nicht ohne Schwierigkeiten nach Paris gelangt, habe ich recht?«
»Ja«, stimmte Bertoul zu.
»Und hast du alles erfüllt, weswegen du gekommen bist?«
Bertoul dachte einen Augenblick lang nach. Ja, er war bis Paris gelangt, hatte dem Magier sein Zauberbuch zurückgegeben, hatte von Magnus Gurhaval die Absolution für seine Herrin erhalten, Blanche war im königlichen Palais in Sicherheit, und Raoulet hatte seine Spur verloren.
Heute war er sein eigener Herr, er konnte sich niederlassen, wo er wollte, mit seinen musikalischen Fähigkeiten und denen im Lesen und Schreiben, er war niemandem mehr Rechenschaft schuldig und konnte eine adlige Familie suchen, bei der er als Musiker und Geschichtenerzähler tätig würde. War das nicht alles, was er sich immer gewünscht hatte?
Außerdem war er reich, er besaß ein besonderes und wunderbares Buch, das ihm tausend Möglichkeiten eröffnete.
»Ja«, antwortete er Magnus Gurhaval schließlich. »Ich habe alles, was Frau Hermelinde mich zu tun bat, gut ausgeführt. Mein Auftrag ist beendet, und ich werde mich niederlassen können, wie ich es mir vorgestellt hatte. Ich habe vollendet, was ich tun sollte, ich habe viel

mehr bekommen, als ich mir je gewünscht habe! Ich danke Euch von ganzem Herzen für das, was Ihr mir vermacht, Euer Testament und Euer Zauberbuch, Meister Gurhaval. Ich werde mich Eurer, Frau Hermelindes und des Zauberbuchs und ebenso der ganzen Wissenschaft von der Harmonie des Universums würdig erweisen, deren Studium Ihr mir nahelegt.«

Warum nur hatte er plötzlich das Gefühl, dass doch irgendetwas noch nicht zu Ende gebracht worden war?

Magnus Gurhaval seufzte.

»Beunruhige dich nicht. Das Fräulein in dem grünen Kleid ist dir wohl gesonnen.«

Bertoul warf dem alten Mann einen verblüfften Blick zu. Doch im Grunde seines Herzens wusste er, dass da noch etwas unerfüllt geblieben war.

»Sorge dich nicht«, wiederholte der Magier.

Dann keuchte er und legte die Hand auf sein Herz.

»Ah … Ich spüre, dass ich nicht mehr lange … leben werde … Geh und hol jetzt den Notar und den Pfarrer. Es ist nicht mehr lange bis zum Tagesanbruch. Nun geh … Aber pass auf, es wimmelt hier von Spitzbuben.«

»Wie werde ich sie finden?«, fragte Bertoul.

»Die Eulen werden dich führen«, keuchte der Magier. »Folge ihnen. Sie werden es wissen, sie wissen es immer.«

»Die Eulen? Hier?«

»Immer mit dir«, bekräftigte der alte Zauberer. »Deine Helfer, deine Verbündeten … Vertraue ihnen. Aber sage es niemandem. Schnell, hole sie.«

Bertoul verschwand in die Nacht hinein. Er durchschritt rasch die Straße der großen Gaunerei. Zwei Vögel der Nacht kreisten über dem Haus des öffentlichen Schreibers, sie spähten nach ihm aus, um ihm den Weg zu zeigen.

Anweisung, wie einem hoher Schutz gewährt wird

Führt diesen Zauber bei
zunehmendem Mond aus.
Zündet eine weiße und eine schwarze Kerze an
und verbrennt ein paar Weihrauchkörnchen.
Steckt ein Geldstück und etwas Knoblauch-
pulver in ein Ledersäckchen, das Ihr im
Weihrauchdunst schwenkt, während Ihr
folgende Worte sprecht:
»Hekate erhöre mich,
unter ihrer Schirmherrschaft
möge mir Schutz gewährt sein gegen
sichtbare und unsichtbare Mächte.«
Solange Ihr dieses Säckchen bei Euch tragt,
werdet Ihr eines unablässigen Schutzes
sicher sein.

33

Magnus Gurhaval starb am frühen Morgen, nachdem er seinen Letzten Willen dem Notar des Quartier Saint-Jacques und seine Seele dem Pfarrer anvertraut hatte.

Bertoul weinte aus tiefster Seele, obwohl er ihn nur wenige Stunden gekannt hatte. Er schnürte seine Schuhe auf, löste die Sohle und holte die zwölf Silberstücke heraus, die er seit seiner Abreise von Tournissan darin aufbewahrt hatte. Er gab sie dem Pfarrer, um damit die Beerdigung zu besorgen und Messen zu lesen, damit die Seele des öffentlichen Schreibers wie auch die Hermelindes de Tournissan in Frieden ruhten.

Was sollte er jetzt tun? Es wurde ihm bewusst, dass er nun reich war. Das Haus in der Straße der großen Gaunerei gehörte von nun an ihm. Er richtete sich dort ein und bemühte sich, alle Bücher anzuschauen und zu ordnen, wobei ihm jedes spannender erschien als das vorige.

»Ach«, sagte er sich, »wenn ich nicht Musiker wäre, könnte ich genauso gut öffentlicher Schreiber sein und mein Leben damit verbringen, Bücher und Zauberbücher zu studieren und ein Gelehrter zu werden.«

Doch ein leiser und hartnäckiger Gedanke zog ihm unentwegt durch den Sinn, während er die Werke untersuchte und überall die darin versammelten Erkenntnisse bestaunte – es war die Erinnerung daran, dass er im Zauberbuch mehrere Geheimnisse erblickt hatte, »jemanden verliebt zu machen«.

Doch brauchte er wirklich Magie dafür? Könnte es nicht sein, dass eine Fidel genügen würde?

Mit dem Geld des Magiers kaufte er sich weniger grobe Kleidung als die, die er normalerweise trug, und begab sich in ein Dampfbad, wo er sich gründlich reinigte und schön machte.

Danach verschloss er die Tür seines Hauses in der Straße der großen Gaunerei, nahm seine Fidel in die Hand und machte sich auf den Weg zum Palais mitten auf der Insel in der Seine, in dem Blanche verschwunden war.
Als er vor der Wache stand, sagte er mit fester Stimme:
»Ich bin Bertoul Beaurebec, Musiker im persönlichen Dienst des Fräuleins Blanche de Vauluisant.«
Der Hauptmann der Wache musterte ihn von oben bis unten und dann wieder von unten bis oben.
»Tretet ein. Das Fräulein erwartet Euch schon. Sie hat Befehl erteilt, man solle Euch sogleich zu ihr führen.«

Wie es weitergeht …

Bertoul hat Paris erreicht und das Zauberbuch dem Magier Gurhaval übergeben. Aber wie wird sein Leben in dieser großen Stadt aussehen? Und was wird aus ihm und Blanche?

Wer Antworten auf diese Fragen haben möchte, wird sich noch ein wenig gedulden müssen.
Die Geschichten um *DAS ZAUBERBUCH MIT DEM RUBIN* gehen weiter!

Band 2: *Katzenspuk*
Band 3: *Wolfsgesang*

Nachbemerkung der Autorin

Die magischen Rezepte in diesem Buch sind keine Fantasieprodukte der Autorin. Sie entstammen authentischen Zauberbüchern oder Werken der Magie und sind entweder sehr alt oder relativ jung. Oder sie sind durch Jahrhunderte magischer Praxis, des Aberglaubens oder durch den Glauben an die symbolischen Eigenschaften der Dinge, Pflanzen, Tiere, Metalle, Farben und Planeten zusammengeschmiedet worden.

Anweisungen wie die in diesem Buch finden sich in zahlreichen Varianten in Werken wie *Traité méthodique de magie pratique, Le Grand et le Petit Albert – et ses secrets magiques et merveilleux, Croyances, mythes et légendes des pays de France* von Paul Sébillot, eine Sammlung die im 19. Jahrhundert aus alten Überlieferungen zusammengestellt wurde (allesamt alte Werke, die immer wieder nachgedruckt wurden), außerdem in *Le livre des superstitions: mythes, croyances et légendes* von Eloise Mozzani, einem modernen Werk, und schließlich im *Picatrix,* im *Zauberbuch der Schwarzen Henne,* im *Zauberbuch des Roten Drachens,* im *Zauberbuch des Papstes Honorius* (Zauberbücher aus alten Traditionen, wie sie auf dem Land vom Beginn der Renaissance bis ins 18. Jahrhundert gängig waren). Man kann ferner im Internet vielerlei Hinweise auf Aberglauben in Verbindung mit bestimmten Pflanzen finden, insbesondere auf Seiten, die sich mit Pflanzen im Volksglauben befassen.

Die Autorin

Béatrice Bottet wurde 1950 in Paris geboren. »Ich war immer sehr empfänglich für die Prägungen der Vergangenheit: Traditionen, Legenden, Lieder, Mythologien.« Aus dieser Leidenschaft heraus lehrte sie zunächst Literatur und Geschichte, bis sie merkte, dass ihr größtes Anliegen darin besteht, historische Stoffe in Jugendbüchern anschaulich und spannend umzusetzen. Inzwischen hat sie mehr als ein Dutzend Kinder- und Jugendbücher verfasst. Mit *Eulengeheimnis* erscheint ihr erstes Buch in Deutschland, für das sie in Frankreich mit dem *Prix Littérature Jeunesse Auchan* ausgezeichnet wurde. Béatrice Bottet lebt in Paris.

Anne Pouget

Verbotene Freundschaft

Aus dem Französischen
von Martin Schöneich

166 Seiten, gb.

Der 13-jährige Jacob lebt in einer kleinen Stadt in Frankreich, in der die Juden gnadenlos verfolgt werden. Nachdem sein Vater umgebracht wird, flüchtet er nach Paris, wo er hofft, in Freiheit leben zu können. Aber auch dort ist es nicht besser: Die Juden müssen zur Erkennung einen Ring auf ihrer Kleidung tragen, dürfen nur die schmutzigsten Arbeiten annehmen und keine Kontakte zu Christen pflegen. Dennoch wünscht Jacob sich eine ganz normale Freundschaft mit Philippe, der ihm mutig hilft, eine Wohnung und Arbeit zu finden. Als Jacob Philippes Schwester aus einer Notsituation rettet, gerät er in die größten Schwierigkeiten, und es sieht so aus, als könnten ihn auch seine Freunde nicht mehr retten …

Ein packender Mittelalter-Roman über eine gefährliche Freundschaft in der Zeit der frühen Judenverfolgung.

URACHHAUS